DANS SES YEUX, LA MUSIQUE

Direction : Guillaume Arnaud
Direction éditoriale : Thibaut Dary
Édition : Emma Gibaux
Direction artistique : Thérèse Jauze
Direction de la fabrication : Thierry Dubus
Fabrication : Gwendoline da Rocha et Inass Houari
Mise en page : Nicolas Chevalier
Maquette de couverture : Phillipe Guitton - Lectio Studio

Crédits photographiques : *Femme victorienne* © Magdalena Russocka / Trevillion Images.
Soldat sur le champ de bataille © Stephen Mulcahey / Trevillion Images.

57 rue Gaston Teissier – 75019 Paris – 01 40 54 06 91
www.editionsdutriomphe.fr
ISBN 9782383861041
Déposé au ministère de la Justice

Destins de Femmes

Emmanuelle de Verdilhac

DANS SES YEUX, LA MUSIQUE

TRIOMPHE

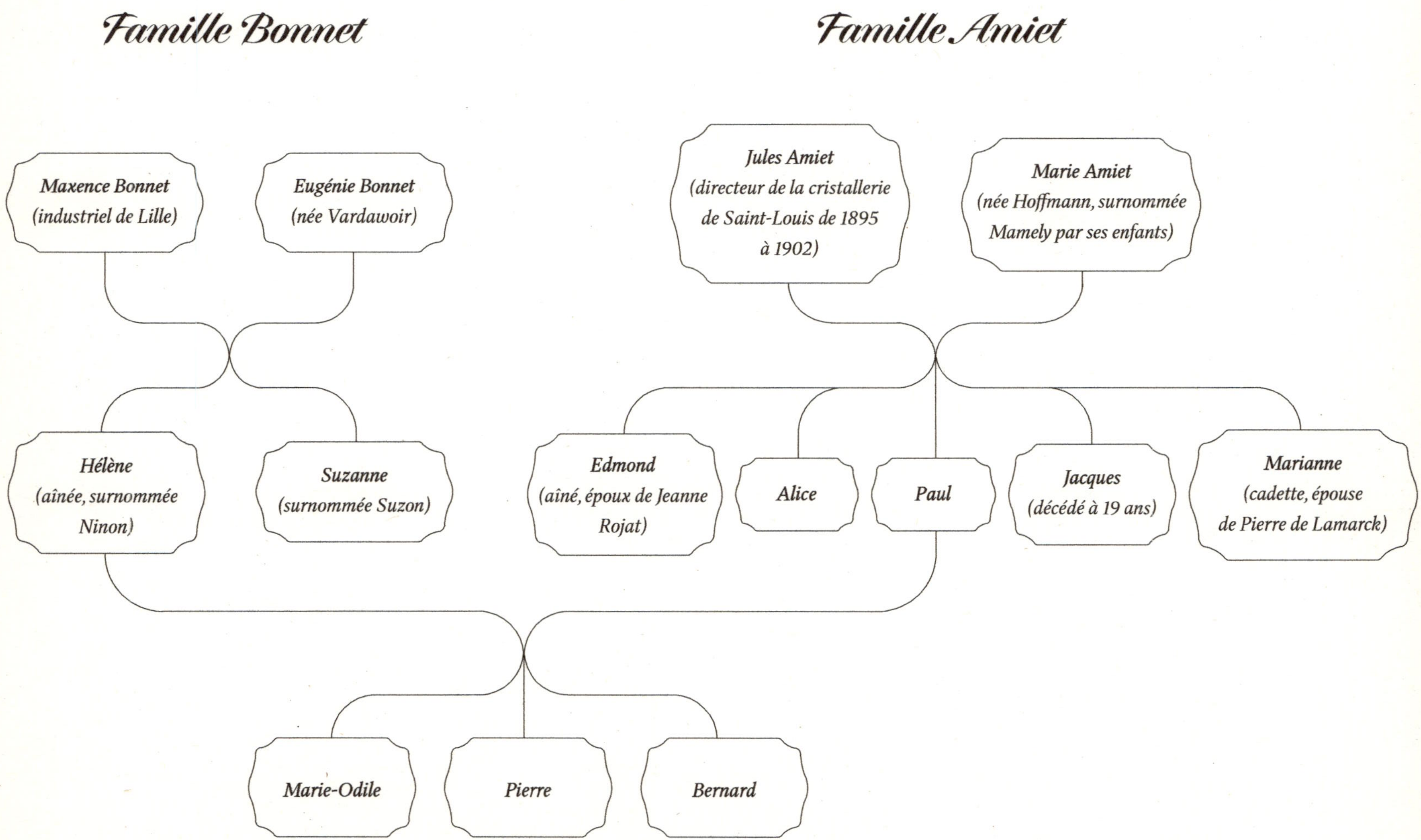
Famille Bonnet
Famille Amiet
Maxence Bonnet
(industriel de Lille)
Eugénie Bonnet
(née Vardawoir)
Jules Amiet
(directeur de la cristallerie
de Saint-Louis de 1895
à 1902)
Marie Amiet
(née Hoffmann, surnommée
Mamely par ses enfants)
Hélène
(aînée, surnommée
Ninon)
Suzanne
(surnommée Suzon)
Edmond
(aîné, époux de Jeanne
Rojat)
Alice
Paul
Jacques
(décédé à 19 ans)
Marianne
(cadette, épouse
de Pierre de Lamarck)
Marie-Odile
Pierre
Bernard

PRÉLUDE

Villeurbanne, 2003

Nous avons attrapé le train de justesse ! Notre petite cousine Annick ne nous espérait plus. Elle s'apprêtait à passer tristement les deux heures de voyage en planchant sur un morne sudoku. Deux heures que Maman passe à triturer l'anse de son sac, pendant qu'Annick et moi refaisons le monde, il en a bien besoin. Si elle pouvait dormir un peu cela lui ferait du bien. Cette petite virée à Villeurbanne l'épuise, je la connais, elle n'a pas dû pouvoir dormir depuis plusieurs nuits. Cela fait soixante ans que son père est mort, et écouter sa musique jamais jouée depuis sa jeunesse est une joie teintée de crainte d'être déçue. Je la soupçonne aussi de regretter que cette musique ne demeure pas enfouie dans ses rêves.

C'est aussi l'occasion de retrouver ses petits frères, de soixante-dix-huit et quatre-vingt-un ans aujourd'hui, qu'elle voit si rarement, surtout Bernard, le plus jeune. Il vit en Dordogne, à quelques kilomètres du village où sont enterrés leurs parents.

Les cousins, rejoints devant l'École nationale de musique de Villeurbanne, expriment avec exubérance leur plaisir de découvrir enfin les œuvres de ce grand-père que nous n'avons jamais connu. C'est Gilles, le Lyonnais d'adoption, très bon musicien, comme ses frères et sœurs, qui a organisé le concert. Il a commencé par en parler à une altiste américaine, Martha Benson, car une courte sonate pour violon et alto avait particulièrement attiré son attention. Le répertoire pour alto étant restreint, les altistes sont friands de nouvelles partitions et Martha Benson, ravie de cette découverte, encouragea vivement Gilles dans son projet.

Nos cousins ne vivent pas à Paris et c'est toujours une fête de se retrouver. Ils cachent leur émotion sous des blagues convenues devant leurs pères et ma mère, cette fratrie si visiblement heureuse de partager de vieux souvenirs. Les rires et les gloussements des anciens les font paraître plus jeunes que leurs enfants qui les regardent, attendris, comme ils couvriraient des yeux leurs petits-enfants jouant au square.

En attendant l'heure du concert, nous nous sommes tous rabattus sur la seule boulangerie-salon de thé ouverte. Les plus jeunes espéraient bien pouvoir se sustenter sérieusement, surtout ceux qui viennent de Bergerac, ils en sont quittes pour se gaver de fougasses et de babas au rhum. Maman et ses frères sont bien trop émus pour pouvoir avaler autre chose qu'une tasse de thé et un éclair au chocolat pour trois.

Les têtes des aînés se rapprochent. Ensemble, ils plongent dans leurs souvenirs et se retrouvent alors dans le salon de leur belle maison du quartier des XV, près de l'Orangerie, à Strasbourg. Ils revoient le piano acajou sur lequel Marie-Odile et Bernard ont travaillé leurs morceaux imposés par les professeurs du conservatoire, la méridienne rose indien sur laquelle leur mère s'étendait pour sa sieste, encouragée par un mari toujours soucieux de ménager sa santé fragile. La boîte du Pressenda[1] est ouverte, à côté de celle du Bernardel[2], les parents s'apprêtent à jouer en duo comme chaque soir avant le dîner. La sonate de Franck, leur préférée, qui leur rappelle l'époque où ils se sont connus, à la *Schola Cantorum* de Paris.

Enfin, c'est l'heure ! Nous ne sommes pas nombreux, des proches des interprètes, des amis de Gilles, les trois enfants du compositeur, quelques-uns de ses petits-enfants, le directeur de l'ENMV, deux ou trois professeurs curieux, pas de quoi remplir l'auditorium. Mais la fébrilité est là, l'attente anxieuse et impatiente. Maman craint de

---

1. Giovanni Francesco Pressenda est considéré par beaucoup comme le père de l'École moderne de lutherie de Turin et l'un des meilleurs luthiers du XIXe siècle.
2. Gustave Adolphe Bernardel est un luthier français du XIXe siècle qui fonde avec son père et son frère un atelier de lutherie fort réputé.

ne pas reconnaître son père dans cette musique ; moi, je l'avoue, je redoute un peu des dissonances, de l'ennui.

Gilles expose la genèse de ce concert, remercie le directeur de l'École qui lui a fait confiance, raconte combien les musiciens ont apprécié de découvrir de nouvelles œuvres de si belle facture et se sont étonnés que Paul Amiet soit resté méconnu. Et le concert commence.

D'emblée, la dissonance s'exprime, me faisant craindre le pire. À tort. Les coups d'archet francs, tirés, appuyés, se succèdent *staccato*. Rapidement, l'alto s'impose, introduisant chaque mélodie développée ensuite par les violons puis le violoncelle : vive, mélancolique, mutine, audacieuse. Les émotions sont évoquées en quelques minutes à peine, donnant pourtant à chaque instrument le temps de se valoriser, porté par les autres qui lui font la part belle. On ressent, à les voir se balancer sur leur chaise, que les musiciens ont plaisir à jouer cette œuvre dense et créative. Ils l'ont sans doute abordée un peu désabusés, mais ils se sont impliqués de plus en plus au fur et à mesure du déchiffrage, au point qu'à la fin du premier mouvement, Georges Alagjem, le premier violon, se serait écrié : « Voilà un vrai grand quatuor. Que n'a-t-on connu plus tôt ce Paul Amiet ! Et quel dommage que son second quatuor ait été perdu ! »

Menée bon train avec enthousiasme, cette première œuvre rassure, s'il en était besoin, le public qui attend désormais la suite avec intérêt. Maman a fini de massacrer l'anse de son sac. Si elle savait pleurer, ses larmes auraient effacé ses rides.

Quatre tableaux pour piano joués avec brio, bien que réputés difficiles, sont suivis par les *Paraboles*, huit chants accompagnés au piano et interprétés avec conviction et finesse par la soprano Christel Boiron. C'était une des œuvres favorites de Maminette, ma grand-mère, mais elle me lasse vite, sans doute trop introspective pour moi. Un portrait contrasté du grand-père commence à se dessiner au-delà des vieilles photos qui le figurent, certes souriant quand il est avec sa femme, mais toujours un poil raide. Les musiciens nous font traverser les émotions qui l'ont entraîné durant ses moments d'inspiration, exaltation, communion, spleen, ravissement, spiritualité...

Et pour terminer, la petite sonate pour violon et alto. Elle est si émouvante pour Maman qu'elle doit soudain quitter l'auditorium, prise d'une quinte de toux. Ses parents l'ont jouée pour la dernière fois en 1942 à Creysse, où ils s'étaient réfugiés, quelques semaines avant la mort de son père. Elle se révèle être d'une simplicité, d'une douceur qui font penser à une berceuse. Et dire qu'elle a été composée en grande partie dans les tranchées ! On sent que Paul était en communion avec son égérie quand il l'a entendue dans sa tête. Il se voyait déjà au pied d'un berceau enlaçant sa Ninon. Pour nous, ses descendants qui ne l'avons pas connu, cette sonate légère comme un chant d'alouette au-dessus d'une étendue d'eau calme est la plus jolie déclaration d'amour qu'il ait pu faire à celle qu'il a toujours aimée.

C'est sans doute pour cela que j'ai eu l'irrésistible envie de raconter leur histoire d'amour.

LARGO

Alsace, 1910

« Alisse, gand les villes zifflent, la Zainte Fierche pieure ![3]
– Tu m'embêtes, Catherine, je siffle si je veux !
– Alice, s'il te plaît !
– Mais Mamely, vous conviendrez avec moi que la bonne n'a pas de réflexion à me faire.
– Qva ! Gand tu étais betite, chusque là tu m'as pissé dessus ! Che ne suis pas la ponne, chétais la nourrice.
– Et on t'a gardée parce qu'on ne peut pas se passer de toi, oui, je sais.
– Allons, allons, du calme vous deux. Catherine, nous ne vous remercierons jamais assez pour votre dévouement. Je pense que nous n'avons plus besoin de vous ce soir, merci beaucoup. Reposez-vous, Paul arrive demain et il va y avoir des visites.

Alice attend à peine que le bonnet gansé de satin offusqué se soit retiré.
– Il serait temps qu'elle prenne sa retraite, on n'a plus besoin d'elle. Maman, vous êtes toujours trop indulgente avec elle.
– Il n'est pas question que nous abandonnions nos domestiques, tu le sais bien, et surtout pas Catherine qui s'est si bien occupée de Jacques et de Marianne, et elle n'a pas tort quand elle te reprend, une jeune fille ne siffle pas, c'est très malséant.
– Même quand c'est du Offenbach ?
– Ah, si tu me prends par les sentiments.

Les deux femmes éclatent de rire et Marianne, qui n'est pas encore montée se coucher, entre dans le salon en entendant sa mère

3. « Alice, quand les filles sifflent, la Sainte Vierge pleure ! », prononcé avec un superbe accent alsacien.

et sa sœur. La jeune sœur de quatorze ans ne compte pas rater une occasion de s'amuser !

– Qu'est-ce qui vous met donc en joie comme cela ?

– *La Belle Hélène*[4]. Elle va être donnée à Strasbourg la semaine prochaine, Mamely a promis de nous y amener.

– Alice ! Je n'ai rien promis de tel.

– Cela ne va pas tarder. D'ailleurs, je dois aller à Strasbourg mardi, j'ai une réunion.

– Encore une de tes réunions de l'Action française !

– Tu n'y es pas du tout, je vais à la *Revue alsacienne illustrée*[5].

Avec une moue de désintérêt, Marianne s'installe au piano et entame l'air des Rois[6] que les trois femmes chantent en chœur : *Le roi barbu qui s'avance, bu qui s'avance, bu qui s'avance, c'est Agamemnon ! Aga, Agamemnon !*

– Hé, on s'amuse bien ici !

– Paul ! Mon chéri, on ne t'attendait pas avant demain.

– Rejoins-moi ! s'écrie la jeune Marianne, à quatre mains, ce sera plus drôle.

– Laisse-lui le temps de se remettre, voyons. Comment es-tu venu ?

– Un ami m'a accompagné.

– En voiture ? s'exclame Marianne.

– Exactement. Petrie s'est précipité pour l'aider à ranger sa Peugeot dans l'écurie. Mamely, je n'ai pas eu le cœur à le laisser repartir seul avec l'orage qui se prépare, il restera dormir. Cela ne vous dérange pas de lui faire préparer une chambre ?

---

4. *La Belle Hélène* est une opérette de Jacques Offenbach, créée en 1864 et dont le succès n'a jamais été démenti depuis.

5. *La Revue alsacienne illustrée* a été une importante publication de luxe, fondée en 1899 par Charles Spindler, couronnée par l'Académie française. La *Revue* présente la vie et les œuvres d'Alsaciens illustres, l'histoire, l'etŸologie, la topographie, les monuments du pays, l'art populaire ancien et le mouvement artistique de ce début de siècle. Alice Amiet y a collaboré en tant qu'illustratrice.

6. L'entrée en scène burlesque des rois de la Grèce, dont le barbu Agamemnon.

– Bien sûr que non, nous n'allons pas le laisser dormir avec ce brave Tommy.
– Qui pue !
– Marianne !
– Ce n'est pas un gros mot, et puis, c'est la réalité, ce cheval a au moins cent ans. Je peux aller voir la voiture, Mamely, dites oui ! Nous allons tous accueillir l'ami de Paul comme il se doit. Ce pauvre garçon doit se dire que nous ne savons pas recevoir nos visiteurs. »

Même Alice, avec son air de ne pas s'intéresser aux inventions masculines, se précipite vers l'écurie pour apercevoir l'automobile jaune et noire à grosses roues. Le gardien Petrie, malgré l'heure tardive, commence déjà à la nettoyer. Jamais encore une automobile n'était arrivée jusqu'au château, elles ne s'aventurent pas aussi loin dans la campagne. Mais à peine ont-ils fait trois pas en direction de l'écurie qu'un coup de tonnerre fracassant retentit.

« Eh bien, on dirait que vous êtes arrivés à temps. Rentrons vite. »

Un second coup de tonnerre, tout proche, est immédiatement suivi d'une pluie épaisse. Petrie abrite sous un large parapluie familial un homme en capote militaire. Celui-ci frappe ses bottes sur le seuil, avant d'en claquer les talons dans un salut mouillé lorsqu'il aperçoit ces dames venues l'accueillir.

Paul présente alors à sa mère et ses sœurs Alphonse de Rueil, un garçon d'environ vingt-cinq ans, tout gris de poussière, à l'exception de ses cheveux blonds qu'il vient de libérer de son bonnet de cuir, indispensable pour se protéger du vent. Pensez donc, la voiture fait au moins du 65 kilomètres à l'heure ! Mme Amiet se rend alors compte que son fils, comme son ami, est recouvert d'une couche de saleté repoussante.

« Messieurs, allez vite vous débarbouiller pendant que vos chambres se préparent. Paul, amène M. de Rueil dans la salle de bain ; je crains cependant qu'il n'y ait plus beaucoup d'eau chaude à cette heure-ci.

– Nous sommes habitués à nous laver à l'eau froide, voire glacée. Alphonse a été affecté comme moi dans l'artillerie, Maman, et cette période de « volontariat[7] » s'est déroulée de façon plus agréable avec lui dans ma chambrée. C'est un excellent musicien et nous avons hâte de pouvoir jouer en duo.
– Vous jouez aussi du piano ? demande Marianne.
– Non, du violoncelle.
– Vous avez raison, c'est l'instrument qui se rapproche le plus de la voix humaine, réplique Mme Amiet. C'est très aimable à vous de nous avoir ramené Paul, vous avez de la famille dans la région ?
– Oui, Madame, mes parents ont une propriété à une cinquantaine de kilomètres d'ici, et ce retour ensemble nous donnait le plaisir de continuer à discuter loin du fracas militaire.
– Quelle chance ! Venez vous réchauffer, il doit rester des petites choses à grignoter pour vous réconforter, une fois que vous vous serez décrottés. Marianne, il est l'heure d'aller te coucher.
– Oh Mamely, pas déjà, Paul vient à peine d'arriver.

La mère de famille ne se fait pas beaucoup d'illusions quant aux effets de son autorité sur sa petite dernière, trop heureuse à l'idée de passer enfin une soirée palpitante avec la présence d'un jeune homme aux fières moustaches blondes. Mais il se fait tard et la benjamine doit aller se reposer.
– Paul, va la coucher, s'il te plaît, avec toi, elle ne fera pas d'histoire.
– À vos ordres, mère ! Mais je compte sur vous pour bien vous occuper d'Alphonse pendant ce temps-là. »

Des petites choses à grignoter chez les Amiet suffiraient à gaver un régiment. Alphonse de Rueil a dû demander grâce lorsqu'Alice lui a présenté un pâté au riesling après le potage et les bouchées à la reine. Tandis que son hôtesse lui demande plus de détails sur la

---

7. Le volontariat est la période de service militaire imposée par les Allemands aux Alsaciens après la guerre de 1870, sous peine de perdre leur nationalité alsacienne.

propriété de ses parents, la jeune femme l'observe avec acuité sans pour autant participer à la conversation qui se traîne. Lorsqu'enfin Paul revient, chacun en semble soulagé.

« Tu as été bien long, mon chéri.

– Vous savez comment est Marianne, il faut toujours que l'on joue une saynète avec son petit théâtre. J'aurais mieux fait de me casser un bras le jour où je le lui ai construit.

– Ne dis pas cela, il est magnifique. Et Marianne peut ainsi exprimer ce qu'elle n'ose pas me dire.

– À ce sujet, j'ai été étonné de la violence de ses propos en jouant le rôle d'une femme affublée d'un chapeau grotesque. Je crains qu'elle ne se moque ouvertement de toi, Alice. Toujours fourrée avec tes amies hystériques ?

– Vouloir l'égalité des femmes et des hommes n'a rien d'hystérique. Je ne vois pas pourquoi des hommes idiots et à moitié débiles auraient le droit de vote et pas les femmes, souvent bien plus au courant de la réalité de la vie qu'eux !

– Allons, les enfants, vous n'allez pas commencer. Surtout en présence de notre invité qui doit se demander dans quel guêpier il est venu se fourrer.

– Ne vous inquiétez pas, Mamely, vous savez que j'adore taquiner ma grande sœur. D'ailleurs je suis bien trop fatigué pour avoir envie de me disputer. Cette période militaire a été épuisante.

– Mais comment acceptes-tu encore d'endosser l'uniforme de ces Prussiens ! Tu es un vendu, Paul ! persifle Alice, qui n'accepte toujours pas l'annexion de l'Alsace par les Allemands après la défaite de Sedan en 1870.

– Alice, je t'interdis d'insulter ainsi ton frère ! Tu sais très bien qu'il ne peut pas faire autrement.

– Si, justement, il pourrait refuser. Pourquoi seul notre grand-père Hippolyte a-t-il décidé de s'installer en France, et d'échapper au joug prussien ? Je suis née dans une famille de lâches !

– Il faut toujours que tu exagères, sœurette. Tu ne crois pas ce que tu dis, tu cherches juste à m'énerver. Tu es trop intelligente pour ne pas comprendre qu'il est toujours plus efficace de connaître son ennemi de l'intérieur plutôt que de lui tourner le dos. Je suis aussi français que toi, et tu le sais très bien.
– Tu caches bien ton jeu !
– Ton père ne pouvait pas choisir la France, tu le sais très bien, se lamente Mme Amiet, que les emportements d'Alice mettent mal à l'aise, même si Paul les minimise toujours.
– Hum, si je peux me permettre, commence Alphonse de Rueil, gêné d'assister à une escarmouche familiale, ma famille non plus n'a pas opté pour la France après le traité de Francfort[8], mon père ne voulait pas abandonner ses terres et ses ouvriers agricoles. Ce n'est pas pour autant qu'il est devenu allemand. Au contraire, il est viscéralement français.
– Eh bien, c'est un imbécile ! lance Alice qui manque souvent de retenue. Il aurait dû partir !
– Et laisser ses terres aux Prussiens ? Allons, Alice, calme-toi, fait Paul. D'ailleurs, les choses évoluent aujourd'hui et nous nous approchons d'une autonomie de l'Alsace.
– Et tu y crois ? De toute façon, ce ne serait pas la France ! Vos socialistes sont un ramassis de voyous qui nous mènent à la faillite.
– Tu mélanges tout, Alice.
– Mes enfants, il est trop tard pour parler d'un sujet aussi grave. M. de Rueil doit être épuisé et moi aussi. Il est temps d'aller se coucher. Paul, tu nous prépares un filibus[9], s'il te plaît ? Les lampes sont dans l'entrée, comme d'habitude.

8. Le traité de Francfort, du 10 mai 1871, met fin à la guerre de 1870 et prévoit l'annexion de l'Alsace et de la Moselle à l'Empire allemand ainsi que le versement d'une indemnité de guerre de cinq milliards de franc-or. Ceux qui veulent garder la nationalité française doivent quitter la région avant le 1er octobre 1872, les autres deviendront Allemands.
9. Le filibus était une sorte d'allume-feu en papier plissé avec lequel on allumait les chandelles.

– Permettez-moi de vous dire au revoir et merci dès à présent, Madame, je filerai très tôt demain matin.
– Quel dommage ! Revenez vite nous voir si vos parents ne sont pas loin. Paul, tu préviendras Petrie qu'il ouvre le portail pour M. de Rueil demain matin. Bonne nuit à tous, que Dieu vous bénisse. »

Paul prend alors dans un tiroir dédié une feuille de papier roulée en tube et va l'allumer aux braises de la cheminée où le feu s'endort tranquillement, puis il l'approche des lampes à pétrole disposées au pied de l'escalier pour les allumer à leur tour. Chacun peut ainsi monter se coucher éclairé.

« Ma chérie, je ne suis pas certaine que cette tenue te soit très seyante, tu es un peu engoncée. »

Alice n'aime rien tant que s'habiller en costume médiéval, elle les fait exécuter par la couturière de sa mère. C'est sa façon d'annoncer qu'elle va s'adonner à l'une de ses passions, la peinture. Un corselet attaché sur le devant par une cordelette de soie vert bouteille tente de maintenir dans un chemisier beige une poitrine nourrie au kouglof depuis de nombreuses années. La jupe de velours pourpre cache ses pieds chaussés de poulaines grises inadaptées pour marcher dehors. Agacée par la remarque de sa mère, Alice arrache sa perruque de longues tresses jaune paille et malgré les supplications de Marianne qui se régale des déguisements de sa grande sœur, elle la jette vers la desserte d'acajou, mais manque sa cible à la grande joie de Kriemhilde. Il n'en faut pas plus à la vieille chienne pour retrouver sa jeunesse et s'emparer de ce nouveau jouet. En quelques secondes, elle arrive à en faire un tas de laine baveux que personne n'a le cœur de lui arracher.

« Tes vrais cheveux te conviennent beaucoup mieux, et tu auras moins chaud. »

Il est vrai que les joues pleines et le menton arrondi d'Alice s'accommodent beaucoup mieux de ses cheveux châtains relevés en un élégant chignon, quoiqu'un peu malmené par la perruque, qui laisse voir ses beaux yeux gris étirés vers les tempes.

« Hum, ça sent bon le kouglof ! Catherine, je crois que c'est ta pâtisserie qui m'a le plus manqué durant ces longs mois.

En entrant dans la salle à manger, Paul embrasse sa vieille nourrice.

– C'est vrai que tu as maigri, mon chéri. Nous allons arranger cela. Ton ami est bien parti ?

– J'ai dû le réveiller, il ronflait encore plus fort que notre *oberfeldwebel*[10]. Il vous remercie encore Mamely.

– Nous n'avons pas eu le temps de vous écouter jouer ensemble.

– Il a l'intention de s'inscrire à la *Schola Cantorum* de Paris, les cours de violoncelle y sont de bon niveau et ceux de composition, dispensés par Vincent d'Indy, exceptionnels.

– Je crois comprendre que tu serais tenté, toi aussi ?

– J'y réfléchis, en effet. »

L'orage a ceci de bénéfique qu'il est suivi d'un bon nettoyage du ciel, les ramures en sont dépoussiérées et les chaumes ragaillardis ; de nouvelles pousses vert tendre éclatent partout, prêtes à se développer. Le petit château des Lanzy se dresse tout pimpant au sortir des deux jours d'une pluie incessante qui ont suivi le retour de Paul à la propriété achetée par Mme Amiet après le décès de son mari. Situé à peu de distance de Molsheim et de Saint-Louis-Lès-Bitche, il lui permet de revivre les jours heureux qu'elle a vécus du vivant de son cher Jules à la cristallerie de Saint-Louis, dont il était directeur.

C'est donc sous un ciel céruléen et dans une prairie vert gazon parsemée de bleuets et de boutons d'or qu'Alice a installé son chevalet ce matin. Dans l'air limpide les oiseaux se croient au paradis, ils en chuchotent, babillent, piaulent et ramagent à s'en faire claquer la glotte. Paul est déjà parti se promener avec son carnet strié de portées et griffonne sans s'arrêter des mélodies que tous ces chants inspirent. Il ne sait pas encore ce qu'il en fera mais il sent que cela le nourrit déjà.

---

10. *Oberfeldwebel* : « adjudant-chef », en allemand.

« C'est là le miracle avec le pastel, il permet de rendre le velouté d'une pelouse, la luminosité de l'air et la profondeur d'une mare sombre. Mais rien de tout cela n'est possible sans le regard de l'artiste qui saisit le meilleur point de vue, l'instant où la lumière est la plus apte à capter la moindre variation de couleur, et choisit les teintes s'harmonisant le plus justement. Bravo Mademoiselle ! fit une voix grave.

C'est une Alice rosissante qui lève le nez de son chevalet pour se retourner vers les deux hommes qui se tiennent derrière elle, son frère et, à ses côtés, l'homme à la voix grave.

– Salut sœurette, content de te voir en si bonne forme. Tu me parais d'humeur bucolique de si bon matin.

– Mon frérot ! C'est la meilleure heure pour la lumière.

– Moi, tu sais, la meilleure heure, c'est la nuit noire pour pouvoir observer les étoiles.

L'homme qui accompagne son frère est un grand brun aux yeux noirs et au nez épais. Un canotier à la main, il s'incline vers elle.

– Henri Schlummel, votre admirateur », s'exclame-t-il.

Penché sur sa sœur pour l'embrasser, Edmond suit son regard qui s'est attaché à celui de son ami Henri et s'en amuse. Alice, impressionnée par un homme au point de le regarder sans se moquer de lui ! C'est une révolution.

Si Catherine peut se montrer revêche envers Alice qui le lui rend bien, elle se met toujours en quatre pour son *Paulele*[11] qu'elle gâte honteusement. Sans en parler à qui que ce soit, elle a décidé que son favori devait se refaire une santé après les mois passés à se serrer la ceinture auprès de *ces sales Prussiens*. Et, pour ce faire, rien ne vaut un bon kouglof dégoulinant de confiture d'églantine. Chaque matin, à la table du petit-déjeuner, elle en apporte un fièrement qu'elle dépose devant lui. Elle le prépare toujours la veille, après l'avoir battu énergiquement. Elle lui en enfourne d'autorité une part

11. *Paulele* : « petit Paul », en alsacien.

dans la poche lorsqu'il sort en promenade et, estimant qu'il doit avoir un petit creux au milieu de la nuit, elle dépose religieusement tous les soirs un quart de *kalskuche*[12] devant l'icône posée sur la commode de sa chambre. On ne fâche pas Catherine, aussi Paul garde-t-il toutes ces bonnes pâtisseries pour en régaler en cachette Tommy et les poules de Petrie qui l'accueillent comme s'il était le Bon Dieu des animaux. Ses sorties champêtres lui sont depuis longtemps devenues indispensables. S'il est aussi sensible que sa sœur aux ciels grisés des Vosges et aux soleils d'aurore perçant la brume rosée, ce sont surtout les multiples bruits de la forêt, des oiseaux cachés dans les bosquets, les silences qui n'en sont jamais vraiment, les instants suspendus dans l'attente d'un jaillissement d'envol multicolore qui le poussent à sortir tôt le matin avec son cahier de portées vierges dès qu'il revient à Lanzy. Musicien dans l'âme, dans le cœur, dans les oreilles, pour lui chaque pépiement, chaque froissement, chaque gazouillis, jusqu'au ruissellement des gouttes après la pluie se traduit par un accord, un arpège qui pourra déclencher un début de mélodie qui lui servira peut-être plus tard, brut ou transformé.

L'été se termine. Le soir, Petrie allume le feu dans les cheminées, la lumière s'adoucit dans les prairies, on enfile désormais une veste ou un manteau léger pour aller se promener, on se glisse sous le *splumo*[13] avec plaisir au moment du coucher. Henri Schlummel repart demain, Alphonse de Rueil vient de quitter ses parents pour aller se trouver un logement à Paris et il a été invité à passer la journée et la nuit au château. La chère y est bonne, la compagnie agréable, et même si Alice peut se montrer parfois excessive, discuter avec elle est revigorant. Il ne désespère pas de convaincre son ami de s'inscrire à son tour à la *Schola Cantorum*.

« Matame est serfie, s'il fout plaît matame ! »

---

12. *Kalskuche* : gâteau au fromage blanc.
13. *Splumo* : l'édredon de plumes.

Mamely n'a jamais réussi à faire admettre à Catherine que *Madame est servie* suffisait. D'ailleurs, la formule a le don de mettre en joie les visiteurs, et Catherine s'en est bien rendu compte.

La salle à manger, recouverte de boiseries sombres, est éclairée par de hautes fenêtres aux petits carreaux de couleur qui font le désespoir des femmes de ménage chargées de les nettoyer. Des miroirs taillés en biseau dressés sur deux côtés agrandissent la pièce, un troisième mur est occupé par une immense cheminée dans laquelle brûlent dès la fin août des bûches de pin qui craquent abondamment sans vraiment chauffer, mais qui embaument. Sur le dernier mur, un vaisselier d'acajou se dresse sur deux mètres cinquante de haut, exposant, fierté de la famille, deux cents verres et carafes en cristal de Saint-Louis. S'y étalent les couleurs éclatantes des verres à vin, verres à eau, verres à vin du Rhin, flûtes à champagne. Et le lustre exécuté spécialement pour la veuve de l'ancien directeur de la cristallerie de Saint-Louis déploie ses feux, mettant en valeur le scintillement de cette exposition exceptionnelle. Si lorsqu'elle est seule avec ses filles Mme Amiet se contente de verres blancs, dès que ses fils ou des invités sont annoncés, les bonnes savent qu'elles doivent dresser la table avec le cristal de couleur.

En entrant dans la pièce, comme à chaque fois qu'il est ému à la vue du vieux vaisselier, Paul déclame, la main sur le cœur en prenant la pose :

« *C'est un large buffet sculpté ; le chêne sombre,*
Très vieux, a pris cet air si bon des vieilles gens ;
Le buffet est ouvert et verse dans son ombre
Comme un flot de vin vieux, des parfums engageants [...][14]

– Ne vous inquiétez pas, cela le prend de temps en temps de faire croire qu'il adore ce dégénéré de Rimbaud, annonce Alice à la cantonade.

Elle-même préfère les poèmes de Charles Maurras, à n'en pas douter. Mamely apprécie que la conversation soit générale autour de sa table, mais elle ne peut empêcher quelques apartés selon les

14. « Le Buffet », d'Arthur Rimbaud in *Le cahier de Douai.*

affinités. Henri, qui a pris l'habitude de s'asseoir à côté d'Alice, s'adresse directement à celle-ci :
– Quand rentrez-vous à Strasbourg ? J'ai repéré une ou deux expositions qui devraient vous intéresser et que j'aimerais visiter avec vous. Votre avis m'importe.
– Il commence à faire frais ici et je pense que dans deux semaines au plus tard nous aurons rejoint la rue Eugène Carrière.
– Quelle chance vous avez d'habiter le *fünfzeŸer-wörth*, et si près de l'Orangerie ! Vous devez vous régaler de ses parterres toujours renouvelés.

Alice se raidit en entendant Henri employer le nom allemand de son quartier et elle ajoute sèchement :
– Ici, nous préférons parler du quartier des XV.
– Comme vous voulez, c'est pourtant son vrai nom.
– Dans une famille de musiciens comme la nôtre et surtout de vrais Français de cœur, nous apprécions le français comme la seule langue à la fois mélodieuse et précise.
– Alice, nous montreras-tu enfin tes derniers pastels avant que nous ne quittions Lanzy ? interrompt Mamely, qui veille au grain.
– J'ai hâte de les admirer, en rajoute Henri qui veut se faire pardonner son impair.
– Vous reprendrez bien un peu de ce *baeckeoffe*[15], monsieur de Rueil, Grete le réussit à ravir. Ne vous laissez pas ennuyer par Kriemhilde, cette chienne a par moment un comportement bien peu digne de l'éducation que nous lui avons donnée.

La chienne semble fâchée contre la botte d'Alphonse qui tente vainement de la lui faire lâcher. Malgré les tentatives de Mamely, une autre aparté surgit entre Paul et Henri :
– Non, mais tu déraillles, mon pauvre ami. C'est un ramassis de vieux calotins coincés dans leur bigoterie qui ne jurent que par la musique catholique.

---

15. *Baeckeoffe* : plat de trois viandes mijotées et cuites dans un plat en terre fermé.

– Pas du tout, Henri ! Vincent d'Indy n'arrête pas de louer Bach, dont il écrit qu'il était *protestant par erreur*[16] et que les oratorios de Haendel sont *glacés et fastidieux*[17].
– Non, mais pour qui se prend-il ? Tu as lu son *Cours de composition musicale* ? À chaque page, il fait étalage de sa foi. Tu finiras moine si tu vas là-bas, crois-moi, Paul.
– Tout d'abord, il parle de sa foi dans l'art et c'est en cela qu'il m'intéresse. Mais je ne te savais pas aussi anticlérical, mon vieil Henri.
– Pas du tout ! Mais je ne brandis pas ma religiosité comme un bouclier contre les parpaillots, les communistes et les anarchistes. Pour moi, la foi est une affaire privée et qui ne regarde personne.

Pour se calmer, Henri prend une cigarette dans son étui d'argent guilloché et en offre une à Paul qui la refuse d'un geste.
– Je te rejoins sur ce point, interrompt Alphonse, mais tu ne peux réduire Vincent d'Indy à ses outrances quasi mystiques. C'est un homme d'une grande générosité, et surtout c'est un véritable artiste qui donne à la musique française une orientation multiple malgré les discours parfois sectaires que tu soulignes. Sa musique est à la fois grandiose et humaniste, descriptive et lumineuse, créative et sensuelle.
– Et c'est cela qui m'attire dans son enseignement, reprend Paul. Avoue que tu t'es senti transporté au sommet d'une montagne enneigée, toi aussi, au second acte de son *Fervaal*[18]. Ne le nie pas, j'étais avec toi. Que j'aimerais, un jour, pouvoir exprimer autant de beauté en quelques notes !
– Tu y arriveras, Paul, j'en suis certain, tu as du talent. Et si tu penses que c'est la *Schola Cantorum* qui peut t'aider à le développer, vas-y ! Après tout, tu n'es pas obligé d'écouter les discours du vieux d'Indy.

---

16. Dans *Tribune de Saint-Gervais*, mars 1899.
17. Ibid.
18. *Fervaal*, opéra créé en 1897 au théâtre de la Monnaie de Bruxelles.

– Edmond, Henri a vendu la mèche, il m'a dit que tu as une proposition de travail chez Siemens. Tu as l'intention de l'accepter ?
– Je ne sais pas encore, j'ai également une proposition à Genève de la maison Bertillot et Cie. Je préférerais Munich mais Jeanne ne jure que par la Suisse.
– Il est hors de question que tu ailles t'installer en Allemagne ! s'exclame Alice tout en se redressant sur sa chaise.

Les cheveux déjà prêts à s'échapper de son chignon, elle poursuit :
– Tu ne peux pas faire cela. D'ailleurs, tu dois écouter Jeanne, elle ne parle pas un mot d'allemand, tu ne peux pas l'obliger à se sacrifier.
– *Tu dois, tu ne dois pas, tu ne peux pas…* Sœurette, tu devrais t'écouter un peu. Contrairement à toi, Jeanne comprend très bien que je puisse être attiré par le dynamisme industriel de l'Allemagne. Alors que la France végète, incapable de changer ses vieilles machines obsolètes, les Allemands, eux, se modernisent sans cesse et investissent dans la recherche.
– Avec les cinq milliards de francs or qu'ils nous ont volés !
– Ils ne les ont pas volés, ils leur ont été attribués par le traité de Francfort, je te le rappelle.
– C'était tout de même une honte infligée au vaincu !
– Toujours est-il que l'Allemagne est bien partie pour devenir la première puissance industrielle mondiale et je veux en être que cela te plaise ou non.
– Et notamment dans le domaine de l'armement, l'interrompt Paul. Nous sommes bien placés, Alphonse et moi, et toi aussi Edmond, pour savoir que l'artillerie de l'Allemagne est certainement la meilleure du monde aujourd'hui. Ou le sera demain. C'est vrai, Edmond, que cela fait peur. Mais j'imagine que ce n'est pas dans le domaine de l'armement qu'on te propose de travailler, tu n'es qu'un Alsacien, après tout.
– Bien entendu, il s'agit de la pose de câbles électriques, n'est-ce pas enthousiasmant, Mamely ?

– Mon chéri, il est certain que je préférerais te savoir en France ou en Suisse mais c'est de ta vie qu'il s'agit, c'est à toi de choisir.

Pendant ce temps-là, Kriemhilde s'est rabattue sur la serviette qu'Alphonse a subrepticement laissé tomber par terre pour qu'elle lâche sa malheureuse botte dont il était si fier.

– Mes amis, la nuit va être particulièrement claire, et je vous invite à venir observer les dernières étoiles filantes de la saison.

Edmond est toujours heureux de faire partager sa passion pour l'astronomie.

– Oh oui, moi je viens avec toi, fait Marianne, qui saute sur toutes les occasions de ne pas se coucher aussi tôt que le voudrait sa mère.

– Vous nous accompagnez, Alice ? Pour ma dernière soirée, j'espère un feu d'artifice d'étoiles. »

C'est un feu d'artifice, en effet, mais pas celui qu'espérait Henri. À peine Alphonse s'est-il levé que la chienne, décidément prise de passion pour lui, s'est de nouveau accrochée à sa jambe. Voulant s'en détacher, le jeune homme s'est empêtré dans la nappe qui traîne jusqu'à terre, et a entraîné avec lui son voisin Paul qui est allé cogner contre le vaisselier. Une seconde de silence suivie d'un grand fracas qui n'en finit pas, mille langues de couleur explosent dans toute la pièce, mille larmes de cristal s'envolent pour retomber en mille notes que Paul entend encore lorsqu'il est emporté, tout sanguinolent, dans sa chambre. Il réclame à son frère son papier à musique, une plume, un encrier. Il n'a pas mal, pas encore, et l'urgence, là, maintenant, c'est de transcrire cet ensemble harmonique qu'il appellera *Saint-Louis*.

Quant à Mamely, elle est restée interloquée un long moment, elle revit un autre moment semblable, mais plus tragique.

Saint Louis-Lès-Bitche, juillet 1902

« Mon bon Zimmermann, cette fois-ci on y est. Ne changez plus rien, il est parfait.

– Merci, monsieur le directeur. Oui, je crois bien qu'on le tient. »

Jules Amiet admire à bout de bras, puis en le rapprochant de ses yeux, un gobelet vert et blanc au pied festonné. Il passe lentement un doigt dessus et ne détecte aucune aspérité, il a été parfaitement taillé et limé. Depuis deux jours il n'a pratiquement pas quitté la halle, sans se soucier de la chaleur émanant des fours. Chaque essai était suivi du verdict : ce n'est pas la bonne couleur, le calice est trop petit, le pied trop grand… Mais là, voilà, l'équilibre est parfait.

La sublime simplicité. Jules Amiet y songe depuis longtemps, mais les nombreux croquis présentés au conseil ont tous été refusés, trop novateurs, trop loin de ce qui fait la spécificité de Saint-Louis, sa réputation internationale. Et puis enfin, son directeur de la création a fait une proposition qui a eu l'heur de plaire. Un véritable artiste, cet Adolphe Zimmermann qu'il a recruté à sa sortie de l'École des Beaux-arts. Il a compris ce que recherche le directeur et lui a soumis plusieurs esquisses de pièces alliant dépouillement et virtuosité. Trois couleurs en camaïeux de vert, d'orangé, de rouge, et des formes épurées.

Tout de suite, M. Amiet s'est enthousiasmé de ces propositions. Les verriers les ont tout d'abord regardées avec gravité, on pouvait les entendre réfléchir, regimber. La double couleur, on sait faire depuis longtemps, nous sommes même les meilleurs. Mais la triple ! Et ces formes, informes, un gobelet ! Un verre sans jambe ! Une carafe droite ! Et puis Lorrain, le chef de l'atelier du verre chaud, s'est écrié : « On va le faire ! » Alors, ils s'y sont mis. L'atelier de taille a été plus difficile à convaincre, où sont nos mille facettes ?

Quant aux graveurs, ils n'étaient plus concernés. Les souffleurs s'y sont attelés sans rechigner, si le chef dit qu'on peut le faire, c'est qu'on peut. Ce n'est pas la première fois qu'on se retrouve à tester une nouvelle technique, surtout depuis que M. Amiet est là. Et puis vert clair à la masse, vert foncé et blanc à doubler, c'est gai, c'est frais. Finie l'opaline, on passe à la couleur dans tous ses états.

Après le gobelet, Lorrain a déposé dans les mains du directeur un verre au calice frappé, comme à l'emporte-pièce, de petits cercles alternant vert printemps, vert sapin et blanc, on n'est pas dans les Vosges pour rien. Différent du gobelet, il en rappelle la pâte et les couleurs. Le polissage et le brossage ont été si parfaits que le verre attire irrésistiblement la main du patron ; il le caresse aussi délicatement que les joues de sa petite dernière. « Je vous fiche mon billet qu'on va se les arracher à Paris comme à Berlin ! On va pouvoir lancer la fabrication des moules. Mme Zimmermann va avoir sa carafe ! Vous l'avez bien méritée. Pour l'occasion, j'ai pensé à sortir en même temps une série de presse-papiers, tout en dégradé de vert et blanc, j'ai fait quelques esquisses, j'aimerais que vous demandiez à vos dessinateurs de préparer des maquettes. »

Les verriers, habitués à travailler à mains nues pour mieux sentir la pâte en fusion qu'ils façonnent et plient à leur volonté, sont peu sensibles à la chaleur, pourtant ils sont heureux de pouvoir se reposer un moment et se désaltérer à l'annonce du directeur : « Mes amis, nous n'allons pas déroger à la tradition, toute nouvelle création réussie se fête ! Et compte tenu de la chaleur exceptionnelle, je propose, si messieurs les chefs d'atelier en sont d'accord, que l'on s'arrête dès que les bouteilles seront là. »

Si les ouvriers sont en bras de chemise, le directeur et ses cadres, cravatés, restent dignement en costume quel que soit le temps et chacun applaudit joyeusement à la proposition faite.

Les bonnes sont arrivées de la maison directoriale avec les bouteilles sorties de la cave, où elles restent au frais. Les verres mis au rebut car présentant un défaut, même infime, descendent des étagères où ils attendent les bonnes occasions comme celle-ci. Le jeu consiste alors à repérer celui que Léon, Alfred, Louis ou Petrus a soufflé, taillé, gravé. Ce n'est pas une rasade de *gewürztraminer*, mais deux puis trois qui sont servies à tous ceux qui le demandent. C'est à chaque fois le même rituel, Mme Amiet arrive, escortée de ses filles et de ses fils, s'ils sont à Saint-Louis-Lès-Bitche, elle goûte la première dans le verre qui vient d'être taillé, puis d'une voix qu'elle pousse afin d'être entendue du plus grand nombre, félicite tous les présents et demande qu'on n'oublie pas les absents, puis après avoir serré la main des chefs d'atelier, elle se retire. Les hourras fusent, la tension se relâche, la grande famille de Saint-Louis se regarde fièrement. Dans ces moments-là, chacun est persuadé que la Manufacture est la première de toutes, elle le sera toujours, elle peut tout.

Cette fois-ci, après avoir remis la petite Marianne aux soins de sa nourrice Catherine, Mme Amiet est restée, éblouie par les dernières créations. Alice et Paul aussi. Ils sont à l'aise au milieu de ces ouvriers qu'ils connaissent depuis sept ans. Ils rencontrent leurs épouses à l'église et d'ailleurs, certaines travaillent à la maison directoriale. Paul a joué au ballon avec les garçons et en retrouve certains avec plaisir. Mais surtout, il ne se lasse pas d'écouter les ouvriers souffler et frapper, d'observer le feu qui siffle et le verre brûlant fumant dans l'ammoniaque, l'éparpillant en mille gouttelettes comme mille notes éclatantes. Quant à Alice, elle aime par-dessus tout l'atelier de dessin. Elle s'est d'ailleurs essayée à proposer à son père quelques modèles qui n'ont pas reçu l'assentiment du conseil, toutes ces vieilles barbes ne comprennent rien à l'art contemporain. Elle demande à Zimmermann si elle peut aller y jeter un coup d'œil, il accepte, trop heureux de pouvoir accompagner la *si jolie fille du directeur.* Oh, sans arrière-pensée, il est heureusement marié, mais Mlle Amiet possède un sens critique développé, un souci du détail, un goût très sûr qu'il admire et dont il entend tirer parti. Dans ces moments-là, Alice aimerait être un homme pour pouvoir, elle aussi, souffler dans le pontil[19] au sein d'une place[20], donner sa forme à l'objet, affiner, façonner la matière à l'aide de pinces et de ciseaux.

Depuis combien de temps sont-ils dans l'atelier à regarder, comparer les esquisses, les aquarelles, les gouaches des projets de sulfures dont bien peu finalement seront réalisés, mais tous font rêver ? Un énorme vacarme, des cris, des hurlements retentissent, Alice reconnaît la voix de sa mère, elle sort en laissant tomber les croquis qu'elle tenait et se précipite au rez-de-chaussée où règne le plus grand désordre. Les ouvriers, les chefs d'équipe s'écartent sur son chemin, elle n'entend que sa mère sangloter : « Jules, Jules, à l'aide ! »

Alice ne comprend pas ce qu'il s'est passé. Il n'y a plus qu'un immense chamboulement de cristal brisé, d'étagères au sol. Accroupie par terre, sa mère tenant Jules étendu dans ses bras, et une flaque de sang. Tout autour, des hommes consternés, des bonnes pleurant. Paul, les bras ballants, n'a pas encore réalisé, il a dans les oreilles le scintillement sonore des éclats multicolores qui ont volé dans les airs à travers l'atelier, avant de retomber en pétillements retentissants. Il faisait si chaud, et M. le directeur, lui si sobre d'habitude, s'est montré trop imprudent, sans doute les étagères étaient-elles trop chargées. Une enquête, plus tard, conclura à un accident, juste un accident, plus de cent personnes en ont été témoins. Alice en a voulu à son cher papa d'être parti si vite. Il ne lui a pas dit au revoir, elle ne l'a pas vu mourir, elle se sent aussi blessée que si elle avait reçu un fourmillement de cristal dans la peau. Paul a mis longtemps à admettre que ce moment de drame l'a confirmé dans sa vocation de créateur musical, était-ce une manière de sublimer la mort de son père ?

---

19. Le pontil est la canne pleine de cristal en fusion.
20. Une place est une équipe de trois à huit ouvriers.

Lille, juin 1912

« Le premier prix de violon est attribué à l'unanimité et sans aucune réserve à Mlle Hélène Bonnet. »

C'est avec enthousiasme que tous les professeurs du conservatoire de Lille applaudissent la toute jeune fille qui s'approche de l'estrade en souriant. M. Leclanche, professeur de violon, dissimule avec peine un sourire mêlé de fierté et d'attendrissement. Ses lèvres, tour à tour, se plissent, se rentrent et s'entrouvrent pour laisser s'épanouir un rire aussitôt contenu. Quel honneur pour lui d'avoir amené son élève préférée au diplôme final avec l'assentiment de tous ses collègues !

Bruns aux nuances de châtaigne, se déroulant en boucles légères sur ses épaules, les cheveux d'Hélène sont retenus au-dessus du front par un ruban de taffetas céladon qui fait ressortir la clarté de ses yeux verts. Son visage a gardé de l'enfance un arrondi parfait aux joues que rosit sa timidité décuplée par l'attention dont elle est l'objet. Les parents des enfants présents avaient déjà entendu parler de celle qui est indéniablement la meilleure violoniste de l'école depuis de nombreuses années. Ses sauts de classe répétés lui avaient donné une réputation d'enfant prodige. En plus d'une technique qui peut, certes, encore s'améliorer et gagner en souplesse, elle possède une intuition fine qui lui permet d'appréhender les intentions du compositeur et les interpréter sans les mièvreries habituelles des jeunes filles de son âge. Elle fait preuve d'une maturité musicale et d'une grâce naturelle que certains professeurs lui envient. Étourdie par les applaudissements qui accompagnent la remise du parchemin bordé de festons dorés, Hélène s'en retourne à sa place entre ses parents, se convainquant que finalement, elle doit être une violoniste acceptable.

Autour du buffet offert par le conservatoire, une discussion s'engage entre M. Bonnet, le père d'Hélène, et son professeur, M. Leclanche :

« Cher monsieur Bonnet, il est évident que votre fille Hélène montre des dispositions exceptionnelles, ce diplôme obtenu haut la main n'est que le prélude à un approfondissement de ses dons. J'espère que vous en êtes bien conscient.

– Je suis tout à fait d'accord avec vous, notre Hélène doit poursuivre ses études, j'en suis bien convaincu, et elle-même ne tient pas à s'arrêter là, n'est-ce pas, Ninon ?

Hélène acquiesce d'un signe de tête.

– Que nous conseillez-vous donc ?

– Sans hésitation, la *Schola Cantorum* de Vincent d'Indy.

– À Paris !

– Bien sûr, à Paris. Vous imaginez bien qu'elle ne trouvera pas à Lille un professeur à la hauteur du talent qu'elle doit encore développer. Nous avons fait ici tout ce qui est en notre pouvoir pour l'amener là où elle est arrivée. Mais ce n'est qu'un débroussaillage, si vous me permettez l'expression, désormais, nous devons passer la main à des collègues plus aptes à la propulser vers les sommets auxquels elle peut incontestablement aspirer.

– Vous êtes trop modeste, monsieur Leclanche, Hélène n'aurait pu espérer meilleur maître à Lille.

– Parce qu'elle dispose de réels dons que vous avez su encourager. Armand Parent sera de mon avis, j'en suis certain.

– Armand Parent !

– Oui, cher ami, Armand Parent. C'est le professeur de violon du cours supérieur à la *Schola*.

– Hélène est justement très admirative de son œuvre. Sa *Gymnastique du violon* figure en bonne place dans son placard aux partitions. Mais Paris ! Elle est si jeune, si préservée des réalités de la vie.

– Justement, vous savez certainement que les fondateurs de la *Schola Cantorum* ont été portés par un désir de revenir aux fon-

damentaux de la musique religieuse ancienne. Il règne là-bas un souffle, un élan spirituel propre à rassurer un père tel que vous, inquiet pour la vertu de sa fille.
– Mais si je ne doute pas un instant du talent, que dis-je, du génie et de l'esprit universel du maître, ne peut-on craindre, d'après ce que vous dites, des études de musique trop exclusivement religieuse ou ancienne ? Bien que ma famille et moi-même soyons des chrétiens fervents, je voudrais qu'Hélène puisse bénéficier d'un enseignement plus moderne, plus tourné vers la musique actuelle.
– Mais bien au contraire, cher Monsieur. Vous venez de faire allusion à l'ouverture d'esprit de maître d'Indy. Ce grand homme souhaite *rénover la musique moderne, certes au moyen de la connaissance du passé*[21], mais il accueille tous les élans, toutes les aspirations, du moment qu'elles sont nouvelles et généreuses.

M. Leclanche s'échauffe au point d'en devenir aussi rouge que l'œillet qui finit de se faner à sa boutonnière. Maxence Bonnet s'empresse de lui resservir un verre de citronnade.
– Ah, comme j'envie déjà notre chère Hélène de pouvoir bientôt côtoyer tant de talents réunis dans un même élan de hardiesse et de foi dans la musique de tous les temps qui…
– Je vous sens effectivement fort enthousiaste. Mais pourquoi vous-même, n'allez-vous pas enseigner là-bas ?
– Ah, s'il n'en tenait qu'à moi ! Armand Parent me l'avait proposé, figurez-vous, nous nous connaissons un peu. Mais ma pauvre femme, Lucie, ne veut pas quitter Lille où ses vieux parents demandent tous ses soins, alors… »

Pendant que Maxence Bonnet devise ainsi avec le professeur d'Hélène de l'avenir de la jeune violoniste, son épouse Eugénie conduit ses filles vers la rue Esquermoise, bien décidée à fêter le succès d'Hélène dans la célèbre pâtisserie Méert. Il fait une chaleur

---

21. Extrait de la *Tribune de Saint-Gervais* datant des années 1900.

exceptionnelle, certes bienvenue après un printemps très pluvieux, mais qui a rendu la performance des musiciens en herbe particulièrement méritoire. Faire glisser les doigts sur un manche de violon lorsqu'on transpire est périlleux pour la justesse. Mais lorsqu'Hélène est concentrée sur son instrument, elle ne sent ni le froid ni la chaleur. En revanche, à présent, une glace au café, sa préférée, serait la bienvenue, accompagnée d'un ou deux spéculoos.

Hélène avait commencé le violon à neuf ans, sur l'incitation de son père, lui-même bon violoncelliste autant que bon pianiste. Il s'est montré intraitable sur le rythme soutenu des études musicales qu'il faisait suivre à ses filles. Un an à peine après avoir posé pour la première fois son archet sur le demi hérité de son grand-père, Hélène entrait au conservatoire et passait sur un trois-quart[22].

Alors que son frère Léon, devenu médecin, s'était installé à Neuilly, Maxence Bonnet avait repris l'entreprise familiale de filature qui périclitait doucement mais sûrement depuis que leur père avait fait de mauvais choix ou plutôt s'était contenté de ne pas en faire, alors qu'il aurait fallu moderniser l'usine. Son travail ne l'intéressait guère et, comme bien des parents déçus par leur propre destinée, il reportait sur sa fille aînée la passion qu'il aurait voulu lui-même assouvir. À juste titre, il avait su déceler chez elle des dons qu'il aurait aimé posséder. C'est pourquoi il veillait à la régularité de son travail, sans hésiter à rencontrer à tout bout de champ les professeurs qu'il ne jugeait pas assez exigeants. La fillette était d'ailleurs si accrochée à ses études de musique qu'il n'était pas nécessaire de la presser de prendre son violon après qu'elle avait terminé ses devoirs.

Les dons d'Hélène et l'application de Suzanne qui a préféré très jeune le violoncelle, sans doute pour ne pas se trouver en concurrence avec sa sœur, ont incité Maxence à passer plus de temps avec ses filles

---

22. Les instruments à cordes sont de différentes tailles adaptées aux enfants : le quart, le demi, le trois-quart, l'entier.

qu'il n'aurait dû au regard de l'état de son usine. Ayant perdu son seul fils alors que celui-ci n'avait que six ans, il se faisait moins de souci pour la pérennité de son affaire, sachant que les filles, de toute façon, se marieraient et partiraient. Et quel plaisir que de faire de la musique en famille ! Sa femme, Eugénie, ne peut pas comprendre, elle qui n'a même jamais mis les doigts sur un piano.

Pour son entrée à la *Schola Cantorum*, Maxence a offert à Hélène un Jacques-Jean-Henry Hel tout neuf, sorti de l'atelier de lutherie de la rue Nationale créé par son célèbre père, Joseph. Recouvert d'un beau vernis roux, il est muni d'un système qui permet de s'accorder d'une seule main, sans secousse, ce qui est bien commode en pleine exécution d'un morceau mais qui ne simplifie pas le changement de cordes[23]. Cet achat n'est certainement pas raisonnable alors que les commandes se raréfient d'année en année à la fabrique, mais que ne ferait-il pas au nom de la musique ! L'instrument est parfait pour elle qui, avec sa délicatesse affirmée, est capable d'en sortir des sons subtils alors que d'autres les auraient écrasés.

Maxence savait que l'École avait à sa tête Vincent d'Indy depuis 1900. La *Schola* a été créée dans la foulée de la défaite de 1870, alors qu'un fort sentiment nationaliste, voire antisémite, tendait à se développer en France. Ainsi Saint-Saëns, un des fondateurs de la Société nationale de musique qui voulait ne faire jouer que de la musique française pour *contrer la musique allemande*, s'est brouillé avec d'Indy quand celui-ci proposa d'introduire des œuvres de compositeurs étrangers aux programmes des concerts. D'ailleurs, son exécution de la *Messe* en *ré* de Beethoven le 19 mars 1910 fut un événement relaté dans tous les journaux culturels. Bien que lui-même profondément « revanchard », d'Indy a ouvert toute grande sa nouvelle école aux élèves de tous pays et à toutes les musiques. Il en sortira de nombreux compositeurs reconnus universellement et des interprètes non moins reconnus. Des compositeurs « exotiques », tel

23. Système qui a été abandonné par la suite.

Isaac Albéniz, considérés comme *propres à stimuler l'imagination des élèves* sont accueillis avec chaleur.

Ce qui a également fait le succès de la *Schola*, c'est sa liberté d'esprit. Se voulant indépendants des institutions d'État, ses fondateurs encouragent l'expression personnelle et la créativité de chacun. L'art est considéré comme un élément fondateur de la personnalité. Amateurs éclairés comme futurs professionnels y sont accueillis avec la même ouverture. Les étudiants sont poussés à expérimenter de nouvelles approches musicales dans un esprit dépourvu de compétition, *on n'y fait pas de la musique contre quelqu'un*, aucun concours n'y est organisé mais des examens réguliers y sont programmés pour permettre aux élèves de se voir progresser. Le règlement de l'École édicte six grandes règles :

– *pas de limite d'âge pour l'admission ;*
– *un examen début octobre et, s'il y a lieu, au commencement de chaque trimestre ;*
– *un diplôme de fin d'études est remis aux élèves du second degré et des cours supérieurs (avec éventuellement des mentions) ;*
– *l'organisation de concerts auxquels prennent part les élèves instrumentistes et les élèves du chant ;*
– *l'obligation de participer aux cours d'ensemble vocal pour tous les élèves instrumentistes ;*
– *l'interdiction de présenter pour les examens d'autres pièces que celles inscrites dans le répertoire publié à la suite du règlement.*

Hélène, malgré son jeune âge, pourra donc intégrer l'École. Dans son bureau de sa maison de la rue Patou donnant sur le square Rameau, Maxence Bonnet rédige une lettre pour son frère Léon, le remerciant d'avance d'accueillir Hélène pour une année à l'essai, et plus si la jeune fille se plaît à la *Schola Cantorum* et reçoit les encouragements à persévérer de ses nouveaux professeurs. En caressant du regard le vase de Daum acheté à prix d'or lors d'un séjour à Nancy, il se remémore ce voyage qui lui avait permis de passer également par la cristallerie de Saint-Louis, il en avait rapporté une douzaine de verres à vin taillés de six teintes différentes. Ils lui sont si précieux que seule Eugénie, son épouse, est autorisée à les sortir du vaisselier lors des grandes occasions, la bonne n'ayant pas le droit d'y toucher, même si elle est certainement plus adroite que sa maîtresse.

Maxence se demande comment proposer à Léon de lui verser une pension pour Hélène sans le vexer. Son frère possède un cabinet bien placé à Neuilly, boulevard Victor Hugo, un quartier boisé et aéré, mais il passe plus de temps à tester de nouvelles thérapies comme l'acupuncture et l'homéopathie qu'à développer une clientèle classique et rémunératrice, et les rares fois où Maxence est venu le visiter, il s'est rendu compte que la famille de Léon vivait de façon plus frugale que ses revenus ne l'exigeaient. Il sait son frère susceptible et craint de le froisser, ce qui ne serait pas favorable à Hélène, et il doit se reprendre à plusieurs fois et prendre toutes les précautions épistolaires dont il est capable pour ne pas causer le moindre tort à sa fille. Il finit par faire appel à l'amitié qui lie Ninon à sa cousine Louise, pourtant plus jeune de deux ans. Mais Maxence s'est fait du mauvais-sang pour rien, dès la fin du mois d'août, la pension est acceptée et Hélène est installée chez son oncle sans problème.

Hélène Bonnet et sa tante Marguerite restent sur le pas de la porte du bureau de Vincent d'Indy qui tient en main la lettre de recommandation de son collègue Leclanche. Le cheveu encore noir malgré sa soixantaine bien marquée, le front bombé, la moustache grise à la Napoléon III et cet air de bonhomie qui le fait tant apprécier de ses élèves, le directeur de la *Schola Cantorum* regarde les deux femmes de ses yeux légèrement myopes. Il est peu impressionné par leur arrivée, elles sont aussi menues et intimidées l'une que l'autre. Elles n'osent avancer avant que le directeur ne leur ait renouvelé son invitation à venir s'asseoir sur les chaises rembourrées faisant face à son bureau d'acajou sombre. La lettre de Leclanche le touche par son enthousiasme et son inquiétude pour sa protégée bien jeune, elle n'a que quinze ans. Aussi brillante qu'elle ait pu être au conservatoire de Lille, la petite demoiselle pourrait se sentir écrasée par ses congénères plus âgés et plus imposants qu'elle.

Tout à ses réflexions, le directeur de la *Schola* ne peut s'empêcher de fixer Hélène qui pourrait largement être sa fille. Ce sont ses yeux surtout qui l'accrochent, limpides comme un lac de montagne au lever du jour, ils restent plantés dans ceux du maître comme pour lui dire : « Écoutez-moi jouer, vous déciderez ensuite. » Et sans un mot, Vincent d'Indy lève la main pour faire signe à l'élève de sortir son violon de sa boîte et commencer à jouer.

Elle aurait aimé lui faire une surprise en lui jouant l'adaptation pour violon que son père a transcrite d'une de ses sonates pour piano, mais elle s'est sentie trop présomptueuse d'oser interpréter devant le compositeur une œuvre adaptée sans son accord et qu'elle aurait eu honte d'exécuter imparfaitement. Elle a donc choisi un autre morceau, pourtant tout aussi difficile, mais qu'elle a tant travaillé que son trac s'en est allé dès qu'elle a fini de préparer son Hel. Elle sait très bien juguler ce trac en prenant le temps d'accorder minutieusement chacune des quatre cordes, *mi*, *la*, *ré*, *sol*, en respirant profondément. Avant qu'elle ne pose son archet sur le *la*, d'Indy se lève pour ouvrir la fenêtre de son bureau puis la referme aussitôt, il fait encore plus chaud dehors que dedans. Il sort un mouchoir de sa poche pour s'éponger discrètement le front. Si les robes des dames, de soie et de coton léger, ne leur couvrent que le haut des bras, lui souffre visiblement de devoir garder sa veste de drap par-dessus sa chemise.

Il fait une chaleur écrasante dans cette pièce, mais Hélène ne donne pas l'impression de s'en soucier. D'un mouvement de tête, le directeur l'engage à se lancer. Marguerite est inquiète, elle sent qu'il préférerait être seul pour pouvoir dégrafer sa cravate et son col dur. Cependant, l'attaque aussi délicate que vigoureuse de l'*allegro* de la sonate en *sol* mineur de Jean-Sébastien Bach impressionne le professeur qui se renverse dans son fauteuil pour écouter plus à l'aise ce tendron venu du Nord. Son *vibrato* maîtrisé, la clarté de ses détachés lui retirent toute trace de doute qu'il pouvait encore avoir : cette élève-là est bien digne de son école, et je vous fiche mon billet que nous l'amènerons vers une grande carrière. Parent sera ravi de l'accueillir dans sa classe.

« Tante Marguerite, il fait toujours aussi chaud en été à Paris ?

Ninon hésite à mettre un pied hors de l'appartement de son oncle et sa tante tant le soleil est déjà brûlant à dix heures du matin.

– Non, cette canicule est exceptionnelle. Tout comme l'inondation dramatique de l'an dernier ne s'était pas vue depuis des siècles. Nous vivons une époque bien inquiétante. Mais en prenant le métropolitain nous devrions avoir un peu moins chaud.

– Moi, j'adore cette chaleur, rétorque la jeune Louise, on a eu tellement froid l'hiver dernier. Dépêchons-nous, j'aimerais qu'on puisse aller visiter l'opéra de M. Garnier après avoir fait des emplettes pour Ninon. »

Hélène dispose d'un mois avant la rentrée de l'École et sa cousine entend bien en profiter pour lui faire découvrir Paris, qu'elle n'a vu qu'une fois avec ses parents. Et lorsque sa tante a découvert ses vêtements à l'ouverture de sa malle, elle en a été épouvantée ; ses robes sont charmantes mais démodées, et elle ne possède même pas de chapeau convenable ! Sa nièce ne peut décemment pas prétendre à tenir sa place avec cette garde-robe aussi provinciale. Guidée par l'esprit du devoir, Marguerite est déjà exténuée avant même d'avoir atteint l'arrêt de l'omnibus qui les amènera jusqu'à la station Obligado[24] du métropolitain. Avec des gloussements d'excitation, les filles se sont précipitées sur l'impériale de la longue voiture tirée par deux puissants chevaux, tandis que Marguerite s'assoit à l'intérieur, près d'une fenêtre grand ouverte, jouant

24. La station Obligado sera remplacée plus tard par Les Sablons, sur la ligne 1.

vigoureusement de l'éventail. Le métro leur apporte un moment de répit, à défaut de réelle fraîcheur, et Hélène s'extasie devant les carreaux de faïence décorés qui tapissent les couloirs. Et des couloirs, elles vont en longer : un premier trajet les amène jusqu'à la Concorde où elles doivent changer de ligne pour atteindre la Madeleine. Elles auraient pu faire le trajet à pied mais autant se réserver pour les kilomètres qu'elles ne manqueront pas de parcourir. Il est en effet prévu d'aller au magasin du Printemps ainsi que sur les Grands Boulevards que Louise rêve d'arpenter dans l'espoir de rencontrer quelque comédien ou danseuse dont elle a pu lire les frasques dans le journal favori de son père, *Le Monde artiste illustré.*

Hélène regarde avec intérêt, mais sans envie, les toilettes exhibées par les femmes tant dans les transports urbains que sur les trottoirs ou encore dans le grand magasin. Les énormes chapeaux affublés de nœuds d'organdi démesurés la font pouffer, ils lui semblent plus grotesques qu'élégants. En revanche, elle se laisse tenter par un canotier auquel le vendeur ajoute un ruban vert pour sublimer ses yeux. Sage elle est, sage elle reste ; malgré les exhortations de sa cousine, elle se contente de quelques vêtements pratiques, deux corsages ivoire aux manches un peu larges pour ne pas la gêner en jouant, une jupe de toile grise – *quelle tristesse !* s'exclame Louise – une robe simple couleur d'automne ensoleillé et une paire de chaussures en cuir vert à petit talon. Mais pour faire l'élégante lors des soirées auxquelles elle sera certainement conviée, sa tante lui offre, sur sa cassette personnelle, une robe de mousseline et soie rose pâle, ainsi qu'une paire de ravissantes chaussures légères assorties. Quelques sous-vêtements, mais pas besoin de corset. D'ailleurs à Paris, les jeunes filles n'en portent plus depuis que M. Poiret les en a délivrées. Si Marguerite est choquée par les propos de la vendeuse du rayon lingerie, Hélène est soulagée ; elle a toujours regardé avec terreur ces carcans dont sa mère, ses tantes et les mères de ses amies s'affublent en donnant l'impression de pouvoir s'évanouir à tout moment. Sa poitrine à elle tient très bien toute seule.

« Écartez-vous donc, cette petite a besoin d'air. On étouffe dans ces cabines d'essayage, vous voulez la mort de vos clientes ! »

Marguerite, interdite un moment en voyant sa nièce s'effondrer sur elle-même à moitié couverte de la robe qu'elle essayait, retrouve toute la maîtrise d'elle-même et fait preuve d'un aplomb dont elle ne se savait pas capable pour éloigner les vendeuses et les clientes accourues.

« Un verre d'eau, je vous prie et merci de me commander une voiture, nous allons rentrer. »

La visite du palais Garnier sera pour une autre fois.

Strasbourg, 1912

« Mes enfants, j'ai tenu à vous réunir pour vous parler d'un sujet important. Catherine, combien de fois dois-je vous le dire ? Nous n'avons plus besoin de lampes à pétrole, vous pouvez allumer l'électricité, vous ne risquez rien. Paul, peux-tu le lui expliquer encore une fois, moi, j'abandonne.
– Mais matame, je ne feux pas, une fois, cramer maintenant.
– Viens, Catherine, fait Paul avec douceur, donne-moi ta main, je la garde dans la mienne, si nous devons cramer, ce sera ensemble. Allez, un, deux, trois, on tourne le bouton.

Et la lumière fut !
– Tu vois, tu n'as rien senti.
– Parce que tu étais afec moi, tu es inchénieur, toi, tu ne risques rien.
– Allons, grosse bête, toi non plus, tu ne risques rien, personne ici ne voudrait qu'il t'arrive malheur. »

Mais il n'y a rien à faire, si les bonnes ont fini par accepter la lumière électrique dans la cuisine et jusqu'à leurs chambres, bien pratique finalement, Catherine, l'irréductible, se lève chaque matin avec l'espoir toujours déçu que toutes les lampes électriques aient disparu au profit des vieilles lampes à pétrole, bien plus dangereuses. Toucher un interrupteur est au-dessus de ses forces. Dans un soupir, Mme Amiet fait signe à Catherine de laisser le plateau sur la table à jeu, chacun se servira son chocolat ou sa tisane. « Bonne nuit, Catherine, et n'oublie pas ta prière », la taquine Edmond qui sait pertinemment qu'elle prie tous les soirs devant un petit autel d'images sulpiciennes à souhait.

Une fois la porte du salon refermée, Mamely tend sa tasse à Alice qui la lui remplit d'une infusion de romarin et camomille, son assurance pour une bonne nuit après avoir abusé du pâté en croûte, et elle s'enfonce plus profondément dans sa bergère cramoisie tandis que son fils aîné rajoute deux bûches dans la cheminée.

« Cela ne peut plus attendre, il faut refaire le toit du château des Lanzy, la dernière tempête a encore fait tomber une vingtaine d'ardoises : je crains qu'aux prochaines pluies, l'eau ne se mette à goûter au grenier. Quant au chalet bleu, ce n'est plus qu'une question de mois, voire de semaines, avant qu'il ne se retrouve dans la même situation.

Elle avale une gorgée de sa délicieuse tisane, n'évite pas une grimace et regarde ses aînés tour à tour.

– Je n'ai pas les liquidités suffisantes pour faire face aux frais que vont engendrer ces travaux et je me refuse à me dessaisir de mes actions de la cristallerie.

– Bien entendu, il ne peut en être question. Mais je peux vous aider, Mamely, je...

– Merci Edmond chéri, mais je ne veux rien vous demander, mes enfants. Cette propriété est à moi, il me revient de l'entretenir, vous prendrez la relève après mon décès.

– Mais Maman, que vous arrive-t-il ? Vous vous portez comme un charme, pourquoi de si sombres pensées, nous allons trouver une solution.

Alice s'est précipitée aux pieds de sa mère, lui prenant la main. Cette dernière regarde tendrement sa fille et ajoute :

– Justement, c'est de cela que je souhaite vous informer. J'ai décidé de vendre ma maison de Molsheim, je n'irai plus jamais y vivre, je suis très bien à Strasbourg et je ne pense pas que ni toi ni Marianne n'ayez envie de retourner là-bas, n'est-ce pas ?

– Vous en êtes certaine, Mamely ? Vous nous avez toujours dit combien vous y avez été heureuse au début de votre mariage, avec Papely.

– J'en suis tout à fait certaine. Une page est tournée. D'ailleurs, j'ai déjà une offre qui me semble très convenable. Avec le prix que j'en tirerai, je pourrai non seulement faire faire les travaux nécessaires à

Lanzy, mais je pourrai également vous verser à chacun une coquette somme. J'aimerais que vous puissiez vous offrir ce qui vous fera plaisir et qui durera. Vous cultivez chacun une grande passion, et j'en suis fière, je tiens à participer à leur développement. Quant à Marianne, sa part sera placée jusqu'à ce qu'elle puisse en disposer à sa majorité. »

Comme souvent dans cette famille, chaque moment fort se conclut autour du piano. Paul et Alice, très mauvaise pianiste, massacrent une *Valse des puces* tandis qu'Edmond enlace sa mère pour l'entraîner dans un tourbillon autour du salon.

Avant même que les toitures soient refaites, Edmond s'est acheté un télescope, Alice un tableau de son maître Émile Schneider, un portait dont le mordant la ravit, et Paul a saisi une affaire en salle des ventes, un magnifique violon de Giovanni Francesco Pressenda, détenu auparavant par un élève d'Eugène Ysaÿe. Il a eu une chance inouïe de pouvoir s'offrir un violon du plus grand luthier italien du XIXe siècle, au vernis si particulier. Il n'est certes pas aussi joli, sans autre gravure qu'un mince liseré tout autour de la table d'harmonie, qu'un Stradivarius ou un Guarnerius del Gesu, mais quel son il dégage ! Et quel plaisir il éprouve à en jouer. Il ne se lasse pas de l'admirer, le flatter, le bichonner, passer dessus un chiffon doux imprégné de popote. Une merveille pareille doit être courtisée, apprivoisée, avant d'oser en effleurer les cordes et les faire sonner. Maintenant qu'il l'a amadoué, sa main gauche glisse sur le manche plus vite que jamais, les arpèges vibrent avec un brillant dont il ne se saurait jamais cru capable ; la moindre gamme retentit comme s'il s'agissait d'un prélude. Même les sonates d'Ysaÿe lui semblent jouables, les nombreuses doubles-cordes moins ardues. Va-t-il avoir envie de reprendre son violon d'étude qui lui paraît désormais si terne ? Il sait qu'il lui faudra du temps pour séduire ce chef d'œuvre de la lutherie moderne, lui faire oublier les doigts de son propriétaire précédent pour l'habituer aux siens. Depuis qu'il le possède, Paul reste enfermé des heures dans sa chambre à essayer tous les morceaux qu'il connaît et qu'il redécouvre. À tel point que même sa mère, toujours si indulgente, en vient à le supplier de prendre un peu l'air, il fait si beau…

La jeune Marianne, mise au courant de la somme placée pour elle, ne se pose pas de question quant à son futur usage. Elle ne pense qu'à se marier et avoir des enfants, persuadée que c'est la clé du bonheur ; elle s'en remettra à son mari qui saura bien trouver l'usage d'un tel pactole. Elle s'étonne pourtant que les moqueries dont l'abreuve Alice quand elle parle ainsi de son futur mariage, soient lancées avec moins de causticité que d'habitude.

« Madame, me permettez-vous d'amener Alice au cinématographe ce soir ?
– Cher monsieur Schlummel, Alice n'a plus senti le besoin d'obtenir ma permission pour quoi que ce soit depuis bien longtemps. J'espère seulement que vous allez voir quelque chose de convenable.
– Certainement, un film historique. Je vous promets que votre fille sera rentrée avant minuit. »

Ce qu'Henri n'a pas précisé à Mme Amiet, c'est que le film historique en question est *Lucrezia Borgia*, de Gerolamo Lo Savi. Elle aurait été effarée à l'idée des turpitudes révélées de toute cette famille de dépravés. Il sera suivi par le film, déjà ancien, de Méliès sur Jeanne d'Arc[25], à laquelle Alice porte une véritable vénération.

Mamely surprend Alice à se regarder dans le miroir de l'entrée et sembler s'apprécier. C'est vrai qu'elle est rayonnante. Son chapeau bleu pâle fait ressortir le brillant de ses yeux et la petite touche de rouge dont elle a accepté de rosir ses lèvres lui donne un air radieux.

---

25. Georges Méliès a réalisé un court-métrage d'une dizaine de minutes avec Jeanne Calvière, sorti en 1900.

Merci Henri Schlummel de lui faire autant de bien. Mais quand va-t-il se décider à faire sa demande ?

Les deux jeunes gens s'engouffrent dans le fiacre avec lequel Henri est arrivé pour repartir vers l'Odyssée, rue des Francs-Bourgeois. Edmond et Jeanne, sa fiancée, doivent les y rejoindre. Après la séance, ils iront dîner tous ensemble dans une des brasseries tout à côté et l'ambiance sera joyeuse. Alice et Jeanne s'entendent à merveille, la première ne se sentant pas en concurrence avec sa future belle-sœur qui rêve de bébés, de landaus et de tapisserie pour son appartement. Quant aux hommes, ils sont amis depuis longtemps et s'apprécient, se retrouvant dans leurs orientations politiques. En présence d'Alice, ils privilégient les débats culturels, mais cela peut parfois déraper.

« Je l'ai trouvée très touchante, cette pauvre Jeanne d'Arc, fait Jeanne. Son histoire me faisait toujours pleurer quand on l'étudiait à l'école. À chaque fois, je sanglotais comme une madeleine et toute la classe se moquait de moi.

– Tu as une âme trop sensible, ma chérie.

Edmond en profite pour embrasser Jeanne sous l'œil goguenard, à moins que ce ne soit envieux, d'Henri. Les noces approchent, Edmond est impatient.

– Je te comprends, Jeanne, soutient Alice. Moi, c'est à la mort de Louis XVI que je me révoltais toujours.

– Figurez-vous qu'une année, la coupe Edmond, tu devais avoir douze ou treize ans, notre père a été convoqué par la mère supérieure du collège Notre-Dame parce qu'Alice était montée sur sa chaise en criant : *Mort aux régicides !* Il paraît que Papely a eu toutes les peines du monde à réprimer un fou rire en imaginant sa fille, jupe retroussée, bras levé, invectivant la pauvre bonne sœur qui avait osé déclarer : *Voilà ce qui arrive aux grands qui se croient au-dessus du peuple.*

– Mais le roi est au-dessus du peuple, s'insurge Alice, puisqu'il est monarque par la volonté divine.
– Hum, ose rétorquer Henri, c'était déjà très contesté à l'époque, alors de nos jours républicains…
– Eh bien, justement !
– Hop, hop, hop, intervient à temps Edmond qui voit Alice monter sur un de ses grands chevaux favoris.
– N'avez-vous pas trouvé l'évêque Cauchon fourbe à souhait ? reprend Henri. Et tous ces pages en collant moulant, c'est d'un grotesque.
– Je ne comprends pas qu'on représente encore Jeanne d'Arc comme une gourde évaporée, s'enflamme Alice. Il est vraiment temps que l'on fasse un film sérieux sur notre sainte nationale. Ce brave Méliès en a fait une dinde qui ne sait même pas tenir sur un cheval, c'est affligeant. Jeanne Calvière est mignonne mais elle n'a vraiment pas l'envergure d'un chef de guerre. Ce film est fade et ridicule.
– Les studios hollywoodiens vont certainement nous sortir quelque chose de grandiose.
– Mais pas forcément véridique.
– Voilà un sujet qui semble vous tenir à cœur, Alice. Qu'auriez-vous aimé qu'on nous montrât ?
– Mais Henri, le procès de Jeanne d'Arc était avant tout politique, destiné à atteindre Charles VII. Pour les Anglais, c'était lui l'usurpateur qu'il fallait abattre. Si l'Église proclamait que le soi-disant roi de France avait été sacré à Reims à l'instigation d'une sorcière, le sacre pouvait être déclaré nul. Les enjeux réels étaient bien plus importants qu'une histoire de sorcellerie comme on veut trop souvent nous le faire croire.
– Encore un coup de la perfide Albion !
– Notre ennemie héréditaire !
– Tiens, ce ne sont plus les Prussiens ?
– Je prendrais bien du *strudel* aux myrtilles pour le dessert. Qui m'accompagne ? », les coupe soudainement Jeanne.

La fiancée d'Edmond n'est pas encore officiellement entrée dans la famille Amiet, mais elle a bien compris quand et comment détourner la conversation vers un sujet consensuel.

Henri Schlummel vient désormais au moins une fois par semaine chercher Alice pour l'amener voir une exposition de peinture ou visiter un atelier d'artiste. Elle le rejoint parfois directement ou ils se retrouvent tous avec Mme Amiet pour assister à un concert ; parfois Marianne se joint à eux. Le jeune homme insiste souvent pour passer en revue les derniers dessins d'Alice, ses pastels qu'il apprécie particulièrement, ou les illustrations qu'elle prépare pour la *Revue alsacienne illustrée*. Les jeunes gens ne sont jamais autant en harmonie que lorsqu'ils échangent leurs points de vue sur telle ou telle toile, sur la justesse d'un coloris, l'audace d'un angle de vue. Les Nabis sont souvent l'objet de grands débats, Alice appréciant les intérieurs intimistes d'un Vuillard, Henri préférant les grands aplats d'un Vallotton.

Depuis quelque temps, Alice est plus facile à vivre à la maison, elle embrasse Catherine quand elle la rencontre, et propose à sa benjamine de l'amener acheter un livre ou un colifichet. Elle qui joue du piano comme un éléphant ivre s'amuse à y exécuter des arpèges rien que pour le plaisir d'en écouter la déclinaison sur le Érard familial. Pourtant, Mme Amiet ne peut s'empêcher de se sentir oppressée quand elle la voit sortir en sifflotant pour rejoindre Henri ; elle en oublie de s'offusquer que sa fille siffle comme un débardeur[26]. Alice semble heureuse, Henri est un homme tout à fait recommandable, un vieil ami d'Edmond, alors pourquoi cette anxiété lancinante ?

« Nous avons reçu une lettre de Paul, il se déclare très heureux à la *Schola*, d'Indy le complimente régulièrement sur ses travaux. Vous croyez qu'il pourra faire un compositeur convenable ?

---

26. Un débardeur est un homme qui charge et décharge un navire ou un véhicule.

– Je ne sais pas, Alice, je ne peux pas être objectif, Paul est un ami et mes compétences en la matière s'arrêtent au plaisir ou non que je ressens à l'écoute d'un morceau de musique.
– Je vous sens réticent, Henri.
– Certainement pas en ce qui concerne le talent de Paul.
– Pourquoi, alors ?
– C'est difficile à dire. Cette école, ou plutôt ses fondateurs, ont une telle réputation de nationalistes acharnés. Paul lui-même a une fascination pour des gens comme Maurras et Léon Bloy.
– Et alors ?

La main d'Alice, qui tenait le bras d'Henri, se fait griffe.
– Paul est un homme bon et généreux, je le sais, mais je crains que les orientations antisémites et parfois ouvertement xénophobes d'Indy ne déteignent sur lui.
– Ce ne sont que des paroles. La *Schola* accueille de plus en plus d'étudiants étrangers et s'est largement ouverte aux compositeurs allemands, espagnols, brésiliens, que sais-je encore ?
– Sans doute, mais les paroles écrites restent et marquent.
– Pour ma part, je suis tout à fait d'accord avec Maurras, la France a besoin de renouer avec une monarchie héréditaire.
– C'est vrai que vous appuyez l'Action française ! s'exclame Henri sur un ton qu'il voudrait moins aigre.
– Exactement, et j'en suis fière.
– J'ai l'impression, chère Alice, que contrairement à votre frère Edmond, vous êtes d'abord française avant d'être alsacienne. Mais trêve de discussion bien peu affriolante, nous arrivons à l'atelier du vitrailliste que j'ai découvert chez mon ami Peter Hermann. J'espère pouvoir vous faire admirer un jour le triptyque de toute beauté qu'il a exécuté pour son salon. Je vous parie que d'ici peu on s'arrachera ses œuvres.
– J'ai vu à Nancy quelques vitraux de Jacques Gruber proches du merveilleux », déclare Alice en retirant son bras de sous celui de son compagnon pour entrer dans l'atelier.

« Je pourrais sortir avec vous, ce soir, moi aussi j'ai envie de m'amuser ? Dites oui, Henri, dites oui.

Marianne a compris qu'elle aurait plus de chances d'amadouer le charmant ami de sa sœur que celle-ci.

– J'en serais ravi, Marianne, mais je n'ai que deux billets pour ce concert et il affiche complet. Une autre fois, je vous le promets.

– Vous vous êtes débrouillé comme un chef, lui murmure Alice quand il l'aide à enfiler son manteau, je préfère rester seule avec vous.

– Mais il nous faudra trouver une occasion de lui faire plaisir, je le lui ai promis.

– Vous tenez vos promesses ? Vous seriez bien le seul homme que je connaisse à le faire.

– Pourquoi tant de cynisme ? Vous avez connu beaucoup d'hommes qui vous ont déçue ?

– Je plaisante, voyons, Henri.

– Je n'en suis pas certain, je commence à vous connaître, Alice. Vous êtes une personne intelligente et subtile, et vous ne parlez jamais pour ne rien dire.

– *Intelligente et subtile* ! C'est pour cela que vous m'appréciez ?

– Entre autres, oui.

– Pour quoi encore ?

– En revanche, je ne vous savais pas coquette. »

Et profitant de ce que la rue Boussingault est mal éclairée, il entraîne Alice sous une porte cochère, l'appuie contre la porte et l'embrasse sans qu'elle n'esquisse le moindre geste pour l'en empêcher. Il fait trop sombre pour qu'il puisse remarquer le rouge qui lui colore le visage.

« Alice, ce nu au crayon blanc sur papier rouge, il fallait oser ! Il est magnifique, je souhaite vous l'acheter, je vois déjà comment je le ferai encadrer pour le mettre en valeur.

– Il ne peut être question d'argent entre nous, Henri ! Je vous donne ce dessin bien volontiers, mais je me demande si je ne devrais pas me montrer un peu plus jalouse, compte tenu de la superbe paire de fesses du modèle.
– Je vous assure que je n'y ai absolument pas prêté attention, c'est l'ensemble que j'apprécie.
– Je me moque de vous, Henri, détendez-vous.

Alice est en train de glisser le dessin entre deux feuilles de papier de soie, lorsque Mme Amiet entre dans son atelier :
– Ah, vous êtes là, monsieur Schlummel, c'est toujours un plaisir de vous voir. Vous nous ferez le plaisir de rester pour le goûter ?
– Appelez-moi Henri, je vous en prie, Madame.
– Nous n'avons pas le temps, Mamely, je dois me rendre à une réunion.
– Encore l'Action française !
– Henri va m'y accompagner.
– Bien malgré moi, soyez-en certaine.
– Pour me faire pardonner, je vous propose de vous retrouver à la sortie de ma réunion, où vous voulez. »

Il est difficile de savoir si Alice est contrite de laisser Henri pour sa réunion ou si, au contraire, elle est fière d'avoir des activités que son entourage n'encourage pas. Toujours est-il qu'elle le rejoint, comme convenu, au *Wiener Kaffée* qu'ils affectionnent tous les deux. C'est l'un des rares cafés où il est possible de boire un verre de vin convenable, agrémenté de quelques bretzels, rien de tel pour se mettre en appétit avant de dîner. L'électricité, récemment installée, permet d'admirer tout ce qui restait dans l'ombre auparavant : les peintures du plafond et les guirlandes de fleurs courant le long des salles. La lumière ténue qui entre à peine par les petits carreaux en ronds de bouteille n'avait jamais permis de bien voir les richesses de la décoration.

« Ma petite Mamely chérie, s'il vous plaît, je pourrais avoir une nouvelle robe pour l'occasion, s'il vous plaît.
– Ce n'est pas la peine de faire ces yeux de teckel affamé, Marianne, tu as déjà de très jolies robes à peine portées, tu n'en as nullement besoin d'autre.
– Mais vous, vous vous en êtes fait faire une neuve !
– Ce n'est pas gentil de le faire remarquer, c'est parce que j'ai pris du poids, je ne rentre plus dans rien, tandis que toi, tu es toujours aussi fine. Tu mettras ta robe de crépon rose, elle te va à ravir.
– Mais j'ai l'air d'une gamine avec.
– Tu n'as que quinze ans, Marianne !
– À mon âge, vous étiez presque mariée.
– Ne dis donc pas de sottise. J'avais dix-huit ans quand j'ai rencontré ton père et nous nous sommes mariés un an plus tard, un an et deux mois exactement.
– Oh ! Mamely, racontez-moi encore comment vous vous êtes rencontrés avec Papely. »

Mme Amiet est toujours consentante quand il s'agit de se replonger dans ses souvenirs heureux, et si cela peut calmer un peu Marianne, excitée comme une puce à l'idée de se rendre au vernissage de la première exposition d'Alice à la galerie Grombach…

Elle se revoit, jeune fille, à la réception des Seiler, ses parents avaient hésité à l'emmener, craignant qu'elle ne s'ennuie. Le jeune Jules Amiet était représentant pour Paris de la maison Coulaux[27] et s'y rendait souvent. Il était alors logé chez des cousins demeurant près du parc Monceau. C'est ainsi qu'un dimanche après-midi où ses hôtes recevaient de la famille pour fêter les Rois, il remarqua immédiatement une jeune fille au regard étonné et au sourire bien accroché. Elle suivait une femme tristement habillée de noir et un homme de fière allure, à la barbe et les moustaches taillées avec

27. La société Coulaux et Cie, manufacture d'armes blanches, faux, outils tranchants, limes, baïonnettes, comptait quatre usines et de nombreux ouvriers.

soin. Louise et Hippolyte Hoffmann, Alsaciens de Saverne, refusant catégoriquement de devenir allemands, avaient tout vendu en 1872 pour venir s'installer à Paris avec leurs enfants, dont la jeune Marie. L'histoire ne dit pas si celle-ci a été favorablement impressionnée par Jules dès qu'elle l'aperçut. En revanche, elle a toujours dit que la fougue avec laquelle il jouait au piano l'ouverture de *Tannhäuser* à la demande de leur hôtesse l'avait stupéfiée. *Voilà un homme énergique et sensible avec qui je me verrais bien*, pensais-je. Il n'en fallait pas plus à l'époque pour s'imaginer un futur mari. Il était imposant déjà, grand, ses joues rondes, ses lèvres pleines dévoilaient un goût pour la bonne chère et son léger embonpoint présageait celui qui allait le gagner avec l'âge malgré l'activité qu'il déployait sans compter dans tous les domaines. Mais son regard était clair et franc, ses yeux aux paupières lourdes s'étiraient vers les tempes et quand il souriait on ne les voyait presque plus, à tel point que des camarades de classe l'appelaient le Chinois. Son sourire bon enfant se cachait sous une petite moustache aussi brune que sa chevelure bouclée qu'il essayait de dompter par une raie sur le côté, rarement droite. Si Jules était bon pianiste, et capable de casser un instrument, c'était aussi un grand romantique qui fit sa demande à la jeune fille lors d'une promenade autour de la naumachie et de la pyramide égyptienne qui décoraient le parc Monceau. Il a certainement mis un genou à terre au pied de la statue de Frédéric Chopin jouant du piano pour une jeune femme éplorée. Lorsque Mamely commence à parler de son cher mari, elle ne s'arrête plus.

Encouragé par un futur beau-père qui se désolait pourtant à l'idée de voir sa fille chérie repartir pour l'Alsace, Jules décida alors de donner une nouvelle poussée à sa carrière et intégra la cristallerie de Saint-Louis dont Hippolyte était administrateur. Si Marie quitta Paris avec regret pour s'installer dans la petite ville de Molsheim, elle ne s'en plaignit pas, car elle vouait une grande admiration à Jules qui semblait doué pour tout : la musique, le dessin, la comédie… C'était aussi un promeneur infatigable qui arpentait les Vosges muni d'un bâton et d'une sacoche dans laquelle il gardait un carnet de croquis et des crayons de couleur. À son retour de randonnée, il dessinait des paysages qui furent plus tard exposés au musée de Molsheim. On comprend d'où viennent les talents de ses enfants, tant en musique qu'en dessin. « Encore, Mamely, parlez-moi encore de Papely. »

Marie ressent toujours de la fierté en parlant des talents et des réalisations de son mari, parti bien trop tôt quand on pense à tous les projets qu'il avait encore à réaliser. C'est surtout pour ses qualités d'ingénieur et d'organisateur que Jules Amiet fut apprécié à la cristallerie. Il y évolua régulièrement, jusqu'à en être nommé directeur général en 1895 à la suite du décès d'Eugène Didierjean. En tant que directeur de la cristallerie de Saint-Louis, il était logé avec toute sa famille dans la grande maison directoriale qui aurait largement pu accueillir deux fois plus d'enfants qu'il n'en avait, et il en a eu cinq. Il avait profité de sa fonction pour y installer des commodités et améliorer le confort, rudimentaire, des ouvriers et des contremaîtres logés dans le village.

Malgré le décès à quinze ans de Jacques, le plus jeune fils, la famille Amiet a été heureuse à Saint-Louis-Lès-Bitche et Marie y serait restée si son mari n'avait pas été mortellement blessé lors du tragique accident de l'été 1902. Bien que n'étant resté que sept ans à la direction de la fabrique, Jules Amiet était parvenu à en rééquilibrer les comptes qui s'étaient drastiquement effondrés au cours des années précédentes. Il avait même réussi à atteindre un bénéfice de 500 000 francs en 1899, chiffre jamais atteint jusque-là. Ce nouveau directeur apporta des changements qui ont valu une nouvelle renommée internationale à la cristallerie, aussi bien dans le domaine technique que dans le commercial. Il perfectionna la gravure chimique, inaugurée en 1858, en changeant notamment le procédé de lavage des verres à l'ammoniaque et l'eau froide, ce qui permit de réduire fortement la casse. Auparavant, ce lavage s'effectuait à la soude et à l'eau bouillante. On en frémit. Sur le plan commercial, il avait fait ses classes avec Coulaux. Il conclut un accord en 1900 avec les principales verreries de France, d'Allemagne et de Belgique afin de relever les prix de vente de 10 % et il suivait de très près toutes les ventes dans chacun de ces pays. Il lui appartenait de recevoir les clients prestigieux en grande pompe à la maison directoriale, ce qui permit à ses enfants de pratiquer les langues étrangères apprises à l'école et de s'intéresser aux diverses cultures du monde. Le chambellan du bey de Tunis, des princes autrichiens, un envoyé du sultan… Le petit bourg des Vosges a vu défiler bien des calèches armoriées, que Marie accueillait avec grâce et simplicité.

Marianne est calmée, Marie continue de parler, pour elle-même surtout. Sur le plan social aussi Jules Amiet s'est impliqué : assurer les employés du dépôt de Paris contre les accidents du travail, revaloriser la pension de retraite des ouvriers et ouvrières… Mais son grand œuvre a été l'érection de la nouvelle église de Saint-Louis-Lès-Bitche. En cette fin d'un siècle qui avait réhabilité le Moyen Âge, on ne jurait que par le style gothique, pastiché à l'envie. Jules Amiet souhaitait faire partager son goût pour le style roman aux membres du comité chargé d'agréer les plans de la nouvelle église. Il organisa alors des tournées archéologiques des églises romanes d'Alsace, Rosheim, Sélestat, Guebwiller… amenant parfois avec lui son jeune fils Paul, déjà intéressé par l'architecture et les vieilles pierres. Redécouvrir les églises de leur patrimoine fut une joie et une surprise pour les membres du conseil qui donnèrent leur accord avec enthousiasme à l'érection d'une église de style roman, plus apte que la précédente à accueillir une population grandissante, qui augmentait au rythme du développement de la cristallerie. Le directeur général en confia alors l'élaboration des plans à un architecte de renom, Charles Winckler, les sculptures et les vitraux à des artistes alsaciens. On peut discuter du charme de la tour-clocher polygonale qui coiffe l'édifice, mais on ne peut qu'apprécier le grès rose des Vosges utilisé, si emblématique des églises alsaciennes.

Jules donnait sans compter son temps à l'exécution de ses multiples tâches, mais il n'oubliait pas sa famille pour autant, et malgré ses nombreuses responsabilités professionnelles, il gardait ses dimanches pour des promenades postprandiales avec tous les enfants, pour la découverte de sites archéologiques, et pour des soirées musicales, qui ont coûté au moins un piano. Régulièrement, aux grands anniversaires, il s'asseyait gravement devant le Érard et attaquait un *Nocturne* de Chopin ou le *Rêve d'amour* de Liszt, entraînant les coups d'œil amusés de ses aînés ; décidément, Papely demeure un incurable romantique. Bien qu'il ne voulût pas le reconnaître, il gardait une préférence pour Alice qui lui ressemblait sur bien des points, même caractère ombrageux, mais aussi même amour pour le Moyen Âge, et surtout pour le dessin. Il avait très vite décelé chez elle un vrai talent qu'il encourageait en l'amenant avec lui pour des promenades artistiques, tous deux munis de carnets et de crayons de couleur. Si Marie a pu se sentir jalouse de sa fille, elle n'en a jamais rien dit.

Mamely se tait soudain, Marianne sait qu'elle pense à Jacques, ce frère qu'elle a à peine connu. Marie n'a jamais fait le deuil de son plus jeune fils, enlevé à quinze ans par la maladie qui n'avait pas fini de frapper de nombreuses familles, la tuberculose. Mais elle n'a pas voulu que ses autres enfants souffrent de sa détresse, gardant toujours, et pour tous, son bon sourire réconfortant ; cependant la blessure reste toujours vive. Aucun des frères et sœurs ne l'a jamais oublié non plus. Paul et lui étaient très proches, un peu comme peuvent l'être des jumeaux, et sa scolarité s'est ressentie de son chagrin. Et même si l'on n'en parle jamais, Marianne, la benjamine, s'en est retrouvée couvée par tous et surveillée comme le lait sur le feu : il n'aurait pas été concevable qu'il lui arrive malheur à elle aussi.

Est-ce pour cela que les liens sont si puissants entre les membres de cette famille ? Les enfants sont très attentifs les uns aux autres et malgré le tempérament volcanique, pour le dire gentiment, d'Alice, l'harmonie règne chez les Amiet. Sans doute grâce à la douceur teintée de naïveté de Mamely, qui ne se départ jamais de son calme, c'est toujours vers elle que l'on revient en cas de chagrin ou de joie à partager. Jules-Papely-M. le directeur semblait si robuste et infatigable que personne n'imaginait qu'il pourrait disparaître un jour. Lui-même n'y croyait pas.

« On ne s'étonnera pas, en découvrant les superbes dessins à l'encre et au lavis qui ornent menus, programmes, couvertures de livres et revues de style moyenâgeux dont notre artiste semble s'être fait une spécialité, on ne s'étonnera pas, donc, d'apprendre que le père de Mlle Alice Amiet était lui-même expert en art et possédait un goût très fort pour le Moyen Âge. Tout récemment encore, elle a produit des illustrations dont vous pourrez admirer ici les originaux, pour *Le Rhin*, de notre immortel poète, Victor Hugo, ou *La Légende de saint Julien l'Hospitalier*, de Gustave Flaubert[28]. On ne se lassera pas d'admirer ses gravures, dignes d'un Dürer qu'elle admire tant. Car Mlle Amiet a eu comme maître Joseph Sattler, excusez du peu, qu'elle a côtoyé à Berlin. »

Tandis que Mme Amiet siège dans le seul fauteuil de la galerie Grombach, Alice saccage de nervosité son réticule de jais en écoutant le directeur de la *Revue alsacienne illustrée* dresser d'elle un panégyrique dont elle se sent assez fière. Entre Paul venu de Paris pour la circonstance, et Henri satisfait du succès que semble remporter l'exposition qu'il a grandement contribué à rendre possible, l'artiste passe du rouge de confusion au blanc de fatigue, que seuls un verre de champagne et une petite part de kouglof pétri par Catherine arrivent à dissiper.

« Mais ces dessins et ces gravures ne sont qu'une mise en bouche, si je peux me permettre cette image devant le buffet qui nous tend les

28. Dessins qui ont été déposés au cabinet des dessins du Louvre en 1975 par Pierre Amiet, son neveu.

bras, pour servir de hors-d'œuvre à ce que nous allons découvrir dans la seconde salle où trônent les merveilleux pastels de Mlle Amiet. Et que vois-je ici, justement, le ravissant modèle de ce délicieux portrait d'une enfant aux anglaises ciselées, Mlle Marianne elle-même, la jeune sœur de notre artiste au si grand talent. »

« S'il ne cesse pas bientôt ses pompositées grotesques, fait Alice en se penchant vers Paul, je lui verse la carafe de champagne sur la tête.
– Oh non, ce serait dommage pour le champagne, il est fameux. »

Paul se retient de rire trop ouvertement tandis que le directeur de la galerie de la rue des Parchemins se frotte les mains. Il a eu raison de faire confiance à Henri Schlummel, un ami de son frère : des journalistes sont là, et si l'on ne se presse pas encore sur le trottoir pour pouvoir entrer, plusieurs personnes ont déjà demandé à ce que des dessins et une huile leur soient réservés.

« Paul, je suis tellement heureuse que tu aies pu venir.
– Pour rien au monde je n'aurais voulu manquer cela, sœurette. C'est la gloire, enfin ! Bien méritée, crois-moi.
– Je voudrais te présenter une de mes amies très chères. Odette, approche !

Une petite femme d'une trentaine d'années, légèrement rondelette mais aux yeux d'une beauté qu'un mauvais journaliste qualifierait de renversante, avale en vitesse le minuscule sandwich au pâté de foie qu'elle venait de croquer et s'avance tout sourire vers Alice et son frère.
– Odette Braun est un pilier de notre groupe féminin de l'Action française. Elle est également une excellente pianiste ; je suis certaine que vous devriez bien vous entendre.

Paul se penche avec sa raideur coutumière pour saluer la jeune femme en lui souriant, mais cherche comment s'en débarrasser poliment alors qu'Alice s'est déjà dirigée vers un groupe de visiteurs.
– J'espère que nous aurons l'occasion de vous écouter très prochainement sur le Érard familial, il sonne magnifiquement. Mais, veuillez m'excuser, je n'ai pas revu ma mère depuis de longs mois et je dois repartir dès demain. »

Bien élevé, le jeune homme, mais il se méfie des amies d'Alice, en général encore plus féministes et hystériques qu'elle.

« Alice, ne croyez-vous pas qu'il serait temps que nous nous tutoyions ?

Henri tient les deux mains de la jeune femme et joue avec son bracelet en or tout en la regardant dans les yeux. Elle est adorable avec ses joues rosies par l'émotion, il aimerait pouvoir les caresser, mais ici, en public, ce n'est pas possible, et elle est si pudique.

– Je suis heureuse qu'Edmond ait finalement décliné la proposition d'emploi des Allemands, je n'aurais pas supporté qu'il aille vivre là-bas.

Il lui est plus facile de détourner la conversation que de répondre à une invitation si engageante. C'est la première fois qu'un homme lui parle si directement, la première fois qu'elle est aussi amoureuse, elle serait prête à accepter n'importe quoi de lui mais il faut résister, surtout résister.

– Cela aurait pourtant été une très belle opportunité professionnelle pour lui.

– Peut-être, Henri, mais nous ne pouvons pas nous installer chez l'occupant, ce n'est pas pensable.

– Vous parlez au nom d'Edmond ou du vôtre ?

– De toute la famille, de tous les Alsaciens !

Décidément, il n'en faut pas beaucoup à Alice pour s'enflammer.

– Dans ce cas, je crains que vous ne connaissiez pas très bien l'état d'esprit de tous les Alsaciens, Alice.

Pour une fois, elle avait remplacé son béret de velours bleu par un élégant chapeau à plumes réunies par un ruban de taffetas vert-de-gris. Mais les plumes commencent à s'agiter sous l'effet de l'échauffement de la jeune femme, déjà très excitée après sa réunion à l'Action française. Henri la regarde avec amusement et continue :

– Une bonne partie de nos concitoyens ne sont pas aussi remontés que vous contre l'occupant. Vous vivez dans un milieu d'intellectuels, de bourgeois qui peuvent se permettre d'avoir une position plus engagée en faveur de la France. Nos ouvriers, nos paysans ont trouvé dans l'Allemagne industrielle et industrieuse d'aujourd'hui un appui qui leur permet de se développer eux aussi.

– Ce ne sont pas de bons Alsaciens, alors. Vous savez très bien que les Allemands privilégient leurs compatriotes au détriment des Alsaciens. Ils gardent une grande méfiance à leur encontre ; à juste titre en ce qui me concerne, d'ailleurs.

– Il n'empêche, les ouvriers ont du travail, des opportunités, des salaires qu'ils n'avaient pas auparavant, vous ne pouvez pas leur en vouloir d'en profiter. Cela ne veut pas forcément dire qu'ils sont devenus allemands de cœur.

– Je persiste à penser que ce sont de mauvais Alsaciens. Nous sommes français avant tout.

– Alice, vous êtes trop intelligente pour raisonner ainsi. L'Alsace a été plus longtemps allemande que française. Écoutez vos bonnes, elles ne parlent ni français ni allemand correctement, vous pensez vraiment qu'elles se sentent françaises ?

– Les nôtres, certainement ! Et vous, vous êtes pollué par vos lectures judéo-bolcheviques.

– Je crains que vos amitiés de l'Action française vous aient brouillé l'esprit.

Il n'est plus question de se tutoyer tout d'un coup. Henri renchérit :

– Je constate que votre Léon Daudet est un homme dangereux sous ses airs de gros bonhomme pittoresque.

– Daudet est un imbécile haineux dont on n'entendra rapidement plus parler.

– N'en soyez pas si sûre. Ses insultes se font de plus en plus virulentes et plaisent à beaucoup par le mal qu'elles engendrent. Son ton truculent dissimule à peine un venin qui s'insinue largement dans la mentalité des gens. Quant à votre Maurras, il ne vaut guère mieux.

– Que voulez-vous dire ?

– L'antisémitisme, déjà bien implanté en France, trouve un écho de plus en plus large dans toutes les couches de la société.
– Je ne vois pas de mal à cela ; sans la juiverie lâche et pacifiste nous aurions gagné la guerre en 1870.
– Alice, comment pouvez-vous dire une chose pareille ? »

Mon Paulele chéri,

J'espère que tu es toujours heureux à Paris et dans l'École de M. d'Indy. As-tu avancé dans la composition de la sonate dont tu m'avais joué le premier thème, très prometteur ? J'ai toute confiance dans ton talent et suis persuadée que tu recevras les encouragements bien mérités de tes professeurs. Manges-tu suffisamment ? Ta bonne te fait-elle une cuisine convenable ? Marianne grandit et devient parfois capricieuse, la présence de ses frères lui manque. Edmond est parti s'installer à Genève, nous restons entre femmes. J'espérais qu'Alice nous aurait annoncé une bonne nouvelle depuis qu'elle et Henri Schlummel se fréquentent, mais j'ai bien peur qu'il n'en soit plus question. Il y a dix jours, elle est rentrée un soir tard et s'est précipitée dans sa chambre sans venir me dire bonsoir comme elle le fait toujours pour me rassurer. Depuis, elle s'est fermée comme un clam et il n'y a pas moyen de lui arracher un sourire. J'ai beau me rassurer en me disant que les querelles d'amoureux sont choses fréquentes, mais ta sœur a un caractère si particulier, je crains que ce pauvre Henri s'en soit lassé. Elle fait peine à voir, à l'évidence, elle est malheureuse. N'hésite pas à lui écrire, cela lui fera certainement plaisir. Sans faire allusion à cette lettre, bien entendu, tu imagines comme elle risquerait de mal le prendre. En espérant bientôt une missive de toi, je t'embrasse tendrement.

Ta Mamely qui t'aime.[29]

---

29. Toutes les lettres sont en grande partie véridiques.

Paris, 1912-1913

« Alors, comment ce M. d'Indy t'a-t-il semblé ?
– Tout à fait convenable et fort civil, tu peux rassurer Maxence.
– Ce n'est pas lui qui l'inquiète, il a la réputation d'être un homme intègre et honnête, ce sont plutôt les autres élèves dont il faudrait se méfier, beaucoup de jeunes gens de tous pays ; Hélène saura-t-elle résister au chant des sirènes ?
– Léon, j'ai aperçu de nombreuses femmes aussi ; aucune aussi jeune que Ninon, c'est vrai, ce n'est pas plus mal, elles sauront plus intéresser ces messieurs que notre petite nièce, répond Marguerite en retirant son chapeau. C'est incroyable l'essor qu'a connu cette école. Figure-toi qu'à sa création en 1896, elle ne comptait que vingt-et-un élèves et à la rentrée prochaine, ils seront quatre cents !
– Effectivement, c'est impressionnant.
– Et ce n'est pas tout, Vincent d'Indy nous a expliqué, il est vraiment charmant cet homme, que Charles Bordes n'avait que 37,50 francs en caisse au démarrage et regarde où il en est arrivé ! Les locaux de la rue Saint-Jacques sont magnifiques. D'ailleurs, tu auras rapidement l'occasion de venir les visiter, un concert donné par les élèves est déjà programmé pour le 1er décembre. Nous y serons, bien entendu.

Léon Bonnet ne peut qu'opiner du chef devant l'enthousiasme de sa femme. Il ne veut pas fâcher Marguerite, qui est très croyante, mais ce qu'il a pu lire sur les motivations des fondateurs de la *Schola Cantorum* ne laisse pas de l'inquiéter : *créer une musique moderne vraiment digne de l'Église.*[30] Moderne, d'accord, on n'attend que

---

30. *Tribune de Saint-Gervais*, janvier 1895.

ça, mais musique d'église, bon sang, on n'en manque pas. Où cette pauvre petite Ninon va-t-elle se fourrer ?

La *pauvre Ninon* est, quant à elle, fort excitée à l'idée de rencontrer son futur maître Armand Parent, qu'elle vénère avant même de le connaître. Elle espère pouvoir le faire parler de César Franck et Gabriel Fauré, ces monuments de la musique du XIXe siècle qu'elle a à peine abordés durant ses années de conservatoire mais qui l'ont transportée. Elle se soucie peu des inquiétudes des hommes de sa famille quant au contenu trop religieux ou pas de l'enseignement ; en revanche, elle s'étonne de n'avoir croisé aucun élève de son âge lors de sa visite à la *Schola*.

« *Comme se plaisait à le répéter mon vénéré maître César Franck, la valeur d'un artiste n'est pas seulement celle de son œuvre, c'est dans toute son œuvre qu'elle réside. Je l'ai déjà dit et je le répète : l'Art n'est pas un métier, et il faudrait bien se garder de croire, en effet, que pour être musicien il suffise de savoir jouer, même très bien, d'un instrument ou de pouvoir écrire très correctement une fugue ou une cantate ; là où finit le métier, l'Art commence. Et c'est alors que la tâche des professeurs sera non plus d'exercer les doigts, le larynx, l'écriture des élèves, de façon à leur rendre familier l'outil qu'ils auront à manier, mais de former leur esprit, leur intelligence et leur cœur, afin que cet outil soit employé à une besogne saine et élevée, et que le métier acquis puisse contribuer à la grandeur et au développement de l'art musical.* »[31]

« Dis donc, il se répète le petit père d'Indy, il ne nous a pas déjà servi la même sauce l'an dernier ?
– Tais-toi, Alphonse, je ne l'entends pas bien. »

« *Le but de l'Art n'est pas le profit ni même la gloire*, continue d'Indy dans son discours de rentrée destiné à l'ensemble des

31. Extrait du discours d'inauguration des nouveaux locaux de la *Schola Cantorum*, rue Saint-Jacques, le 2 novembre 1900.

quatre cents élèves, *le vrai but de l'Art est d'enseigner, d'élever l'esprit de l'humanité*[32]. Cette année, nous entendons continuer à vous faire découvrir et apprécier la polyphonie palestrinienne, mère, plus qu'on ne le croit, de la musique moderne. Nos élèves des années précédentes savent combien j'ai toujours eu à cœur de puiser dans la musique religieuse de nos ancêtres le ferment de notre enseignement. C'est dans la souplesse rythmique et la variété modale de la Cantilène médiévale que l'on trouve la possibilité d'enrichir la création d'aujourd'hui et de demain. Nous n'étudierons jamais assez nos chers anciens pour mieux nous en affranchir ensuite, après nous être abreuvés aux sources de l'émotion et de la pureté. »

« Il n'a jamais été aussi pompeusement lyrique. Il a passé une mauvaise nuit, tu crois ?

– Alphonse, tu es infernal.

– Avoue tout de même, Paul, que notre cher maître gâtifie complètement. »

« *C'est là, et là seulement, que nous pourrons trouver des tours mélodiques, des cadences rythmiques, des appareils harmoniques véritablement neufs, si nous savons appliquer ces sucs nourriciers à notre esprit moderne.* »[33]

Les applaudissements n'en finissent pas ; tous les élèves inscrits à la *Schola*, venus de France et d'ailleurs, ont choisi cette école parce que la créativité de chacun y est respectée et qu'elle se démarque du formalisme un peu vieillot du conservatoire. Certes, ses fondateurs étaient principalement orientés vers la musique religieuse, mais celle-ci cède le pas depuis plusieurs années à la musique laïque contemporaine. Vincent d'Indy lui-même n'a d'ailleurs composé que très peu d'œuvres liturgiques. De même, si Bordes et d'Indy se voulaient résolument nationalistes, et même antisémites, en réaction

---

32. Ibid.
33. Ibid.

contre l'hégémonie germaniste et l'immense influence du wagnérisme, l'ouverture aux grands maîtres internationaux n'a fait que s'amplifier au cours des ans.

« Comme vous le savez tous, poursuit le grand pédagogue en s'essuyant le front tant il a chaud, les élèves instrumentistes doivent participer au cours d'ensemble vocal et nous vous engageons à participer le plus possible aux concerts qui sont, j'ai le plaisir de vous l'annoncer, rémunérés.

Un intense brouhaha et quelques applaudissements saluent cette nouvelle bienvenue.

– Pour cette année, il est prévu de donner *Judas Macchabée*, de Haendel et le *Magnificat* de Bach le 1er décembre, le *Freischütz*, de Weber, en janvier prochain. Par ailleurs, si la *Schola* est radicalement opposée au principe des concours et de la compétition entre les élèves, en revanche, des examens rythment l'année scolaire, et le premier aura lieu dès octobre prochain. Mesdames et messieurs, comme vous pouvez le comprendre, il n'y a pas de temps à perdre, au travail ! »

« Attention, Hortense à droite, je ne tiens pas à ce qu'elle me mette le grappin dessus cette année. En revanche, j'ai repéré quelques charmantes nouvelles élèves, je sens que nous allons bien nous amuser.

– Alphonse, tu es incorrigible ! Tes déboires avec Hortense et je ne sais plus qui ne t'ont pas suffi ?

– L'amour, mon cher Paul, l'amour ! Il n'y a rien de plus beau. Même la musique de d'Indy.

– Je ne suis pas certain d'être en accord avec ta vision de l'amour.

– Tu es un incorrigible romantique, Paul, détends-toi un peu, laisse ton Alsace corsetée derrière toi.

– Je te rappelle que, toi aussi, tu es alsacien.

– Par mon père seulement, à Paris, je l'oublie ! »

Hélène est subjuguée par le discours de Vincent d'Indy. En quelques minutes, il a exprimé tout ce qu'elle attendait de cette nouvelle école, et l'a rassurée aussi ; s'il est bien question de jouer son cher Bach, cela n'empêchera pas la découverte de compositeurs contemporains.

« Quelle sotte j'ai été de ne pas écouter tante Marguerite, j'aurais dû acheter une robe plus seyante. Je me sens minable dans ma jupe de toile grise. » Hélène a envie de s'enfoncer dans sa chaise, elle qui était si fière de son Hel flambant neuf, de son premier prix de conservatoire, elle se sent à présent toute petite. Personne ne lui a encore adressé la parole, comme si elle était invisible. En passant devant le grand miroir de Venise dressé dans l'escalier qui mène à la classe supérieure de violon, elle s'est vue, les cheveux sur les épaules, toute menue, derrière une grande jeune femme arborant crânement un chapeau à plumes et relevant le bas de sa robe de mousseline crème pour monter les marches. Le seul regard posé sur elle a été celui d'un jeune homme qui l'a dépassée en courant pour arriver à la hauteur d'une autre élève dont le rouge à lèvres formait un cœur plutôt ridicule.

Chaque élève doit jouer quelques mesures à tour de rôle, sans doute pour donner au professeur un aperçu de son niveau. Hélène n'est pas particulièrement impressionnée par ce qu'elle entend. Elle avait craint de se trouver pitoyable auprès de ces élèves tous plus âgés qu'elle et donc certainement plus expérimentés, plus talentueux. Quand vient son tour de jouer, Parent doit taper sa baguette sur un pupitre pour faire taire l'assemblée, personne ne fait attention à elle, personne ne la prend au sérieux, quelques sourires en coin, condescendants, mais qu'est-ce qui a pris à cette vieille barbe de d'Indy d'accueillir une gamine ? Bientôt il les prendra au berceau !

Hélène se concentre, surtout faire abstraction de ce mépris qu'elle discerne autour d'elle. Pourtant quelques regards masculins évaluateurs semblent apprécier son profil délicat, ses yeux verts et ses boucles châtain. Elle décide de jouer l'*allegro* de la sonate de Bach qu'elle avait déjà joué à d'Indy, elle le connaît par cœur, ses mains ne vont pas trembler. Elle empoigne son Hel avec assurance, elle a colophané son archet dès son arrivée dans la salle et elle se lance. La vigueur de son attaque, la justesse de son *vibrato*, à peine sensible, dans Bach il n'y a pas de *vibrato*, le velouté du son qu'elle est capable de sortir de son violon, font taire les ricanements. Parent est content, d'Indy ne lui a pas menti, cette petite a parfaitement sa place dans sa classe. Et elle est charmante.

Les musiciens mûrs, ou seulement en herbe, se comportent comme tous les élèves du monde lorsque la classe est finie, ils s'égaillent, riant et criant, et dévalent les escaliers en courant vers la sortie. Qu'importent les élégantes vestes de lin, les canotiers coquins, les robes à jupe de moire : à l'heure du déjeuner, il n'en faudrait pas beaucoup pour que le plus galant le matin se révèle malotru quand il a faim.

« Paul, tu déjeunes avec moi ? J'ai découvert un petit caboulot qui sert des rognons au cognac à se damner.

– Désolé, Alphonse, pas le temps. J'ai promis l'esquisse du premier mouvement de ma sonate à d'Indy pour quatorze heures. Tu sauras bien te consoler avec l'une des charmantes que tu as déjà repérées. »

Descendant précautionneusement le grand escalier, en serrant la boîte de son Hel contre sa poitrine, Hélène est dépassée par deux hommes qui dévalent les marches en courant. L'un porte une moustache aussi fine et blonde que des cheveux d'ange, l'autre répond à son ami d'une voix de baryton-Martin, elle en jurerait.

La moustache blonde l'aborde à la sortie de la *Schola* :

« Me voilà donc abandonné par mon meilleur ami. Vous ne pouvez pas refuser de m'accompagner pour aller déjeuner, Mademoiselle. Mademoiselle ?

– Bonnet, Hélène Bonnet. Mais je ne sais pas…

– Allons, entre élèves de cette vénérable maison, nous n'allons pas faire de façons.

Se rendant compte de la simplicité de la mise de la toute jeune fille, Alphonse de Rueil s'empresse d'ajouter :
– Je vous invite, je connais un petit restaurant très simple où nous serons tranquilles.

Hélène n'a pas le temps de protester, Alphonse l'a attrapée par le bras et l'entraîne en chantonnant. Pourquoi résister à un si charmant jeune homme aux moustaches d'ange ?
– Je vous ai vue sortir de la classe de Parent, n'est-ce pas ? Il n'est pas trop... guindé ?
– C'est un homme sérieux quand il enseigne. Mais peut-on dire guindé alors qu'il a osé, et ose toujours, valoriser des compositeurs méconnus et souvent suspectés de trop de modernité ? Heureusement qu'il existe des hommes comme lui pour faire avancer l'art musical.
– À quels compositeurs pensez-vous en particulier ?
– À Lekeu, par exemple, ou Hugo Wolf, ou encore Villa-Lobos...
– Ne sont-ils pas un peu trop dissonants ?
– Exotiques, vous voulez dire, exotiques, plutôt. Il nous faut apprendre à les écouter, à nous y habituer. J'ai hâte de découvrir ce que compose M. Parent en ce moment, il nous a promis de nous en livrer la primeur.

Alphonse, qui avait invité Hélène par dépit du refus de Paul, se prend à mieux la regarder. C'est encore presque une enfant, mais le rose qui colore ses joues sans maquillage, ses yeux verts qui s'animent sous l'effet de l'enthousiasme la rendent fort agréable à regarder :
– Veuillez excuser la question que je vais vous poser, mais vous ne vous sentez pas un peu jeune ici au milieu de tous ces élèves bien plus âgés que vous ?
– Je pourrais vous rétorquer, et vous, vous ne vous sentez pas un peu vieux pour continuer à faire des études ?
– En plus d'être jolie, vous avez de la répartie !

Hélène, se rendant compte de son impudence n'en rougit que plus :
– Excusez-moi, je ne voulais pas être impolie.

Alphonse s'amuse de l'embarras de la jeune fille et la laisse un instant farfouiller dans son réticule pour y trouver un mouchoir.
– Vous avez raison, lorsque je passe en revue ma classe de violoncelle, je constate que nombre de mes congénères sont largement en âge d'être installés dans la vie active. Mais beaucoup de première année sont plus jeunes. Bordes et d'Indy avaient à cœur d'accueillir des élèves de tout âge et de tout niveau.
– Pourtant, je me sens entourée d'adultes alors que je n'ai que seize ans.
– Et vous êtes en cours supérieur, vous m'impressionnez.
– Oh, il n'y a pas de quoi. J'ai juste un diplôme du conservatoire de Lille. Mais à votre avis, pourquoi tant d'élèves si âgés ?
– Je ne peux parler que pour moi et mon ami, Paul Amiet. Nous avons la chance de ne pas être obligés de travailler. J'ai fait des études de droit, Paul est diplômé de l'École centrale, mais nous sommes tous deux si passionnés de musique que nous nous octroyons quelques mois de vacances après avoir dû effectuer un service « volontaire »[34] exténuant.
– Vous ne souhaitez pas faire de la musique votre profession ?
– Oh, je ne serai jamais qu'un amateur, je l'ai bien compris.
– Et votre ami ?
– Paul ? Il pourrait être compositeur, j'imagine. En tout cas, Vincent d'Indy l'encourage dans cette voie, mais elle est bien ingrate.
– Avez-vous déjà écouté une de ses compositions ?
– Des fragments, au piano. Mais il n'est pas du genre à faire étalage de ses talents. Je pense qu'il est temps que nous reprenions le chemin de l'école, bien sagement. Je suppose que vous serez à la répétition d'orchestre tout à l'heure ?

---

34. Voir note 7, page 16.

– Bien sûr, j'ai hâte.
– Je vous y reverrai donc. J'espère que nous aurons d'autres occasions de passer un aussi bon moment. Puis-je vous appeler Hélène ? »

Hélène est à la fois ravie de renouer avec l'orchestre qu'elle a abandonné en même temps que le conservatoire, et anxieuse de se retrouver à nouveau la plus jeune et d'essuyer les regards étonnés et dédaigneux des autres élèves. L'amabilité et la prévenance d'Alphonse l'ont séduite, à aucun moment elle ne s'est rendu compte qu'elle n'avait été qu'un pis-aller pour lui, sans doute parce que lui-même est trop bien élevé, trop naturellement charmeur pour ne pas avoir cherché à la séduire comme à chaque fois qu'il se trouve en présence d'une jolie fille. Et puis, après tout, c'est aussi un garçon agréable.

En allant récupérer son violoncelle avant la répétition d'orchestre, il s'avoue qu'il a passé un bon moment avec cette petite Hélène aux yeux verts. Elle n'est point sotte et son adoration de ce gros moustachu d'Armand Parent l'a beaucoup amusé. Finalement, il n'avait pas perdu son temps en l'invitant à déjeuner et il la reverrait avec plaisir.

« On reprend *da capo*[35], j'espère que cette reprise vous permettra de vous ressaisir. Les violons, vous n'êtes pas ensemble ; les hautsbois, vous êtes toujours en retard. Et de façon générale, il n'est pas interdit de jouer juste ! Un peu de concentration s'il vous plaît. »

« Je ne sais pas ce que vous en pensez, Mademoiselle, mais je trouve qu'il fait encore terriblement chaud, j'ai envie de demander au maître la permission d'ouvrir une fenêtre.
– Je vous en prie, vous devez terriblement souffrir de la chaleur avec votre veste. Ne pourriez-vous la retirer ? Vous ne seriez pas le seul. »

---

35. *Da capo* : locution indiquant qu'il faut reprendre un morceau depuis le début.

Hélène et Paul se sont retrouvés au même pupitre, pourtant elle ne l'avait encore jamais vu en classe de violon, et son jeu est du niveau de celui du cours supérieur. Viendrait-il au cours du soir ? Il lui a semblé reconnaître en lui l'ami d'Alphonse, Paul quelque chose, mais n'est-il pas en classe de composition ? Il joue sur un violon brun ambré de toute beauté, dont la sonorité est à la fois éclatante et chaude. Elle qui était si fière de son Hel flambant neuf se sent bien éteinte à côté de lui. Et pourtant, il se penche vers elle pour lui demander : « Puis-je vous demander sur quel violon vous jouez ? Il vibre avec une telle délicatesse. »

Pour cette première répétition, d'Indy n'a parcouru que le premier acte du *Judas Maccabée* de Haendel, souhaitant évaluer comment se débrouille son orchestre fait de bric et de broc, des élèves avancés côtoyant ceux dont c'est là la première expérience de jeu d'ensemble.

« Nous avons du travail en perspective, mais nous allons y arriver, j'en suis certain. Mesdames et messieurs, nous nous retrouverons jeudi même heure, même endroit. Je compte sur vous pour travailler vos partitions d'ici là. »

« Il y a effectivement du travail à fournir s'il veut que nous soyons prêts pour le premier décembre, fait le jeune homme.
– Vous ne pensez pas que ce soit possible ? Moi, je lui fais confiance.
– Vous êtes une optimiste, Mademoiselle, bravo. Et vous avez tout à fait raison, d'Indy s'est déjà mesuré à bien d'autres difficultés. L'an dernier, vous n'étiez pas là et le pupitre des violons n'avait pas le niveau qu'il a aujourd'hui, et pourtant nous nous sommes sortis d'une *Passion selon saint Mathieu* de façon tout à fait honorable.
– J'aurais tant voulu être là ! Je crois bien que c'est mon œuvre favorite. »

« Celle-là, il ne l'aura pas ! » Jusqu'à présent Paul restait goguenard, quoique parfois choqué devant les soi-disant *amours de sa vie* d'Alphonse le bellâtre. Il lui avait même été dévolu une ou deux fois de consoler une belle abandonnée qui avait un peu trop naïvement cru qu'elle était la seule, l'unique élue du cœur du violoncelliste, et il ne s'en était pas plaint. Mais cette fois-ci, il ne laisserait pas son ami jouer avec les sentiments d'Hélène. Elle est trop jeune, trop pure, trop délicate pour qu'elle soit prise à son tour dans les rets de ce prédateur, il doit réagir pour l'en sortir. Désormais, celui qui était jusque-là son meilleur ami à la *Schola* lui devient odieux. « Reprends-toi, Paul, tu ne vas pas laisser une bête histoire de femme gâcher une si belle amitié. Mais il ne s'agit pas d'une bête histoire de femme. Hélène n'est pas une femme comme tant d'autres à la *Schola* qui profitent de leurs études musicales pour s'émanciper et jouir d'une liberté d'ailleurs toute relative et dont elles se mordent bien souvent les doigts ensuite. Hélène n'est pas comme cela, elle est bien trop candide, seule la musique compte pour elle. »

Pauvre Paul, il réagit comme un adolescent épris de la fille des voisins. Il regarde Hélène d'un air attendri, il la couve, ne la lâche pas du regard lorsqu'il se trouve dans la même pièce qu'elle, mais il n'ose ni un geste ni un quart du baratin qu'Alphonse est capable d'adresser à une femme qui lui plaît. Or Hélène lui plaît ; et plus Paul semblera s'y intéresser, plus Alphonse lui trouvera du charme. Il la connaît à peine, a juste échangé quelques phrases avec elle, mais il est déjà persuadé qu'elle est différente, et en bien, des autres élèves de la *Schola* et de toutes les femmes qu'il a connues jusqu'ici.

Parce qu'elle est réellement charmante. Armand Parent, qui voit pourtant défiler de nombreuses jeunes femmes de tous âges et toutes régions, s'est toujours focalisé sur leur jeu et non sur leur physique, et Hélène n'est ni d'une beauté fracassante ni une grande virtuose. Mais il est obligé de reconnaître qu'elle est charmante, et son toucher à la fois ferme et délicat en fait une violoniste au grand potentiel. Percevoir l'artiste en devenir sous les traits et les doigts de cette enfant est ce qui le transporte de joie quand elle entre dans sa classe. C'est du moins ce dont il se persuade. Vincent d'Indy lui-même, qui n'a rien à faire dans sa classe de violon, y entre régulièrement sous prétexte d'écouter les progrès réalisés par les élèves. Hélène est-elle consciente de la fascination qu'elle exerce sur ses vieux professeurs ? Sans doute pas. Elle leur porte une grande admiration et ils sont plus âgés que son propre père, son innocence la préserve de l'idée même d'un intérêt autre que musical de leur part. En revanche, elle est très réceptive aux avances d'Alphonse. Celui-ci a bien compris qu'il ne servirait à rien de la brusquer ; cette délicieuse petite caille devra être chassée durant toute une saison pour être déplumée puis dégustée après avoir été doucement rôtie. Mais à force de moments passés en tête-à-tête, de l'entendre jouer dans l'orchestre où elle tient de plus en plus souvent le pupitre de premier violon, il en vient à ressentir d'autres sentiments pour elle. S'il prend un plaisir indéniable à observer les étapes progressives de l'avancée de leur relation, il s'amuse de l'étonnement de ses congénères habitués à le voir flirter avec de vraies femmes, mais il commence à s'agacer de l'insistance avec laquelle Paul lui intime de la laisser tranquille. Et le beau blond de la *Schola Cantorum* doit désormais reconnaître que la conquête d'Hélène n'est plus seulement un jeu pour lui. Et cela l'agace.

L'avantage pour un bon musicien très motivé, c'est qu'il peut s'adapter très vite à un nouvel instrument. Paul a vite compris qu'il n'atteindrait jamais le même niveau qu'Hélène au violon. Et même si c'est surtout la composition qui l'a motivé à venir à la *Schola Cantorum*, il doit reconnaître qu'il éprouve un réel plaisir à jouer, notamment en compagnie d'autres musiciens. Le piano lui est utile pour composer et jouer en famille. Mais pour lui, les formations musicales les plus intéressantes sont indéniablement les trios et les quatuors, chacun des instruments exaltant les autres, aucun ne cherchant à prendre le pouvoir, et même si le premier violon tient souvent le rôle le plus brillant, il ne serait rien sans l'écrin que lui offrent l'alto et le violoncelle.

Cela fait plusieurs semaines que Paul joue à côté d'Hélène durant les répétitions d'orchestre et il sent son jeu s'améliorer à son contact. Ses professeurs de Molsheim et de Strasbourg n'étaient sans doute pas aussi exigeants que ceux de Lille, mais il a aussi l'honnêteté de reconnaître qu'il ne possède pas le talent de la jeune fille, bien qu'il ait pour lui l'instinct du bon coup d'archet à adopter. Il a bientôt trente ans, elle en a à peine seize ; elle n'a pas encore atteint tout son potentiel talentueux, il ne fera que des progrès superficiels sur l'instrument le plus difficile et exigeant de tous.

Durant la pause d'une répétition, Hélène, d'ordinaire si concentrée qu'elle reste silencieuse, s'est répandue en compliments pour le pupitre d'altos : « On ne vantera jamais assez le velouté du son d'un alto, dit-elle, si j'avais eu le bras plus long, je crois que c'est lui que j'aurais choisi. Il est mal aimé, jamais ou rarement mis en avant, mais vous entendez comme il est doux et envoûtant ? Dans les basses, on dirait votre chat préféré qui ronronne sur un coussin de velours. » Elle a de ces expressions si inattendues ! Paul n'a jamais eu de chat en Alsace, la chienne Kriemhilde l'aurait réduit à l'état de serpillière, mais il se promet d'en récupérer un pour sa garçonnière de la rue Fleurus. Il s'est alors mis à mieux écouter les altos et s'est vite rangé à l'avis d'Hélène. C'est vrai que le *viola* italien mérite d'être mieux apprécié, il est plus chaud que le violon, plus doux que le violoncelle et pourrait certainement tenir une place plus importante dans le répertoire. En rentrant chez lui ce jour-là, il lui vient soudain quelques mesures d'un duo pour violon et alto qu'il griffonne sur un coin de partition en s'arrêtant dans le jardin du Luxembourg. C'est en chantonnant les dix premières mesures de ce qui sera sa sonate en *mi* pour violon et alto que Paul Amiet décide de se mettre à ce nouvel instrument.

Les clés de *fa* et d'*ut* ne sont pas un problème pour Paul qui les pratique déjà pour le piano, en revanche, il doit apprendre à appuyer plus fort sur les cordes plus épaisses que celles du violon, et à les frotter avec plus de vigueur. Si Vincent d'Indy s'est étonné de la demande de Paul de s'inscrire en classe d'alto, il ne l'en a pas dissuadé. Il lui a été facile d'accepter les arguments de son élève : pour comprendre ce qu'on peut tirer d'un instrument, rien de mieux que de l'expérimenter, peut-être se mettra-t-il aussi au violoncelle, au hautbois, et pourquoi pas à la clarinette ; ce doit être exaltant de jouer de tous les instruments d'un orchestre. Ce devrait être obligatoire pour tous les compositeurs et les chefs d'orchestre ! Vincent d'Indy s'est pourtant demandé un moment si Amiet n'avait pas attrapé un coup de chaud, en plein mois de novembre.

Alors que Paul n'a plus le temps pour rien d'autre qu'un travail acharné à faire oublier à ses doigts ce qu'il leur avait appris à tirer d'un violon, Alphonse, lui, entretient avec Hélène une relation qui, à son grand étonnement et son irritation croissante, devient plus amicale qu'amoureuse. Cela s'est fait tout doucement, sans qu'il y prenne garde. La jeune fille apprécie de partager avec lui ses impressions en découvrant chaque nouvelle œuvre qu'elle est amenée à travailler. Elle est bien trop timide pour prendre la parole durant les cours sauf si le professeur lui demande expressément son avis. Elle se sent encore regardée avec dédain par ses congénères, ou peut-être seulement par quelques-uns, ou plutôt quelques-unes, mais un seul regard désobligeant peut la faire souffrir tant elle a encore besoin d'être rassurée sur ses capacités et sa légitimité à se trouver là. Pourtant, Parent ne tarit pas d'éloges et, comme Paul, elle travaille à s'en arracher la peau des doigts. À peine est-elle rentrée chez oncle Léon et tante Marguerite qu'elle reprend son violon, frotte son archet de colophane et déchiffre les morceaux imposés jusqu'à les connaître par cœur. C'est un bon moyen de ne pas penser à autre chose, ou à quelqu'un d'autre. Les sorties avec Alphonse sont bien agréables, il lui faut en convenir, il est plein d'attentions, capable de dénicher des places de concert gratuites ou à prix modique. Leurs discussions à bâtons rompus lui donnent l'impression de n'être plus une gamine et il lui demande même son avis sur les autres élèves : elle n'en a aucun ; sur les professeurs : elle les juge tous admirables ; sur le *Magnificat* de Bach qu'ils vont bientôt donner en concert : une œuvre quasi géniale. Alphonse lui donne la troublante impression d'être une femme, et non plus seulement une grande enfant qui se débrouille bien au violon.

Son père aussi l'exhorte à exprimer ses ressentis musicaux, mais il a la fâcheuse habitude de la couper dès qu'elle n'est plus d'accord avec lui ou lorsqu'il pense avoir trouvé un mot plus rapidement qu'elle, certain qu'il est de partager les mêmes goûts. Avec son père, elle ne parle qu'études et musique ; avec Alphonse, on peut parler de tout ce qui l'entoure, et Paris est un champ de découvertes sans limites. Le jardin du Luxembourg à lui seul vaudrait qu'on l'inspecte mètre carré par mètre carré avec toutes ses statues, ses arbres exceptionnels, ses promeneurs accoutrés de façon si originale aux yeux d'une petite provinciale. Elle aurait tant voulu pouvoir discuter avec les élèves étrangers, nombreux désormais à la *Schola*, mais sa gêne envers les personnes plus âgées qu'elle l'en empêche. Avec Alphonse, elle n'a jamais senti cet embarras, jamais il ne lui a parlé comme à une fillette, contrairement à cette Clotilde de Ferrante ou ce Georges-Octave Duclos qui se prendraient presque pour ses parents. Le pire, ce sont les élèves des autres classes qui se demandent si elle n'est pas la fille d'un des enseignants et lui offrent des friandises pensant s'attirer ainsi les bonnes grâces du professeur ! Mais elle ne ressent aucun sentiment amoureux pour lui.

Et puis, un jour, Parent lui demande de « marrainer » une élève de première année. Dans le souci de créer une plus grande cohésion entre tous les étudiants de la *Schola*, les dirigeants ont souhaité établir un système de parrainage des débutants par les plus avancés. C'est ainsi qu'Hélène a découvert l'existence d'élèves de son âge ou à peine plus âgés, dont les horaires de cours ne correspondaient pas aux siens. C'est un vrai soulagement pour elle, elle n'est plus la benjamine, ou en tout cas, elle n'est pas la seule. Elle s'est sentie d'un coup vieillie de quelques années et s'est investie sérieusement dans sa nouvelle mission : amener Edwige à dépasser ses inhibitions et à devenir la meilleure élève de sa classe, rien que ça !

« On ne vous en demande pas tant, lui a rétorqué le directeur en riant. Si vous parvenez à lui transmettre la moitié de l'enthousiasme avec lequel vous abordez chaque nouvelle œuvre, ce sera déjà formidable. Hélène, votre ardeur à l'étude devrait être un modèle pour tous ces jeunes élèves, mais il ne faudrait pas que cela vous pénalise dans votre propre travail. »

C'est désormais avec exaltation qu'Hélène relate les avancées de « son » élève à Alphonse, qui en souriait au début mais qui commence à s'en lasser. C'est de lui et d'elle qu'il souhaite parler avec Hélène, et non de cette petite dinde d'Edwige qui n'est même pas jolie.

Le froid de cette fin de novembre oblige les instrumentistes à arriver à l'école bien en avance afin de se donner le temps de se réchauffer suffisamment les doigts pour pouvoir jouer. Tous n'ont pas de gants fourrés ou de manchon de fourrure pour maintenir leurs mains au chaud durant les trajets. Hélène est de ceux-là, Paul l'a remarqué. Il sait ce qu'est le froid, le vrai, celui d'Alsace qui vous donne l'impression d'avoir perdu tous vos doigts.

Mon cher Maxence,

Tu peux être fier de ta chère Ninon. Je ne peux plus écrire « petite » Ninon, elle est devenue une adulte pour nous désormais. Avant le concert, Marguerite a relevé les cheveux d'Hélène et les a serrés en chignon pour lui donner plus d'allure, j'en suis resté bouche bée, je n'avais jamais pris conscience jusqu'à ce moment-là de combien elle peut être jolie.

Quant au concert, tout simplement flamboyant ! Je ne trouve pas d'autre adjectif pour qualifier l'enthousiasme de tous ces élèves, certains très jeunes comme Ninon, d'autres frisant la quarantaine. On en oubliait les quelques fausses notes et départs décalés. Et j'ai le plaisir de t'annoncer que ma nièce était la première second violon. Oui, mon frère ! Après seulement trois mois d'école. Tu as eu raison de nous l'envoyer, elle n'a pas perdu son temps.

J'ai pu échanger quelques mots avec son professeur principal qui parle d'elle en termes des plus élogieux. Il attend beaucoup d'elle. Mais, à mon avis, elle a besoin de ralentir un peu. Elle s'est beaucoup donnée, elle travaille avec acharnement, et prend très au sérieux le parrainage d'une élève de première année qu'elle a prise sous son aile. Elle ne doit pas être plus âgée qu'elle ! Hélène aura bien mérité ses vacances de Noël, c'est le médecin qui t'en supplie, veille à ce qu'elle n'en fasse pas trop.

Mon cher frère, embrasse Eugénie et Suzanne pour moi et reçois les effusions de Marguerite.

À bientôt,

Léon

PS : je joins à cette lettre une coupure de presse dithyrambique, cela te fera plaisir.

Lille, Noël 1912

Sans avoir été élevées dans l'opulence, les filles Bonnet n'ont jamais manqué de rien et leurs parents ont toujours eu à cœur de leur offrir ce dont elles pouvaient avoir besoin. Leur mère trouve son bonheur dans celui qu'elle peut donner aux autres et elle apporte autant de soin à sa cuisine qu'à la tenue de sa maison. Ses carbonades de bœuf, aussi moelleuses que ses tartes au sucre, font saliver rien qu'à les regarder, les draps des lits sont toujours frais et bien tendus, brodés au chiffre de chacun, la maison sent bon l'encaustique et les petits carreaux des fenêtres sont impeccablement lustrés malgré les pluies qui s'invitent trop souvent.

Mais ce Noël 1912 est particulièrement généreux pour Ninon et Suzon. Maxence est revenu d'Angleterre avec une malle bourrée de cadeaux, souvent inutiles, mais qui génèrent de nombreux cris d'admiration chez ses femmes. Outre un châle de cachemire pour couvrir les épaules de son épouse, il a trouvé une dizaine de figurines en porcelaine pour sa cadette, qui décide sur-le-champ d'entamer une collection. Moins gracieuse que sa sœur, plus ronde, elle est aussi plus expansive dans ce que Ninon n'hésite pas à qualifier de *sensiblerie*, et c'est avec des larmes de plaisir qu'elle embrasse à l'étouffer son cher papa pour le remercier. Cette sensibilité est aussi l'expression d'une bonté qui lui joue parfois de mauvais tours et lui en jouera de graves.

Le pupitre à musique rapporté pour Hélène est intransportable mais magnifique. Fait de bois de palissandre, il est sculpté comme on imagine que peut l'être le miroir magique de la méchante marâtre de Blanche-Neige, il est digne d'un artiste de génie comme sa fille, mais certainement pas destiné à être transporté dans ses bagages par le train. Qu'importe, il sera installé en bonne place dans sa chambre de Lille. Malgré les recommandations de repos de l'oncle Léon, il n'est pas question que Ninon cesse de travailler ses gammes durant ses vacances.

« *Look at this !* »[36] Maxence se rend régulièrement en Angleterre et en Écosse pour tenter de négocier des contrats qui s'avèrent de moins en moins intéressants. Mais il y prend un plaisir évident et il lui faut à chaque fois un certain temps pour se réhabituer à ne parler que français, c'est sa petite coquetterie personnelle qui amuse tout le monde, à l'exception d'Eugénie qui ne comprend pas un mot d'anglais.

Depuis quelque temps, Maxence se rend plus souvent en Belgique. Les cousins avec lesquels il s'entend au mieux lui ont présenté quelques prospects bienvenus. Sa petite affaire a vraiment besoin de nouveaux débouchés et, si les clients britanniques sont décevants, ceux du Plat Pays s'annoncent plus prometteurs.

Noël 1912 se présente donc sous de bons auspices. Suzon s'épanouit et fait d'énormes progrès au violoncelle, au point de pouvoir jouer en duo avec son père ; Ninon a reçu les félicitations de ses professeurs qui l'encouragent tous à persévérer. En quatre mois à peine, elle s'est affirmée, son visage s'est allongé perdant de son aspect enfantin pour gagner en maturité. Certes, elle est un peu pâlotte, mais rien que les bonnes soupes ou les *waterzooïs* de sa mère ne puissent arranger. Quelles soirées épatantes s'annoncent avec toute cette musique qu'on va pouvoir faire en famille !

---

36. *Look at this !* : « Regardez-moi ça ! », en anglais.

Paris, 1913

Au retour des vacances de Noël, Paul est allé attendre Hélène à la sortie de son cours, un petit paquet enveloppé de papier kraft sous le bras. « Vous allez sans doute trouver que je me mêle de ce qui ne me regarde pas, mais j'ai pensé que ce petit quelque chose pourrait vous être utile. Je n'ai plus de cours pour aujourd'hui, et vous ? Nous pourrions sortir et aller prendre un chocolat chaud aux *Feuillantines* ? »

Hélène est à la fois étonnée et ravie de cette invitation. Cet homme qui se tient bien droit, à la limite de la raideur, lui a toujours paru si lointain, si peu intéressé par elle malgré leur proximité au pupitre durant les répétitions qu'elle se demande ce qui a pu motiver son intérêt soudain, et pourquoi ce paquet ? Sans doute a-t-il trouvé sa mentonnière minable, lui qui possède un violon si prestigieux, et il aura voulu lui en offrir une plus élégante. Mais elle l'aime, sa mentonnière, elle n'en a jamais trouvé d'aussi confortable.

Alphonse apparaît au bout du couloir, et Paul entraîne la jeune fille si précipitamment qu'il doit la retenir par le coude pour qu'elle ne descende pas l'escalier plus vite qu'elle ne l'aurait voulu. La sortie des élèves encombre le hall de l'école et empêche Alphonse de rejoindre le couple avant qu'il ne disparaisse. Où sont-ils allés ? Connaissant Paul, il s'imagine qu'il a dû amener Hélène au salon de thé bonbonnière de la rue Fustel de Coulanges. Pendant qu'il s'y précipite, furieux que son ami lui ait brûlé la priorité, Paul et Hélène s'installent au chaud dans le café simple et honnête des *Feuillantines*.

« Je voudrais vous parler d'un projet qui m'a été soufflé par notre cher directeur, mais avant de vous l'exposer, je vous supplie d'accepter ce bien modeste présent qui me semble indispensable. »

Le paquet est maintenant sur la table, où viennent d'être déposés deux chocolats fumants. Ce ne peut être une mentonnière, le paquet est trop mou ; ce ne peut être non plus un linge ou une peau de chamois, pour la recouvrir, il est trop important. Tout en pensant qu'elle ne devrait rien accepter de cet homme qui a près du double de son âge, Hélène n'hésite pas un instant à défaire la ficelle grossière qui entoure le papier kraft. Elle s'exclame devant le délicat papier vert sapin à liseré doré qui apparaît. Ses mains fébriles défont le bolduc et écartent le papier. C'est Noël après Noël ! Elle lève un regard interrogateur vers Paul, qui se mordille nerveusement la moustache en se demandant s'il ne s'est pas montré trop indiscret en s'occupant de sa toilette. Ne va-t-elle pas se trouver gênée qu'il paraisse ainsi la trouver mal équipée ? Le sourire gourmand et interrogateur qu'elle lui présente le rassure. D'un léger mouvement du menton, il lui fait signe de poursuivre le déballage. Elle prend son temps pour écarter le papier vert, comme une chatte curieuse, et fait apparaître un papier de soie de la même teinte scellé d'une gommette dorée frappée d'un « G » majuscule. Elle le sent nerveux, elle est tout excitée !

Enfin, le papier de soie révèle quelque chose de blanc, d'immaculé, d'infiniment doux : de la fourrure ! Hélène n'ose y toucher, interdite, c'est une plaisanterie ? Encouragée par le regard de Paul, elle attrape l'hermine ou ce qu'elle croit en être, et déplie un manchon ! Un merveilleux manchon dans lequel elle glisse d'emblée ses deux mains.

« Comment avez-vous fait pour savoir que j'en rêvais ? Oh, monsieur Amiet, c'est un trop beau cadeau, je ne…

– Appelez-moi Paul, je vous en conjure, nous sommes deux élèves de la même école, il ne peut y avoir de "monsieur" ou "mademoiselle" entre nous, n'est-ce pas ?

Hélène n'ose acquiescer, c'est trop tôt, ils se connaissent si peu. Mais ses mains sont si bien, au chaud dans le manchon douillet, qu'elle ne peut les en retirer, quelle merveille de douceur ! Son manteau de simple drap gris va paraître bien minable à côté.

Pour couper court à la gêne qui s'est installée, Paul poursuit en se retenant de prendre la main d'Hélène pour la rassurer sur ses intentions :
– Vous avez certainement appris que nous autres, instrumentistes, sommes fermement invités, pour ne pas dire commandés, à jouer entre nous en petite formation. J'ai donc pensé à créer un quatuor. J'ai la chance de disposer d'un appartement tout proche où nous pourrions répéter. J'ai eu le temps d'apprécier votre jeu et suis persuadé que personne plus que vous ne pourrait faire un parfait premier violon.
– Et vous le second violon !
– Euh non, vous ne le savez peut-être pas, je me suis mis à l'alto il y a quelque temps et je pense pouvoir tenir une partie pas trop difficile dans un premier temps.
– Vous êtes incroyable ! Je vous pensais surtout passionné par la composition.
– C'est toujours le cas.

Il ne peut pas encore lui dire qu'il est aussi passionné par elle. Il se l'avoue enfin.
– Mais, je veux aussi mieux appréhender tout le potentiel de l'alto. C'est vous qui m'en avez donné l'idée, vous avez su en parler avec une telle chaleur, un tel engouement que j'ai eu envie d'essayer, et me voilà conquis.
– Je suis époustouflée. Et vous jouez déjà si bien du violon, c'est un vrai plaisir de jouer à côté de vous la même partition.

Il s'est mis à rougir tant ce compliment le touche de la part de celle qui ne lui a jamais été indifférente.
– Et pour le violoncelle, j'imagine que ce sera votre ami Alphonse ?
– Désolé de vous décevoir, mais pour le violoncelle j'ai pensé à une élève que j'ai connue l'an dernier, elle possède un jeu intense et imagé sans être écrasant pour autant, exactement ce qu'il faut pour un quatuor. Quant au second violon, je vous en laisse juge, quelqu'un de votre classe vous semblerait-il convenable ? »

Si Hélène est étonnée qu'Alphonse soit évincé au profit d'une autre femme, elle n'en montre rien, alors que Paul l'examine attentivement pour déceler sur son visage le moindre signe de déception, elle sent un petit coup d'épingle lui chatouiller le plexus. Elle doit absolument trouver un autre homme pour faire le quatrième.

L'appartement de Paul, rue Fleurus, à dix minutes à pied de la *Schola* au pas d'un bon marcheur, est typiquement un refuge de célibataire : peu d'objets personnels, mais quelques meubles fonctionnels et confortables, comme une paire de fauteuils bergère tapissés au petit point, sans doute par sa mère, un canapé de deux places en velours rouge foncé et des tapis en veux-tu en voilà pour réchauffer l'ensemble et amortir le son des instruments de musique. Le piano droit est en bonne place, ainsi que le pupitre sur lequel est ouverte une partition pour alto. Une cheminée au manteau de marbre gris rougeoie dès avant qu'il rentre chez lui, sa bonne ayant pour instruction d'allumer le feu une heure avant son retour. Il loge tout en haut d'un immeuble de quatre étages et si le son monte, seuls les pigeons nichant sous le toit devraient s'en plaindre. Mais il est évident que ses voisins ne perdent pas une note, aussi a-t-il déjà prévenu la maisonnée qu'il fera davantage de musique, deux fois par semaine, mais à des heures qui ne devraient perturber personne.

Alphonse de Rueil n'est peut-être pas un musicien exceptionnel, mais il a toutes les capacités voulues pour faire partie d'un quatuor d'amateurs, aussi s'est-il senti blessé de n'avoir pas été choisi par Paul. Il comprend bien qu'une guerre larvée s'est déclarée entre eux à propos d'Hélène et il en souffre. Tout comme Paul, qui éprouve une réelle affection pour lui. Jusqu'ici ni l'un ni l'autre n'a eu le courage de s'affronter pour discuter de ce qu'ils ressentent pour elle, c'est sans doute parce qu'aucun d'eux n'est très au clair avec ses propres sentiments. Désormais, plus il se rapproche d'elle, plus Paul sent son attirance s'affermir pour la jeune fille, et s'il n'ose pas encore penser « amour », il sait qu'il se mentirait s'il ne parlait que d'affection.

C'est donc au nom de l'amitié qu'il lui porte qu'il invite Alphonse à venir dîner dans sa garçonnière après avoir commandé à sa bonne un vrai repas alsacien. Le résultat risque d'être décevant mais l'intention y sera.

Alphonse ne pensait pas pouvoir être un jour aussi ému à l'idée de venir discuter avec un rival d'une de ses amourettes. Mais il doit en convenir, Hélène n'est plus une amourette pour lui, ni un jeu comme l'ont pu être bien d'autres femmes avant elle. Par moment, il se surprend même à rêver de convoler avec elle. Il se ressaisit alors, se rappelant l'âge de la belle et combien sa propre liberté lui est chère. Mais elle est si charmante, si émouvante sans être sotte, et parfois si fantaisiste qu'il ne peut envisager de couper court à leur relation, même par amitié pour Paul. Et pourtant, Paul est un si bon ami, de son amitié non plus il ne veut se passer.

De son côté, Hélène n'est pas à l'aise non plus quand elle pense à chacun de ces deux hommes. Elle a toujours apprécié la gentillesse, la gaieté d'Alphonse, les petites attentions qu'il lui porte. Et surtout, il est le premier homme pour qui elle semble compter. Les regards attendris de d'Indy et Parent sont ceux de vieux oncles pour elle, ils ne comptent pas. Si d'autres étudiants peuvent avoir parfois des regards évaluateurs, elle s'en ressent plus dégoûtée que flattée. Elle ne connaît rien encore aux jeux de l'amour, mais elle est devenue assez adulte pour comprendre que les sentiments qu'elle éprouve pour Paul Amiet ne sont pas du même registre que ceux qui l'attirent vers Alphonse. Elle adore se laisser aller à rire aux plaisanteries de ce dernier, sans contrainte. Alors que Paul est si guindé, si compassé parfois qu'elle n'ose aborder d'autres sujets que la musique avec lui. Mais ils ont les mêmes goûts, les mêmes coups de cœur, les mêmes détestations dans ce domaine. Ils tombent toujours d'accord sur les *tempi* à adopter, les coups d'archet à mettre en place, l'intention à donner à tel passage qui ne serait pas indiquée dans la partition qu'ils étudient.

Si la raideur de Paul, qui fait en partie son élégance, le rend d'ailleurs plus grand qu'il n'est en réalité et lui permet d'être apprécié des dames, elle ne plaît pas toujours à ses camarades germanophobes. Un jour, alors que Paul, pressé de rejoindre son cours, l'a bousculé en grimpant l'escalier quatre à quatre, un hurluberlu l'a traité de « Prussien ». Ceux qui le fréquentaient depuis plus d'un an ont raconté par la suite qu'ils ne le reconnaissaient pas : *un tigre, une furie !* Paul a pris l'inconscient par les revers de son veston, l'a secoué comme un prunier et si deux de ses camarades ne s'étaient pas interposés, il lui aurait certainement flanqué un coup de poing en pleine figure. Paul en a été si fâché, autant contre ce rustre que contre lui-même pour s'être laissé ainsi emporter, qu'il a manqué plusieurs cours et n'a pu jouer ni violon ni alto durant une semaine. Mais il s'est juré que plus jamais on ne le reprendrait à se mettre ainsi en colère.

« Mon vieux, je suis heureux que tu aies accepté de venir. Installe-toi là, c'est le meilleur fauteuil, l'autre aurait besoin d'être rembourré, il faut que je m'en occupe.

Le *gewürztraminer* est toujours apprécié pour l'apéritif chez les Amiet, et après en avoir vanté les qualités, les deux hommes se regardent en silence un long moment avant que Paul aborde enfin le sujet qui les taraude au moins autant l'un que l'autre. Un chat essayant de s'emparer d'un morceau de viande alléchant dans la gamelle du chien ne prendrait pas plus de précautions.

– Tu sais, je l'espère, que ton amitié compte beaucoup pour moi. Je ne peux oublier les moments éprouvants que nous avons vécus ensemble pendant notre service militaire et que tu as su rendre aussi légers qu'une promenade de santé. Nous ne partageons pas toujours les mêmes idées en matière de politique, je sais que tu n'apprécies

pas mon attirance pour les thèses de Charles Maurras, par exemple, mais…
– Ne te fatigue pas, Paul, je sais très bien pourquoi nous sommes ici ce soir tous les deux. Pour moi aussi ton amitié m'est chère et je ne sais comment concilier mon inclination pour la jeune femme de nos pensées et cette même amitié. »

Le *baeckeoffe* pourtant attirant, préparé avec concentration par la gouvernante de Paul, remporte peu de succès tant les deux hommes ont l'appétit coupé par ce qui se dessine. Soit l'un des deux coupe court à ses relations avec Hélène, soit leur amitié se dissout, et aucune de ces deux perspectives ne les contenterait. Même si l'un se résout à se sacrifier pour renoncer à elle, l'autre s'en voudra longtemps d'avoir causé le chagrin de son ami. En tout cas, c'est ce que pense Paul. Mais lui si généreux, si altruiste, qui pense d'abord aux autres avant lui-même, cette fois, il ne veut pas céder. Plus la bataille s'annonce âpre, plus il se sent renforcé dans ses sentiments pour Hélène. Y serait-il autant attaché sans la concurrence d'Alphonse ? Une chose est certaine, il a connu plusieurs femmes avant elle, pas autant que le beau blond, certes, mais suffisamment pour comprendre, à cet instant, qu'aucune ne lui a inspiré les mêmes sentiments que cette jeune fille aux cheveux sur les épaules, à la voix douce et timide. Cela fait plusieurs nuits qu'il veille devant le feu de sa cheminée en se demandant de quoi il est vraiment amoureux : de son jeu au violon, de sa finesse, de ses yeux de jade ou du regard qu'Alphonse lui porte ? Mais lorsqu'il l'aperçoit à la *Schola* et d'autant plus durant les répétitions qui ont lieu chez lui, la réponse lui paraît limpide : il l'aime pour ce qu'elle est, tout simplement.

« La connais-tu seulement comme je la connais ? lui demande Alphonse. Sais-tu quelles qualités elle apprécie chez un homme ? Sais-tu qu'elle aime la poésie de Baudelaire parce qu'elle lui était interdite à l'école ? Sais-tu comment s'appelle sa jeune sœur ? Tu vois, tu ne la connais pas, comment peux-tu déclarer aimer une femme sans même savoir cela ?

– La question est ailleurs, Alphonse de Rueil, réponds-moi franchement, que veux-tu faire avec elle ? T'amuser un moment d'avoir déniaisé une oie blanche pour ensuite la laisser tomber quand tu t'en seras lassé ? Tu es coutumier du fait.

Alphonse s'apprête à répliquer, mais Paul, agité, le devance :

– Laisse-moi finir ! Ou es-tu prêt à la présenter à ton père, à l'épouser ?

– Parce que toi, tu es certain de vouloir l'épouser ? Mais tu la connais à peine ! Et tu sais l'âge qu'elle a ? La moitié du tien !

– Je la connais suffisamment pour avoir compris qu'elle est la femme de ma vie et je ne te laisserai pas lui faire du mal.

– Qui te dit que je souhaite autre chose que son bonheur, moi aussi ?

– Alors, prouve-le ! Laisse-la choisir elle-même. »

On a réchauffé le *baeckeoffe* et on l'a descendu aux trois-quarts, un sort a été fait à la tarte de Linz et l'alcool de poire a achevé de mettre les deux amis d'accord à défaut de les réconcilier tout à fait.

Hélène n'a jamais été aussi sollicitée que durant ce mois de mars 1913. Alphonse lui propose un nombre incalculable de sorties au théâtre, au concert et même au café-concert dont les chahuts l'amusent autant qu'ils l'effraient sans qu'elle ne veuille l'admettre. Son oncle s'inquiète de toutes ces sorties, craignant qu'elle ne se fatigue trop. Pourtant, raisonnable, elle en refuse les trois-quarts, s'étonnant qu'Alphonse dispose d'autant de temps libre et ne se fasse plus une priorité de ses études musicales. Pour elle, ce sont celles-ci qui s'imposent en premier mais elle est si flattée par les prévenances sans cesse renouvelées du jeune homme que son jeu s'en ressent et Parent a dû lui faire une ou deux fois des réflexions sur son manque de concentration.

Paul, au contraire, consacre plus de temps à ses travaux de composition. Son amour pour Hélène lui inspire des envolées que d'Indy qualifie de *lyriques* mais souvent *hors de propos*.

Et un jour, il se sent prêt et passe à l'action.

Lors des répétitions chez Paul, Hélène a pris l'habitude de retirer sa bague pour la déposer sur le manteau de la cheminée. C'est un petit bijou qui lui vient de sa grand-mère Bonnet, sans grande valeur, une aigue-marine sertie de perles dont l'une est manquante. D'aussi loin qu'elle s'en souvienne, la bague a toujours présenté un petit trou à la place de la perle absente mais jamais personne n'a pensé à la faire remplacer.

Et vient un jour où les quatre musiciens ont choisi de terminer la répétition en déchiffrant le premier mouvement du quatuor n° 2 de Brahms en *la* mineur[37].

« Excuse-moi Gaspard, fait Hélène, mais je pense que ces dix mesures devraient être jouées un peu plus *forte*, c'est là que le second violon entonne le thème à son tour, il faut qu'on l'entende.

– Je joue ce qui est écrit.

– Certes, mais justement, il n'y a rien d'écrit comme intention, à nous de la deviner. »

Devoir s'imposer ainsi, c'est le rôle du premier violon et si Hélène, rougissante, y arrive avec Gaspard Lestange qui est presque aussi timide qu'elle, cela lui est beaucoup plus difficile avec la violoncelliste, Françoise Greffe.

Bien qu'il soit indiqué *allegro non tropo* sur la partition, la violoncelliste, en pleine forme, entraîne l'ensemble à une allure trop rapide qu'il aurait fallu tempérer. Mais Françoise est plus âgée, plus expérimentée qu'Hélène qui pense parfois que Paul l'a choisie en raison d'une liaison qu'ils auraient eue et elle n'a pas osé s'imposer en la reprenant. Elle s'est sentie nerveuse et frustrée tout en se promettant d'être plus directive lors des répétitions suivantes. On peut aussi penser que l'intensité lyrique de ce quatuor l'a émue au point de la troubler et d'en oublier de reprendre sa bague, qui reste sur le manteau de la cheminée.

---

37. Opus 51, de 1873.

« Hélène, j'ai un rendez-vous ce soir et je vais devoir abréger notre répétition, je te propose donc de venir plus tôt cet après-midi, disons seize heures trente, cela te convient-il ? »

Depuis qu'ils se retrouvent chez lui en quatuor, les musiciens se tutoient, ce qui n'a pas été sans quelques rosissements de joues.

Paul accueille Hélène avec un léger tremblement de mains. Après l'avoir aidée à retirer son manteau, et alors qu'elle sort le Hel de son étui, il s'approche d'elle, saisit son regard, et sans un mot, sort un petit écrin de sa poche, lui prend la main et y dépose l'objet. « Ouvre-la. » Dedans, la bague aigue-marine, nettoyée, sertie de toutes ses perles. Hélène a beau n'être qu'une toute jeune fille sans expérience, elle comprend tout de suite ce que cela veut dire et sans attendre que Paul lui demande quoi que ce soit, elle répond « Oui ! » aussi fort qu'elle le peut.

La répétition sera reportée.

Depuis lors, seul Paul compte pour Hélène, elle ne voit même plus Alphonse qui essaie pourtant de la tenter en lui proposant des spectacles de plus en plus alléchants, il n'y a pas de restaurant luxueux dans lequel il n'ait essayé de l'attirer, vainement, elle est la femme d'un seul homme, elle a fait son choix.

Paul, à cette époque, compose et fait publier *Le Temps a laissé*, un chant avec accompagnement de piano sur un rondel de Charles d'Orléans, dédié *À ma mère*[38]. Sur l'un des exemplaires, il a ajouté une dédicace manuscrite :

À mademoiselle Hélène Bonnet, affectueux hommage.
Paul Amiet 1913

Le temps a laissé son manteau
De vent, de froidure et de pluie,
Et s'est vêtu de broderies
De soleil riant, clair et beau.

---

38. Éditions Maurice Senart - Dépôt à la Bibliothèque nationale.

Les tourtereaux ont décidé de ne pas encore faire état de leur engagement mutuel ni à la *Schola* ni à leurs familles, désirant prendre le temps de mieux se connaître. Mais personne n'est dupe à l'école, il suffit de les voir ensemble pour comprendre ; même le plus obtus des professeurs, soucieux de sa seule mission de pédagogue, ne peut manquer d'être frappé par la lumière que révèle leur présence. Certains s'en amusent, d'autres se choquent, d'autres encore sont jaloux. Depuis qu'Hélène a remporté un vif succès lors de son premier examen, peu d'élèves continuent à la regarder de haut, on a compris que la gamine n'en est pas une et que son jeu pouvait servir de modèle à nombre d'entre eux. Les hommes ont dû admettre qu'en plus, elle est jolie, ravissante même, et que sa répartie pouvait les laisser déconfits sans jamais les blesser. Paul est respecté pour sa prestance et sa courtoisie, et craint depuis qu'il a rossé ce camarade idiot et germanophobe. Et puis même Vincent d'Indy est ému par cet amour né dans son école, il éprouve une semblable affection pour la jeune violoniste et pour son élève chez qui il a détecté un réel talent de compositeur. Pour lui, voilà un couple des plus harmonieux.

Cependant, Paul a pris l'habitude de raccompagner Hélène à Neuilly après les répétitions et l'oncle Léon commence à en prendre ombrage. Un soir, il ouvre lui-même la porte du fiacre qui ramène les jeunes gens et somme Paul de s'expliquer. Il est temps d'officialiser l'affaire. On invite le jeune homme à venir prendre le thé le samedi suivant. Il se fait couper les cheveux, tailler la moustache, met des souliers vernis et des gants beurre frais, et se présente avec un bouquet de fleurs à faire pâlir de jalousie la fleuriste de la place des Ternes. Hélène chante le rondel, *Le Temps a laissé*, Marguerite pleure d'émotion, Louise applaudit, les deux hommes se congratulent, on sort le porto. Désormais Hélène, que Paul surnomme rapidement Ninon à son tour, pourra sortir un soir par semaine avec son fiancé, mais accompagnée bien entendu, puisque les fiançailles ne sont pas encore officielles.

Or celui qui n'a pas du tout apprécié que ces accordailles se soient conclues sans lui, c'est Maxence Bonnet. Lors de ses dernières vacances, Ninon avait bien parlé de M. Amiet par-ci, M. Amiet par-là, mais rien qui ne laissât penser à quelque chose de plus sérieux. Il prend alors contact avec son banquier pour lui demander de faire faire une enquête sur ce Paul Amiet et sa famille. La réponse l'a tout de suite rassuré, la famille Amiet est *presque aristocratique*. Cependant la différence d'âge reste un souci, Ninon n'a que dix-sept ans alors que Paul en a trente. Celui-ci comprend parfaitement qu'il a manqué à tous ses devoirs en n'allant pas directement faire sa demande auprès du chef de famille. Il décide donc d'amener Hélène pour un voyage éclair à Lille afin de rencontrer ses parents et réparer sa bévue. Ses gants beurre frais et ses souliers vernis vont resservir. Sa bonne éducation, sa droiture et son charme vont séduire aussi bien le père, la mère que la sœur, qu'il va à son tour adopter comme sa propre famille. On va très vite parler de musique, Maxence sort de ses placards quelques jolies mélodies de sa composition, le rondel est à nouveau chanté, Eugénie verse des larmes, Suzon applaudit, le porto est servi dans les verres de Saint-Louis qui font sourire le fiancé. Tout est pardonné, on fixe une date pour les fiançailles officielles, lorsque la famille Amiet viendra à Paris pour les formalités de naturalisation enfin possibles.

Comme il se doit, les deux hommes se retrouvent seuls un moment dans le bureau de Maxence afin de parler de l'avenir financier du jeune couple. Paul rassure le beau-père en lui confirmant posséder une petite fortune en actions qui lui permettrait de ne pas travailler s'il le souhaitait, mais il tient, dès qu'il sera marié, à travailler, valorisant son diplôme d'ingénieur. Tout en discutant, son œil est attiré par une gravure martiale représentant un champ de bataille, une guerre napoléonienne.

« Vous aussi, gardez une grande admiration pour l'Empereur ?
– Oh, une admiration toute relative, répond Maxence, ce grand homme a fait beaucoup de mal et à la France et à l'Europe. Je ne

nie pas qu'il fut un génie, mais je redoute ces va-t-en-guerre qui ne pensent qu'à conquérir toujours plus de territoires, regardez où cela nous a menés ! J'imagine que si vous rêvez d'une revanche sur les Allemands, vous n'avez pas forcément envie d'aller vous battre alors que les armes d'aujourd'hui n'ont plus rien à voir avec ce qu'on a connu en 1870.

– Vous semblez penser qu'une guerre serait plausible ? On n'y croit pas à Paris, en tout cas.

– Personne n'en a envie sauf quelques fous furieux, mais si elle devait avoir lieu elle serait de courte durée.

– Qu'est-ce qui vous fait dire cela ?

– Mes amis anglais, très bien informés[39].

– Les Anglais se croient toujours mieux documentés que tout le monde. Moi, j'ai vu de mes propres yeux les avancées de la tecŸologie allemande, notamment en matière d'artillerie, et je peux vous dire qu'à l'heure actuelle aucune autre puissance au monde ne peut avoir le dessus sur elle.

– C'est vous qui commencez à m'alarmer, Paul, parce que ce qu'il se passe actuellement du côté de l'Autriche-Hongrie et des Balkans m'inquiète un peu. L'Autriche-Hongrie et l'Allemagne sont maintenant alliées.

– Sans doute avez-vous raison, mais l'Angleterre et la France le sont aussi.

– Raison de plus pour que les revanchards appellent à la guerre.

– Paul, nous devons partir, notre train est dans une demi-heure. »

---

39. Les professionnels de la guerre partagent largement ces conceptions d'une guerre limitée à quelques mois (commandant Mordacq, *La Durée de la prochaine guerre*, 1912).

Saint-Cloud, 1970

« *Do* dièse ! » Une fourchette vient de tomber sur le carrelage de la cuisine. Je cours vers le piano pour m'en assurer, c'est bien un *do* dièse. C'est ce qui s'appelle avoir l'oreille absolue. Maminette la possède indéniablement. C'est d'ailleurs un handicap pour elle bien plus qu'un avantage désormais, car quand elle écoute de la musique, elle entend les notes une à une et non un ensemble harmonieux, c'est épuisant et sans plaisir aucun, mais c'est devenu un réflexe chez elle. Nous, ses petits-enfants, nous amusons à essayer de la prendre en défaut en faisant tomber une cuiller, *ré* ! En cognant une casserole, *fa* bécarre !

« C'est quoi un *fa* bécarre ? demande le plus jeune.

– Un *fa* normal, idiot ! répond un plus âgé.

– Ah, ce n'est pas une raison pour insulter ton petit frère. Je ne suis pas certaine qu'à son âge, tu aies su ce qu'est un *fa* bécarre.

Et ainsi de suite jusqu'à ce qu'un verre fracassé ne la fâche. Mais rien de tel pour lui ramener le sourire que de la faire parler de son roman d'amour.

– Et quand tu étais fiancée, qu'est-ce que vous faisiez avec ton amoureux ?

– Oh, pas grand-chose, tu sais, j'étais encore très jeune et mon oncle Léon ne me permettait pas de sortir avec Paul sans chaperon. C'était idiot parce que j'allais déjà au théâtre et au concert avec lui ou d'autres camarades avant d'être fiancée.

– Trop triste !

– Heureusement, tante Marguerite était plus accommodante. Paul avait pris l'habitude de me raccompagner en taxi après les répétitions.

– Il y avait déjà des automobiles ?

– Bien sûr, voyons, en 1913. Mais nous préférions les voitures à cheval.
– C'était plus romantique.
– Pas seulement. Mon fiancé disait au cocher : *Allez n'importe où, mais le plus lentement possible.* Et il tirait les rideaux.
– Dis donc, c'était chaud.

On n'ose imaginer quels outrages le grand-père a fait subir à sa toute jeune fiancée, apparemment consentante. Alors, de son sourire le plus espiègle et en faisant durer le plaisir, Maminette poursuit en mimant :
– Il se mettait à mes genoux et glissait son doigt dans mon gant.
– Et puis après ?
– Cela ne te regarde pas ! »

Il n'empêche, quel coquin, le grand-père !

Strasbourg, mai 1913

« Ma petite Hélène, vous serez toujours la bienvenue dans cette maison. Nous sommes toutes ravies que Paul ait enfin trouvé celle qui le rendra heureux, n'est-ce pas Alice ?

Alice force un sourire en remontant les coins de ses lèvres, mais ses yeux le démentent.

– Ne faites pas attention à elle. Alice ne va pas très bien en ce moment, mais vous apprendrez vite à la connaître et je suis sûre que vous allez bien vous entendre, après tout, vous êtes artistes toutes les deux. Quant à Marianne, elle vous a tout de suite adoptée, il me semble. Il est vrai que vous avez pratiquement le même âge. Mon Dieu, il va falloir que je m'habitue à avoir une belle-fille de l'âge de ma benjamine, cela me rajeunit ou cela me vieillit, je ne sais.

– Vous ne changez pas, Mamely, vous restez toujours la plus belle et la meilleure des mamans pour nous tous. »

Paul se penche pour embrasser sa mère, il a envie d'embrasser tout le monde en ce moment, même Alice qui n'a pas quitté son air revêche et compassé depuis qu'il est arrivé avec Hélène pour la présenter à sa famille.

Il manque juste Edmond et Jeanne qui vient de faire une fausse-couche et ne peut pas encore voyager.

Paul a été sidéré en apercevant sa sœur aînée venue les attendre, Hélène et lui, à la gare de Strasbourg. À la place de la jolie femme pétillante dont la chevelure brune et abondante mettait en valeur les yeux clairs, il trouve une femme vieillie, aux traits bouffis, aux cernes gris sous des yeux couleur de vase. Plusieurs mèches grises strient ses cheveux juste relevés en chignon lâche, elle est devenue méconnaissable en quelques mois.

Son caractère déjà ombrageux ne s'est pas arrangé. À peine a-t-elle salué Hélène d'un hochement de tête qu'elle a attrapé Paul par le bras comme si la jeune femme n'existait plus, alors que la pauvre Hélène était tout sourire, tellement désireuse de plaire à sa future belle-famille. Alice s'est alors mise à ronchonner contre sa mère qui oublie tout, contre Marianne qui ne veut plus aller à l'école, contre la chienne qui sent mauvais, tous sujets dont elle se moquait bien auparavant. La lettre que sa mère avait envoyée à Paul peu de temps avant l'avait bien inquiété un peu, mais il ne doutait pas qu'Alice, avec son fort caractère, se serait remise de sa déception sentimentale en quelques semaines et aurait repris ses activités artistiques et politiques avec encore plus de passion. Il n'a pas encore eu le temps d'en parler avec Mamely, mais il espère qu'Hélène ne va pas s'en trouver trop désappointée.

Mme Amiet ne sait plus que faire pour contrecarrer la froideur de son aînée à l'égard de la pauvre Hélène, bien prête de se sentir de trop. Heureusement, les photos encadrées d'argent qui jonchent tous les petits meubles du salon sont l'occasion pour elle de s'extasier sur les boucles blondes de Paul à dix-huit mois, le port altier de Paul à douze ans, son assiette impeccable à cheval à quatorze, sa tenue parfaite au violon, Paul jouant aux échecs avec son jeune frère Jacques, hélas disparu trop jeune, les cinq enfants riant joyeusement avec leur mère…

« Vous étiez très brune !

– Oh oui, mais je suis devenue toute blanche en une nuit, après la mort de mon pauvre mari. »

Hélène ne peut se retenir de presser sa main sur celle de cette femme si attachante qui a perdu en peu de temps un enfant et un mari aimés.

Par discrétion et aussi par réelle fatigue, Hélène monte se coucher tôt, laissant sa bientôt belle-famille parler d'elle à son aise, et celle-ci n'y manque pas.

« Tu as perdu la tête, Paul, tu l'as vue ? Tu t'es vu ? Tu pourrais être son père.
– Ne dis pas de bêtise, Alice. Hélène a exactement l'âge de Marianne, Paul pourrait tout au plus être son grand frère. D'ailleurs, j'avais moi-même dix ans de moins que ton père.
– Vous n'aviez pas la moitié de son âge ! Et c'est une petite jeune fille de rien du tout. Pourquoi es-tu allé chercher celle-là alors qu'il y a ici tant de vraies femmes qui ne demandent qu'à t'épouser ?
– Alice, si tu étais un homme, je t'en demanderais raison. Maintenant, que cela te plaise ou non, Hélène est la femme que j'aime et je l'épouserai, si elle veut toujours de moi. D'ailleurs quand tu la connaîtras, toi aussi, tu tomberas sous son charme, j'en suis persuadé.
– Bien sûr, mon chéri, intervient Mamely, moi, je l'aime déjà comme ma propre fille. On sent chez elle une âme pure et une intelligence fine qui sait rester discrète. Et toi, Marianne, qu'en penses-tu ? J'ai l'impression que vous vous entendez déjà bien, toutes les deux ?
– Moi, j'ai hâte que le mariage se prépare.

Pour alléger l'atmosphère et se calmer, Paul essaie de lancer la conversation sur un sujet qui devrait faire plaisir à Alice :
– Tu as une nouvelle exposition en préparation ? Je suis persuadé que tu dois avoir tout un tas de nouvelles œuvres à montrer.
– Pour en avoir, j'en ai. Mais impossible d'obtenir un créneau dans une galerie, impossible même d'obtenir une réponse !
– Comment se fait-il ?
– Mais parce qu'elles sont toutes tenues par des hommes et que ce ramassis d'imbéciles ne veut présenter que des œuvres d'autres imbéciles.

Paul se traite lui-même d'imbécile d'avoir abordé ce sujet, alors qu'Alice s'enflamme :
– Les artistes femmes ne sont toujours pas reconnues. Regarde Camille Claudel, Hélène Bertaux, Mary Cassat, on n'en parle jamais alors qu'elles valent bien Rodin, Bonnard ou Utrillo !

– C'est certain. Mais tu avais fait une exposition sensationnelle l'an dernier à la galerie Grombach, ne peux-tu pas en obtenir une autre ?
– Le propriétaire a changé, le nouveau ne veut même pas me recevoir.
– Alors, viens à Paris, les esprits sont beaucoup plus ouverts qu'ici.
– Je doute qu'on veuille s'intéresser à une Alsacienne. »
Et d'un claquement de serviette sur la table, Alice signifie que la discussion est terminée pour elle.

Hélène a dû se tourner et se retourner sous le *splumo* du grand lit de la chambre d'amis, priant pour que les « femmes » de Paul l'acceptent comme elle-même est prête à les adopter. Si seulement Alice ne la méprisait pas autant. C'est vrai qu'elle n'est qu'une petite provinciale sans grande expérience, elle a pour elle une bonne éducation et un certain talent au violon, mais est-ce suffisant pour intégrer une riche famille bourgeoise ? Paul ne lui a jamais laissé penser qu'il pouvait y avoir un quelconque déséquilibre entre leurs deux familles. D'ailleurs son propre père a une petite entreprise qui n'est, certes, plus aussi florissante qu'elle a pu l'être, mais il fait partie de la petite bourgeoisie de Lille, après tout. Elle n'a pas à en rougir, ils n'ont qu'à la prendre comme elle est.

Mamely a depuis peu découvert le test de personnalité d'Antoinette Félix-Faure[40] que son ami Marcel Proust a mis au goût du jour, et elle harcèle tout un chacun, familiers et visiteurs pour qu'ils y répondent. Il y aura trois versions du questionnaire au fil des années. Bien entendu, Hélène est invitée à y répondre à son tour. On l'a laissée seule, en toute tranquillité pour ce faire et, en rougissant de son indiscrétion, elle en profite pour jeter un coup d'œil à ce

---

40. La fille de l'homme d'État.

que son fiancé et sa sœur y ont écrit. Elle y découvre une Alice qui se décrit avec ironie l'exact contraire de ce qu'elle est : *Très douce, très patiente, polie, cul-de-jatte et blonde comme les blés mûrs. Je commence en général par me fâcher, et ensuite, je regrette.* Ce qui fait sourire Hélène.

En revanche, elle verse une larme de pure émotion en découvrant les réponses de son fiancé qui se dit *à la recherche de l'équilibre chez moi et chez autrui.* Et surtout lorsqu'il répond à la question *Quelle est votre devise ?* par : « Rendre heureux, les miens d'abord, et les autres dans la mesure du possible. »

Si elle avait eu encore des doutes sur le bien-fondé de son amour pour cet homme beaucoup plus âgé qu'elle, grand, exigeant et dont l'intensité des sentiments lui faisait parfois un peu peur, les voilà dissipés. Paul est vraiment l'homme qu'il lui faut. Et quand Alice répond à la question sur la devise : *En ce moment je suis très désabusée, je suis médiocre en tout,* Hélène est prête à tout lui pardonner. La jeune fille a bien senti qu'Alice est plus malheureuse que méchante. Après avoir vu des photos d'elle souriante et radieuse, elle a compris qu'il s'est passé quelque chose qui l'a rendue hargneuse et renfrognée, sans doute une déception sentimentale, ce qui expliquerait qu'elle accepte mal le bonheur de Paul.

En l'accompagnant jusqu'à sa chambre le premier soir, Paul avait tenté de la rassurer en affirmant que sa sœur avait bon cœur et ne tarderait pas à lui présenter un visage plus avenant, Hélène avait eu peine à le croire ; désormais, après avoir lu le livre d'or des Amiet, elle se projette sans peine au sein de cette famille cultivée, généreuse et pieuse. Pourtant, Alice ne fait pas grand-chose pour se faire apprécier. Alors qu'Hélène s'extasie devant ses pastels, s'enthousiasme avec sincérité pour ses gravures, le sourire d'Alice, tant attendu, a du mal à se réchauffer au feu de l'admiration de la jeune fille. Au contraire, elle ne rate pas une occasion de séparer les amoureux pour entraîner Paul dans une discussion ou une autre, sous prétexte d'affaire de famille qui ne peut pas intéresser celle qui n'en est pas encore. Heureusement, Marianne est là pour entraîner Ninon, qu'elle appelle déjà par son surnom, dans un tourbillon de blagues et de calembredaines dont elle a le secret et qui ont le don d'égailler la maisonnée.

Le séjour à Strasbourg est très court, mais Paul souhaite faire découvrir à sa fiancée les merveilles de son Alsace, ainsi que la réalité de l'occupation allemande. Il amène Hélène devant l'horloge astronomique de sa chère cathédrale juste à midi lorsque les douze apôtres passent devant le Christ et que le coq chante et bat des ailes devant les quatrième, huitième et douzième apôtres. Elle crie d'enchantement devant ces automates et se dit prête à rester sur place pour voir défiler tous les quarts d'heure chacun des personnages imaginés par Jean-Baptiste Schwilgué. Paul doit la tirer pour l'amener vers la *Französel*[41] toute proche et si typiquement alsacienne. C'est là qu'elle découvre la réalité de l'occupation. Au moment où elle prend conscience qu'on ne parle qu'allemand autour d'elle alors qu'elle s'extasie en français et que Paul lui répond de même, un officier allemand les arrête et les somme de montrer leurs papiers. Elle ne comprend pas ce qu'il se passe, mais voit Paul se raidir, blanchir de colère et s'excuser en allemand en la désignant, sans doute pour expliquer qu'elle n'est là qu'en visite et ne comprend que le français. En revanche, l'allemand impeccable et sans accent de Paul incite l'officier à le laisser partir sans lui infliger d'amende, mais le fiancé restera plusieurs minutes sans parler, le temps de digérer son ressentiment.

Le seul moment où Alice s'est un peu détendue, c'est lorsque Marianne, qui la connaît bien, s'est mise un soir au piano pour

---

41. *Französel* : « Petite France », en alsacien. C'est un quartier du centre historique de Strasbourg.

jouer *Alsace et Lorraine*[42], elles se sont alors déchaînées en hurlant à en réveiller la chienne :

Vous n'aurez pas l'Alsace et la Lorraine,
Et malgré vous nous resterons français ;
Vous avez pu germaniser la plaine,
Mais notre cœur, vous ne l'aurez jamais.

En la quittant sur le quai de la gare, Paul embrasse tendrement sa sœur et lui chuchote : « Tu devrais venir à Paris quelque temps, je te l'ai déjà dit, cela te ferait du bien de changer d'air, je peux te recevoir chez moi. Tu pourrais découvrir de nouveaux artistes, de nouvelles galeries et, surtout, tu apprendrais à mieux connaître Hélène. »

À leur retour à Paris, Paul amène Hélène au théâtre Réjane voir le grand drame patriotique, *Alsace*, de Gaston Leroux et Camille Dreyfus, qui remporte un franc succès lors de ses représentations parisiennes. Il met en scène les difficultés d'assimilation de la population alsacienne à l'Empire allemand, notamment à travers l'exemple de Jacques, jeune Alsacien épris d'une Allemande et confronté à la germanité de sa belle-famille. Il prend alors pleinement conscience de son identité française, mais se résigne, lorsque la guerre éclate, à accomplir son devoir dans l'armée allemande. Toutefois, un jour de fête populaire, excédé par les envolées haineuses de la foule à l'égard de la France, il laisse échapper un *Vive la France !*, véritable cri du cœur qui l'expose aussitôt à une vindicte meurtrière, événement tragique sur lequel s'achève la pièce. Paul ne peut s'empêcher de pousser le même cri dans le théâtre avec les autres Alsaciens présents en nombre dans la salle.

---

42. Chant patriotique écrit en 1871 par Gaston Villemer et Hippolyte Nazet sur une musique de Ben Tayoux.

Maintenant qu'Hélène commence à être sensibilisée à la réalité de l'occupation allemande pour les Alsaciens et les Lorrains, Paul la sent prête à lire un ouvrage qu'il considère comme essentiel pour en appréhender toutes les conséquences. *Les Bastions de l'Est*, de Maurice Barrès raconte l'histoire d'un jeune conscrit alsacien, fervent francophile, qui est tourmenté à l'idée de servir l'Allemagne. Après avoir pensé à déserter, il reste en Alsace pour résister à l'envahisseur. « Voilà un homme qui n'est pas bêtement germanophobe par principe, comme tant d'autres qui ne connaissent pas nos voisins », lui explique Paul en parlant de Barrès. Vosgien lui-même, il est allé souvent en Allemagne et apprécie ce peuple de culture immense, d'une grande ingéniosité et d'une incroyable maîtrise de l'organisation dont nous aurions tout à apprendre. Cela ne l'empêche pas de reconnaître les souffrances centenaires des Alsaciens tiraillés entre leur attachement à la France et leur allégeance souvent forcée à l'Empire allemand.

« Je croyais que, comme toute ta famille, tu haïssais les Allemands ?

– Mais je les hais, tout comme Barrès, pour ce qu'ils nous font vivre depuis si longtemps. Je les hais parce que je me sens viscéralement français et qu'ils ne me permettent pas d'être français chez moi, dans mon Alsace. Je les hais parce qu'ils nous traitent comme si nous étions une sous-race. Je les hais parce qu'ils font souffrir les miens, je…

– Je comprends, Paul, mais comment vois-tu les choses évoluer et comment peux-tu participer à ce changement ? Oncle Léon dit que seule une nouvelle guerre pourrait faire revenir l'Alsace et la Lorraine dans le giron de la France.

– Barrès ne croit pas à une nouvelle guerre.

– Mais toi, qu'en penses-tu ?

Paul hésite un instant, ne voulant pas inquiéter Hélène qui tremble déjà.

– Je ne suis pas un expert, Hélène. Ce que je sais, c'est que la France a perdu la guerre parce que son armée était mal préparée alors que celle de l'Empire était beaucoup mieux organisée et plus efficace. L'Allemagne privilégie la militarisation et ne s'en cache pas, alors que la France ne semble pas vouloir en prendre conscience. Mais parlons d'autre chose, ma petite chérie, voilà un sujet bien grave, excuse-moi, je ne devrais pas assombrir les trop rares moments que nous pouvons passer tous les deux seuls.

– L'Alsace est ta patrie, je comprends que son sort te soit si préoccupant, il le sera pour moi aussi. »

Paul ne voit qu'une seule façon de lui prouver sa reconnaissance, et l'embrasse sans se préoccuper des autres passants qui les regardent en gloussant.

Paris, 1914

Suzanne est aussi excitée que Marianne, toutes deux peuvent étrenner une nouvelle toilette qui rend la journée d'autant plus exaltante pour elles. Mamely en impose dans sa robe à traîne mauve et son immense chapeau ornementé de tulle et de plumes de la même couleur. Alice, quant à elle, porte une robe fourreau de velours pourpre sur laquelle elle a ajouté une veste longue ajustée assortie. Mais c'est à l'arrivée de la fiancée que les résidents de l'hôtel *Lutetia* arrêtent leurs bavardages pour la regarder à loisir. Malgré le froid qui règne en ce mois de février 1914, Hélène porte seulement une sous-robe de soie blanche plissée sur laquelle est passée une robe courte de dentelle grège en point d'Alençon. Un petit col en pointe dévoile à peine son cou élancé autour duquel sa mère a passé un pendentif en or filigrané que lui avait offert Maxence pour leurs fiançailles, pas de chapeau, mais une broche fleurie dans les cheveux.

Paul, qui l'attendait impatiemment depuis une bonne demi-heure, se précipite vers elle pour lui prendre les mains et la regarder, incapable de parler tant il est ému, elle est si jolie, si rayonnante, qu'un instant il se demande s'il est bien digne d'elle. Suivis du regard par les deux belles-mères ravies de faire enfin connaissance, les deux jeunes gens se sont reculés dans un coin du salon et Paul sort de sa poche un petit écrin, ce qui fait sourire Hélène, du même geste que l'an dernier lorsqu'il lui a fait sa demande implicite. Un toi-et-moi aux deux somptueux diamants cernés d'une poussière de brillants s'ajuste sans peine à l'annulaire de la fiancée qui ne peut en détacher le regard.

Durant tout le déjeuner et longtemps encore après, elle lèvera sa main pour s'assurer que la bague est toujours là, aussi éclatante que son bonheur. Même le baiser aigre d'Alice ne peut ternir sa joie, d'autant que les embrassades de Marianne, presque aussi envahissantes que celles de la trop sentimentale Suzanne, lui démontrent qu'elle est bien acceptée dans la famille Amiet.

Edmond, qui ne connaissait pas encore sa future belle-sœur, se lisse la barbe en s'approchant d'elle, tout réjoui que son frère ait eu si bon goût ; Jeanne n'a pas pu se joindre à eux, elle est à nouveau enceinte et ne veut pas prendre le risque de perdre une seconde fois son bébé.

Quoiqu'organisées dans les salons d'un des plus grands hôtels de Paris, les fiançailles se déroulent en toute intimité, seules les deux familles ayant été conviées. Mais le menu est digne d'un repas de grande fête, il est illustré par Alice qui s'est amusée à multiplier entrelacs et arabesques :

Consommé
Filets de sole sauce crevettes et haricots verts
Cuissot de sanglier sauce chasseur
Aspic de foie gras en Bellevue
Salade
Glace pralinée
Sauternes - Nuits Moët et Chandon

Si les fiancés sont trop occupés à se regarder dans le blanc des yeux pour pouvoir avaler quoi que ce soit, les autres convives, en revanche, sont heureux de se découvrir des points communs en se régalant. Les hommes ne peuvent s'empêcher de se désoler du décès, survenu quelques jours plus tôt, du nationaliste Paul Déroulède, un des plus ardents défenseurs de la revanche contre les Allemands, mais Mamely et Eugénie, d'une même voix, leur intiment de changer au plus vite de sujet. Alice demande à la cantonade si quelqu'un aurait envie d'aller visiter le Japon avec elle, pays qui commence à devenir à la mode malgré l'irruption récente du Sakurajima qui affole les populations nippones. Elle ne recueille d'ailleurs qu'un étonnement poli, ce qui la conforte dans son opinion qu'Hélène et sa famille ne présentent aucun intérêt.

Avant de se quitter, on se met d'accord sur une date de mariage, le 6 août prochain, Hélène aura alors dix-huit ans.

Lille, juillet 1914

Adieu vous dy la lerme à l'œil ;
Adieu, ma très gente mignonne,
Adieu, sur toutes la plus bonne,
Adieu vous dy, qui m'est grand dueil.

Adieu, adieu, m'amour, m'en vueil ;
Mon povre cueur vous laisse et donne.
Adieu vous dy la lerme à l'œil.[43]

Jamais les paroles de François Villon ne se sont mieux accordées au moment. La guerre est déclarée, la guerre qu'on avait cru écartée a fini par être déclarée. Tous les hommes entre vingt et quarante-huit ans ont reçu ou vont recevoir leur ordre de mobilisation.

Quand les rumeurs de guerre ont commencé à enfler, Paul a prévenu Hélène : il était hors de question pour lui de combattre sous la bannière allemande, il déserterait avant même d'être enrôlé pour s'engager dans l'armée française. Il a fait de longues périodes de service militaire « volontaire », il sait se battre et, même s'il n'apprécie pas l'idée de tuer un autre homme, fût-il l'ennemi juré, il éprouve une sorte de jubilation à la perspective de participer à l'expulsion des Prussiens loin hors du territoire alsacien. Bien qu'il reconnaisse la supériorité technique de l'armée allemande sur celle de la France, il ne veut pas douter de la victoire du bon droit sur l'oppresseur. Alphonse a décidé de faire de même, ainsi que des dizaines de milliers d'autres Alsaciens et Mosellans[44]. Mais cela veut dire que s'il

43. Rondel VIII de François Villon (1431 – 1463), un poète français de la fin du Moyen Âge.
44. Le nombre réel des « réfractaires » est incertain, il varie de 18 000 au début du conflit à plus de 40 000 en 1916, les désertions se multipliant. En revanche, plus de 380 000 conscrits ont dû combattre dans l'armée allemande, nombre d'entre eux à leur corps défendant. Les Allemands ne leur faisant pas confiance, ils étaient envoyés sur le front de l'Est.

est fait prisonnier par les Allemands, Paul passerait en conseil de guerre et serait immédiatement fusillé, peut-être même serait-il abattu sans aucune forme de procès.

Pour Hélène, que son fiancé se retrouve dans l'armée allemande ou l'armée française ne change pas grand-chose, son mariage est reporté *sine die*, elle est séparée de l'homme de sa vie qui va peut-être se faire tuer, elle se sent au bord d'un gouffre. Elle est loin de partager l'élan patriotique qui galvanise tous les hommes, ou presque, autour d'elle. Rentrée à Lille après les examens de fin d'année auxquels elle a été reçue avec les félicitations de ses professeurs, elle chante tristement, lugubrement, dit sa sœur, le nouveau rondel mis en musique par Paul sur un poème de François Villon et qui résonne pathétiquement avec son état d'esprit : *Adieu vous dy la lerme à l'œil.* Elle en veut à son père de l'avoir obligée à revenir à Lille, elle en veut aux généraux engalonnés qui semblent considérer cette guerre comme une promenade de santé et encouragent tous les hommes à s'y engager, le cœur patriotique, à défaut de joyeux. Elle en veut même à Paul de ne pas avoir déserté définitivement. Elle n'a que dix-huit ans et elle tremble de se retrouver veuve avant même d'être mariée. Elle pleure d'être séparée de celui à qui elle est fiancée depuis à peine quelques mois. Elle pleure en chantant *Adieu vous dy la lerme à l'œil*, elle pleure sur son violon, elle pleure lorsque Suzon joue du violoncelle, elle pleure lorsque son père tente de l'égayer en jouant au piano les célèbres airs d'Offenbach, elle pleure encore davantage lorsque sa tante Joséphine lui affirme, l'air coquin, soi-disant pour la consoler, que les retrouvailles seront d'autant plus ardentes que la séparation sera longue.

Par surprise, Paul, resté à Paris dans l'attente de son incorporation, s'est rendu à Lille en coup de vent. Hélène s'est bien gardée de rapporter à ses parents ce qu'il lui a demandé, et elle s'en veut en silence d'avoir refusé d'accéder à sa demande. Va-t-il lui pardonner ? Il s'en est reparti si triste, si décontenancé. Mais aurait-elle dû accepter de se marier vite fait, de passer une nuit de noces et risquer de se retrouver enceinte avec un mari tué au front ? Elle s'en veut de s'être montrée si égoïste. Elle ne connaît rien aux désirs masculins, mais elle en sait suffisamment sur le devoir conjugal pour avoir craint une grossesse qui n'aurait pas soulagé sa détresse d'avoir perdu son amour. *Adieu vous dy la lerme à l'œil*, chante-t-elle en pleurant.

Rentré à Paris, Paul s'est lancé dans une frénésie compositrice. Le premier mouvement d'une sonate en *ut* mineur pour violon et piano voit le jour à une telle vitesse qu'il peut le soumettre à Vincent d'Indy avant son départ pour le front. Celui-ci, âgé de soixante-trois ans, n'a pas pu s'engager bien qu'il ait essayé, et reste à la disposition des élèves qui peuvent avoir besoin de lui. Il étudie les pages soumises par Paul et les annote ainsi : *C'est bien et les idées ne manquent pas d'intérêt. Peut-être pourraient-elles être présentées plus simplement. Le début est excellent. Je regrette la reprise du début en* ré *mineur, qui n'est pas d'un ton adaptable au ton principal. Bon travail.* La reprise du début sera alors réécrite en *sol* mineur et complétée. Paul continuera avec un second mouvement et achèvera la sonate en septembre 1919, l'ayant mûrie dans les tranchées.

STACCATO

25 août 1914

Ma petite chérie,
C'est un « engagé volontaire » jusqu'à la fin de la guerre qui t'écrit. Enfin ! Je ne serai plus regardé de travers partout où j'irai. J'ai dû insister très fort pour rester en France et non envoyé en terrain d'opération extérieur, au Maroc ou je ne sais où comme tant d'autres Alsaciens ou Mosellans. Il semble qu'on ne fasse pas entièrement confiance à notre sens patriotique, ce qui a bien failli me mettre en colère. Je tenais avant tout à rester le plus près possible du front du Nord, et de toi.
Je prie notre Seigneur qu'Il veuille bien, dans Son immense bonté, nous réunir bientôt.
Je suis soulagé de savoir ma mère et mes sœurs à l'abri en Suisse, j'aurais tant aimé qu'il en soit de même pour toi. Rassure-moi, toi, tu vas bien ? Ta famille également ? Je ne supporterais pas qu'il t'arrive du mal.
Cette longue attente d'incorporation à Paris a eu un côté positif, j'ai pu avancer dans mes travaux de composition. J'ai terminé le premier mouvement de ma sonate et bien entamé le second ; j'ai commencé une ou deux chansons du XV*e* *siècle qui m'ont inspiré, elles me font penser à nous. J'ai de nombreuses idées en tête, mais d'autres pensées plus sombres viennent les perturber, on se demande pourquoi…*
Fais bien attention à toi, ma tendre chérie, je t'aime tant.

Ton Paul

30 août 1914

Mon cher Edmond,
J'espère que Jeanne et tes petits rôtis se portent bien. Je suis heureux de vous savoir tous loin des bombes et des champs de bataille, mais je t'imagine fulminant de ne pouvoir, toi aussi, aller bouter les Alboches hors de notre patrie.
En ce qui me concerne, les choses se sont précipitées. À peine ai-je touché mon paquetage que je me suis retrouvé à Pont-Tranchefêtu – joli nom, n'est-ce pas ? – à quelques kilomètres de Chartres ; je peux te l'écrire car nous n'y sommes plus. J'ai l'honneur de t'annoncer que je suis éclaireur à cheval dans le 26e régiment d'artillerie, a priori pour toute la durée de la guerre, que nous espérons tous la plus courte possible.
Nous venons d'apprendre que l'ennemi est dans la Somme alors qu'on le croyait en Belgique. Nous n'avons droit à aucune information plus précise. Et de ton côté ? Je m'inquiète pour Hélène et sa famille, si les vert-de-gris sont en Picardie, Lille doit être menacée, d'autant plus si elle est toujours déclarée « ville ouverte »[45].
Mon vieux frère, je compte sur toi pour ne surtout pas alarmer Mamely, tout va bien pour moi. Mon plus grand défi du moment est d'arriver à attacher ces fichues bandes molletières en moins d'une minute.

Paul

---

45. Lille « ville ouverte » signifie que Lille ne fait pas partie du système de défense de l'armée française et qu'elle ne sera pas défendue en cas d'attaque. De fait, la ville sera occupée une première fois du 2 au 5 septembre 1914, mais les Allemands la quitteront précipitamment pour partir en renfort dans la Marne, non sans avoir auparavant réquisitionné tous les vivres possibles.

1er septembre 1914

Chère Mamely,
Sur cette photo, vous pouvez me voir sur ma jument Jalouse qui mérite bien son nom, je ne peux pas flatter le museau d'un autre cheval sans qu'elle ne bronche de dépit. Mais c'est un brave cheval qui n'a peur de rien et que je peux mener partout. Jusqu'à présent, nous partons tous les jours par de fraîches, mais radieuses matinées d'automne.
J'ai de bonnes nouvelles de Lille. La dernière carte d'Hélène m'annonce que toute la famille va bien. Voici un moment que rien ne m'est venu de Genève, je m'en languis.
Courage, bonne Mamely et mille baisers pour vous, Alice, Marianne, Edmond, Jeanne et les bébés.

Votre fils qui vous aime bien tendrement.
Paul

CARNET DE CAMPAGNE DE PAUL AMIET[46]

11 septembre 1914

Mais que font les Russes ? Ils devaient détourner les Allemands du front occidental et les laminer ; il semble qu'il n'en a rien été. Je n'ai pas dormi depuis deux nuits. Ma Jalouse m'a sauvé la vie encore une fois en filant plus vite que les obus. La vie d'éclaireur n'est pas de tout repos.
Nous avons fait une bonne vingtaine de prisonniers. Il faut que je raconte cela à Ninon, elle va bien en rire. Ils se croyaient déjà en pays conquis, nous avons retrouvé dans leur paquetage un lexique qui devait leur permettre de se débrouiller en français sans apprendre la langue. « Pour aller à la gare » était traduit phonétiquement par « pou raleurra lagarr ».

Pas eu le temps de prendre des photos avec mon Kodak.

46. Les carnets de campagne de Paul Amiet sont en grande partie véridiques.

16 septembre 1914

Ma petite chérie,
Les jours que nous venons de passer ont été bien éprouvants et laissent un goût amer. Tant de morts, tant de blessés ! Et si l'armée allemande a enfin arrêté sa progression, nous n'en avons pas terminé avec la guerre, loin de là. Et ce n'est pas ma nomination de brigadier qui m'en console, si ce n'est qu'elle me donnera accès à plus d'informations sur la réalité de notre situation. Est-ce vraiment un bien ?
Au milieu de tout ce désastre, recevoir ta lettre m'a empli de joie. Écris-moi, écris-moi autant que tu le peux, de simples petits mots de toi sont pour moi comme une longue gorgée d'hydromel. Je t'écrirai aussi souvent que je le pourrai en faisant tout mon possible pour que mes lettres te parviennent. Nous allons bientôt montrer à ces Alboches que les Français ne se laissent pas impressionner par eux, et nous en serons bientôt débarrassés. Enfin, je pourrai à nouveau te serrer dans mes bras, t'embrasser, te baiser la bouche.

Ton Paul

Lille, octobre 1914

« Des nouvelles des cousins Wardavoir ? » demande Eugène.

Maxence tient en main une lettre non timbrée, déposée directement dans sa boîte aux lettres, sans doute par quelqu'un qui ne désirait pas se faire remarquer. Eugénie s'inquiète pour sa famille de Belgique, la guerre a déjà fait des ravages là-bas et ceux qui ont fui la barbarie prussienne ont juste eu le temps de raconter les horreurs qu'ils ont vécues avant de s'enfuir encore plus loin vers le sud. Pour eux, Lille n'est pas plus sûre que Bruxelles ou Liège.

Effectivement, la guerre a commencé très vite à Lille, sans que l'on semble s'en rendre compte à Paris. Dès le 1er août, Charles Delesalle, maire de la ville, annonce l'ordre de mobilisation générale à une population navrée mais résignée. Elle ne s'attendait pourtant pas à être abandonnée par le gouvernement français qui l'a déclarée « ville ouverte »[47], pour revenir sur sa décision le 20 août et la confirmer le 24 du même mois. Les Lillois ont donc à peine été surpris de voir les autorités militaires locales déguerpir dès le 30 dans une débandade générale, laissant la place aux Allemands qui ne se sont pas gênés pour investir la place dès le 1er septembre.

Heureusement, à peine trois jours plus tard, la bataille de la Marne qui se prépare rappelle toutes les forces de l'Empire à s'y rendre en renfort : Lille peut respirer. Mais le soulagement sera de courte durée. Si Paris a été sauvée grâce à la série meurtrière de batailles, telles celles de l'Ourcq, des Deux-Morins, de Vitry… et à la résistance farouche des Belges[48], les Allemands n'ont pas perdu la

---

47. Cf note 45, page 112.
48. Les Belges ont retenu de façon héroïque 150 000 soldats allemands qui ont manqué à leurs généraux pour neutraliser la contre-offensive française.

guerre, loin de là, et ils poursuivent leur avancée. La brutalité et la sauvagerie dont ils ont fait preuve en Belgique, territoire pourtant déclaré neutre, remplissent d'angoisse toutes les familles du Pas-de-Calais et de Picardie.

« Tu te rends compte, Maxence, ils ont détruit la cathédrale de Reims ! La cathédrale de Reims ! Il y avait pourtant le drapeau de la Croix-Rouge hissé sur une des tours[49]. Mais cela n'a pas empêché ces sauvages de la bombarder. Ils ne respectent rien. Et s'ils reviennent ici, alors que nous ne sommes plus protégés par nos soldats ? Maxence, qu'allons-nous devenir ? Et nos filles ? Nos pauvres petites filles ?
– Calme-toi, Eugénie, calme-toi. Cela ne sert à rien de t'arracher les cheveux. Garde ton sang-froid, je t'en prie, nous ne devons pas inquiéter les filles. Prends plutôt exemple sur les cousins belges qui ont autrement plus souffert que nous et qui ne se plaignent pas, ils résistent !
– Qu'est-ce qu'André t'écrit ?
– Écoute : *Sommes tous scandalisés, outrés par l'incendie qui a ravagé le joyau de l'art gothique où furent sacrés tant de rois de France.*
– Trente-trois exactement, jusqu'à Charles X en 1825.
– Je ne te savais pas si grande connaisseuse de l'Histoire de France, ma bonne Eugénie.
– Tu ne connais pas non plus ma ténacité. Lis-moi la suite. Vont-ils venir se réfugier ici ? Nous pourrions les accueillir, en nous serrant un peu, les filles peuvent dormir dans la même chambre.
– Il n'en dit rien. Au contraire, il parle d'union sacrée qui se forme contre les Huns[50], il n'est pas question de fuir ni de baisser les bras.

---

49. La cathédrale venait d'être transformée en hôpital militaire, qui accueillait 300 blessés dont plusieurs dizaines d'Allemands.
50. Les Huns étaient des tribus d'envahisseurs venus d'Asie centrale, dont le chef le plus connu était Attila. Au Ve siècle de notre ère, ils auraient causé la perte de l'Empire romain et menacé la Gaule, dont Paris. Sainte Geneviève rameuta alors les femmes et cette union sacrée chassa les Huns de la ville.

– Mon Dieu, que va-t-il leur arriver encore ? Que va-t-il nous arriver ?
– Garde confiance, ma chère Eugénie. Dieu ne nous abandonnera pas. »

Maxence exprime une confiance qu'il est loin de ressentir. Il ne veut pas tout dire à sa femme des informations qu'il recueille çà et là sur la situation réelle en Belgique. Les officiers comme les soldats allemands se sont lâchés sur la population qui a résisté de façon héroïque, exaspérant d'autant plus un ennemi rendu plus cruel encore.

« Pourquoi faut-il que les hommes éprouvent toujours ce besoin irrésistible de se battre ?
– Et les femmes de les soigner ? Nous sommes ainsi faits, nous n'y pouvons rien.
– Je ne suis pas d'accord, Papa.

Hélène surgit dans le bureau de son père, glacée par les nouvelles déformées que la bonne a rapportées avec les courses du déjeuner :
– Les Alboches sont des sauvages, ce n'est pas une raison pour que les Français se comportent comme eux.
– Et comment veux-tu qu'on leur résiste, ma pauvre petite ? Je comprends que tu te fasses du souci pour ton fiancé, mais lui-même ne va pas en reculant à la bataille, si je ne m'abuse. Il est vrai qu'il a plus à gagner d'une revanche contre les Allemands que la plupart de nos compatriotes.
– Il aurait pu choisir de ne pas y aller !
– Ta crainte qu'il ne lui arrive malheur t'égare, Ninon. Aucun homme de son âge ne doit ni ne peut refuser d'aller se battre. Moi-même, si j'étais plus jeune…
– Tu te vois avec un fusil à la main ? Depuis quand n'as-tu pas couru ne serait-ce que cent mètres, Papa ? C'est vous tous qui vous égarez avec vos envies de revanche, d'embrocher les Alboches, de les saigner. Mais vous pensez un peu à nous, les femmes, qui ne peuvent que pleurer ? Vous me dégoûtez tous !

– Allons, allons, mon petit, tempère Eugénie, M. Amiet, comme toute sa famille, ne pense qu'à redevenir français. Cette guerre n'est pas uniquement une guerre de revanche, c'est une question de civilisation, la nôtre contre la leur ! Et tu ne voudrais pas que les Belges se fassent martyriser sans qu'on réagisse ? Laisse les hommes s'occuper de cela, ma chérie, tu n'y entends rien et moi non plus. Tu devrais plutôt ouvrir cette lettre qui vient d'arriver. J'ai bien l'impression qu'elle a été envoyée par quelqu'un qui t'est cher. »

Eugénie est en fait aussi anxieuse que ses filles, mais il est inutile d'en rajouter aux tremblements qui secouent régulièrement Suzanne et aux crises de larmes de Ninon, qui a déjà déchiqueté une demi-douzaine de mouchoirs depuis la dernière lettre de M. Amiet.

Lille est décidément la mal-aimée du gouvernement français. Après d'intenses combats, les dernières troupes alliées qui stationnaient dans la ville et ses environs doivent avoir quitté les lieux le 9 octobre pour aller renforcer les défenses d'Arras et Lens. Seuls quelques 3 000 hommes restent sur place avec le commandant de Pardieu, rien qui ne puisse arrêter le rouleau compresseur allemand revenu à la charge.

Vu de loin, le siège de Lille n'aura pas duré longtemps, trois jours seulement ; pour ses habitants, c'est un long cauchemar. Les bombardements incessants ont détruit une bonne partie de la Vieille ville, le quartier de la gare, et surtout les faubourgs industriels qui ont été complètement rasés. On compte plus de 200 civils tués et 300 blessés. La résistance a été admirable, mais les forces en présence et leurs munitions furent trop insignifiantes devant les assauts répétés des troupes ennemies.

Le 12 octobre au soir, le commandant de Pardieu se voit obligé de capituler pour sauver ce qui lui reste d'hommes. Il garde cependant la fierté d'avoir pu retarder la progression, durant plusieurs jours, d'une armée de 50 000 hommes dans leur conquête du bassin minier.

Dès le 13 octobre, le maire de Lille, la main tremblante de rage et de chagrin, signe le message adressé à sa population épuisée, annonçant le début de la seconde occupation de la ville.

Elle va durer quatre longues et cruelles années. Le drame touche de nombreuses familles lilloises. Les Bonnet en font partie. La fabrique de Maxence a été réduite à un tas de briques noircies par les bombardements. Il n'a plus aucun revenu. Son portefeuille d'actions ne vaut plus grand-chose et ne vaudra bientôt plus rien. Il avait bien fait quelques réserves lorsqu'il a vu arriver le conflit, mais l'Empire et ses attaques ont été bien plus rapides et destructeurs que tout ce à quoi on s'attendait. Il va lui falloir trouver le moyen de nourrir sa petite famille, et pour combien de temps ?

D'un coup, Hélène s'est arrêtée de pleurer, elle a de l'or dans les doigts, on le lui a si souvent répété, il est temps qu'il se transforme en quartiers de viande, en légumes, en œufs, en charbon. Quand il y en a. L'occupation est rude, très rude. Si les officiers allemands se comportent en général de façon convenable, il n'en est pas de même des soldats. L'occupant a découvert un pays de Cocagne en France alors que l'Empire allemand est étranglé par le blocus britannique ; aussi ne se prive-t-il pas de le rançonner pour envoyer à Berlin tout ce qu'il peut réquisitionner, sans prendre en compte l'état pitoyable dans lequel il laisse une population de plus en plus exsangue. Et les ordres sont les ordres : plus les vivres manquent à Berlin, plus les réquisitions sont importantes et répétées. Même si l'argent est encore là, la nourriture se fait rare.

Puisqu'elle ne peut poursuivre ses études à la *Schola Cantorum*, désormais hors de portée, Hélène décide de transmettre à son tour une parcelle de ce que ses maîtres lui ont si généreusement enseigné. Dans ces temps de tristesse et de désolation, elle n'imagine pas de plus grande consolation que celle offerte par la musique. Dans ses rares lettres, Paul lui parle en détail de ses compositions, seuls passages ou presque de ses missives qui ne soient pas noircis par la censure. C'est tout un langage amoureux qu'elle choisit d'y percevoir, persuadée qu'il a décidé d'une langue codée pour lui exprimer ses sentiments, compréhensible par eux deux seulement. En lui parlant de la première « Romance sans paroles » de Mendelssohn, *Doux souvenir*, il lui confie ses peines. Le *Duo d'amour de Tristan et Isolde* lui exprime sa passion décuplée par l'absence. Le gramophone au pavillon doré de Maxence n'a jamais autant tourné et la boîte de deux cents aiguilles doit être souvent renouvelée[51], ce qui n'est pas une mince affaire, on peut difficilement parler là de produit de première nécessité.

Hélène va donc chez les amies de sa mère, les amies des amies de sa mère, de ses tantes, des cousines les plus éloignées pour y déposer des petites annonces d'offre de cours de violon et de solfège, enjolivées de guirlandes fleuries de nature à donner envie de se mettre au violon à la plus godiche et à la moins intéressée des élèves potentielles ! Eugénie n'a donné son accord à ce déploiement de propositions qu'à condition qu'elles ne s'adressent qu'à des personnes du sexe, Hélène est fiancée, tout de même !

Dans un premier temps, les demandes se font rares, on n'a pas la tête à cela, on pleure un parent, un fiancé, des amis morts ou disparus, sa liberté envolée. Et puis, on en vient à s'habituer, à trouver le temps long, à ne plus pouvoir bénéficier des distractions qui faisaient le sel de la vie lilloise avant l'occupation. Les mères de famille soucieuses de continuer à procurer à leur progéniture la meilleure éducation qui soit commencent à se poser des questions. Un peu de légèreté, alors que l'ennui gagne toutes celles qui ne passent pas leur temps à essayer de trouver quelque chose à manger, ne peut pas faire de mal. Les jeunes hommes sont au front, ils seront heureux d'écouter un peu de musique douce à leur retour, qui ne manquera

---

51. À l'époque, il fallait changer l'aiguille du gramophone après la lecture de chaque plage de disque et les restrictions imposées ne permettaient pas de trouver facilement des objets en métal.

pas d'arriver d'ici peu. Et puis, on se souvient de la petite Bonnet, une ex-enfant prodige ; elle est allée étudier à Paris, avec les meilleurs maîtres, elle doit être devenue une remarquable professeure.

Son « marrainage » de la jeune Edwige lui aura bien servi en développant chez elle patience et dévouement, qualités indispensables avec des élèves débutantes ou de peu de talent. Heureusement qu'avec le temps des élèves plus impliquées et plus douées se sont manifestées, notamment des jeunes filles envoyées par M. Leclanche, son ancien professeur du conservatoire. Le plaisir partagé à jouer ensemble des partitions étudiées quelques années plus tôt s'en trouve décuplé. Avec une ou deux, Hélène se prend même à imaginer organiser des petits concerts pour agrémenter les après-midis mornes d'un hiver sombre et désolant.

Au fil des mois, si les cours d'Hélène permettent de fournir les épinards, le beurre vient cruellement à manquer. Il est très difficile d'en trouver. Maxence est désolé que sa fille soit obligée de traverser du nord au sud et d'est en ouest une ville saccagée, ruinée, défigurée. De plus en plus de malheureux tendent une main qui, faute de gant, est emballée dans des bouts de papier froissé. Ils espèrent ainsi soutirer quelques sous à des passants, qui cherchent eux-mêmes de quoi calmer une faim qui commence à tarauder tout un chacun.

Un matin particulièrement rigoureux où Maxence accompagne sa fille sur un brin de chemin rue de l'Arc dans un immeuble encore debout, ils sont arrêtés par des soldats allemands qui tentent de s'emparer d'Hélène. Elle crie, se démène, se dégage en frappant un des hommes avec sa boîte à violon en bois, supplie son père de faire quelque chose. Celui-ci entend une patrouille arriver, dont le pas cadencé résonne dans la rue vide. Il prend sa fille par le bras et, d'une pirouette, l'arrache des pattes du soldat qui l'a de nouveau empoignée et lui assène en allemand avec un grand sourire :

« *Achtung, Ihr Offizier könnte Ihr Verhalten missbillingen.* »[52] Et toujours souriant, il salue en soulevant sa toque de fourrure et s'esquive en vitesse, sa main accrochée à la manche d'Hélène. Durant plusieurs minutes, ni l'un ni l'autre ne peut proférer la moindre parole. Il préférerait pouvoir accompagner sa fille à chacun de ses rendez-vous pour plus de sûreté, mais il doit lui-même parcourir la ville à la recherche d'emplois, de plus en plus rares et de plus en plus précaires. Il ne fait plus appel à un domestique que pour les travaux de force, comme porter le charbon, mais il n'y en aura bientôt plus, réparer une marche branlante ou remettre des tuiles après une tempête. C'est donc son épouse, aidée surtout de Suzon, qui se charge de toutes les tâches ménagères désormais.

« Je crois que j'ai trouvé de quoi nous réjouir, ma bonne Eugénie. Ninon est-elle là ?

– Tu m'as l'air tout excité, que t'arrive-t-il donc ?

– Appelle ta fille.

Lorsque Hélène entre dans la cuisine, la pièce la plus chaude de la maison, elle s'étonne, non pas de voir son père se frotter les mains devant le poêle, mais de sautiller gaiement en enlaçant sa femme pour l'entraîner dans une valse allègre.

– Qu'est-ce qu'il se passe, Papa ? La guerre est finie ?

– Hélas non, ma chérie, pas encore, mais je t'ai trouvé une bonne façon d'y faire face pour le moment.

Eugénie s'échappe de ses bras et va s'asseoir, les joues rosies d'avoir virevolté sur le carrelage de la cuisine.

– Mais vas-tu nous dire ce qui t'enthousiasme autant ?

– Ma fille, viens embrasser ton vieux père qui s'est démené comme un chef pour t'avoir, devinez quoi ?

– Maxence ! Tu es insupportable. Vas-tu nous le dire à la fin ?

---

52. « Attention, votre officier pourrait ne pas apprécier votre comportement. », en allemand.

– Mesdames, vous avez devant vous le nouvel impresario de Mlle Hélène Bonnet, ici présente, immense violoniste qu'aucune œuvre, même la plus difficile, ne peut rebuter.

Les deux femmes se regardent, se demandant si ce bonhomme rouge d'excitation n'est pas en train de faire une attaque.

– Tu devrais t'asseoir, Maxence, tu me fais peur.

– Réjouis-toi, au contraire, ma bonne femme.

– J'ai surtout l'impression que tu te moques de moi, Papa, cela ne m'amuse pas du tout.

– Mais non, ma chérie, au contraire. Figure-toi que ta réputation n'est plus à faire. Mme Duplessis a parlé de toi à sa couturière, il y a des femmes qui ont encore une couturière de nos jours, laquelle en a parlé à une amie qui en a parlé à... ?

– À... ?

– Piepenbrinck.

– C'est qui, c'est quoi Piepenbrinck ?

– Un capitaine allemand qui a une fille plutôt dégourdie et qui joue très bien du piano et du violoncelle. Cette enfant cherche désespérément un musicien de son niveau pour jouer en duo ou en trio. Et cette Mme Machin, qui a une couturière qui a une amie qui connaît Piepenbrinck, lui a bien entendu parlé de toi, ma fille.

– De moi ! À un Allemand ! Mais tu es fou, Papa. Il n'est pas question que j'y aille.

– Ah, ma petite fille, réfléchis bien.

– Justement, je ne suis plus ta petite fille, et je n'irai certainement pas jouer avec des Alboches.

– Tu serais fortement rémunérée, tu pourrais même être nourrie à l'œil si tu te débrouilles pour y aller à une heure adéquate. Mais surtout, Ninon, je vois plus loin. Si cette fille joue aussi bien qu'on le dit, vous pourriez donner des concerts toutes les deux, ce n'est pas ce que tu voulais faire justement ?

– Mais pas avec une Allemande.

– La musique n'a pas de frontière, c'est Vincent d'Indy qui l'a dit. Ne pense pas qu'à toi, Ninon, pense à nous tous ici qui crevons de faim. Regarde comme Suzanne est maigrichonne, si tu ne t'inquiètes pas pour toi, pense à elle ! Et toi, on ne voit plus que ta peau sur les os, que vais-je dire à M. Amiet s'il ne récupère qu'un squelette ?
– Justement, que vais-je dire à Paul s'il apprend que je pactise avec l'ennemi qu'il combat ?
– Il ne s'agit pas de pactiser, il s'agit d'utiliser judicieusement l'occupant en notre faveur. Tu n'es pas obligée de te faire une amie de cette jeune personne. Mais si cela se trouve, elle est très sympathique. C'est vrai, Ninon, cela nous aiderait si ces séances de musique sont bien payées. Je crains qu'on n'ait bientôt plus les moyens d'acheter du charbon, qui coûte les yeux de la tête, et...
– Ne commencez pas à vous liguer tous contre moi ! »

Ce n'est pas tant de devoir se rendre chez des Allemands qui révulse Hélène, elle a déjà deux élèves berlinoises, c'est plutôt qu'elle doive faire « amie-amie » avec l'ennemi. Qu'en penserait Paul s'il venait à le savoir ? Et comment pourrait-elle ne pas lui en parler ? Elle lui écrit tous les jours, et même si ses lettres ne partent pas, si on ne sait pas où il est, s'il y a de longs mois que le courrier est bloqué et ne rentre ni ne sort, les liaisons finiront bien par reprendre un jour.

Maxence comprend les réticences de sa fille, mais il l'exhorte à accepter cette proposition qui tombe du ciel. La famille a bien besoin de se nourrir un peu mieux. Suzanne sera bientôt aussi maigre que son aînée, déjà fine par nature, et elle passerait désormais entre deux planches mal jointoyées.

« On te demande seulement de faire ton métier de musicienne, et si en plus tu peux y prendre un peu de plaisir, c'est tant mieux. »

15 mars 1915

Mamely chérie,

On ne s'ennuie pas dans nos tranchées, soyez rassurée. Mes maigres talents de musicien sont mis à contribution. Nous ne nous battons pas en permanence, bien sûr, et nous trouvons le temps de monter quelques jolis spectacles qui ne dépareraient pas dans votre salon. J'ai composé des petites chansons qui devraient faire concurrence à votre Offenbach préféré, cela dit en toute modestie bien sûr. J'ai bien l'intention, à mon retour, de les faire chanter en chœur par mes sœurs. J'ai trouvé des camarades, très bons musiciens eux-mêmes, et un ébéniste qui nous a fabriqué avec les moyens du bord une flûte, un flageolet, une espèce d'instrument à cordes (les boyaux de chat ne manquent pas) et un tambour qui composent un orchestre de premier ordre. Notre colonel se gondolait. Imaginez un peu, sur l'air des Rois de La Belle Hélène *:*

« La Grosse Bertha[53]
qui s'avance, Bertha qui s'avance,
C'est la grosse panique ! »

Cela amuse plus nos soldats que les fanfares dont ils ne veulent plus entendre les flonflons mensongers. Où est la victoire éclair que nous vantait Clemenceau ?

Votre fils qui vous embrasse bien tendrement.

Paul

53. La « Grosse Bertha » est le surnom donné à la plus grosse pièce d'artillerie allemande, utilisée lors des sièges de ville mais qui trouvera ses limites devant Verdun.

Mme Amiet tend la lettre de Paul à Alice en soupirant :

« Comment peut-il encore plaisanter dans de telles circonstances ? »

Bien que les nouvelles n'arrivent que par bribes jusqu'à Genève, elle devine l'horreur des tranchées et la terreur des bombardements. En sa présence, Edmond évite de parler des comptes-rendus qu'il capte ici et là mais, comme Alice, elle s'empare de toute information susceptible de concerner son fils si courageux. Chacune de ses lettres est à la fois un soulagement de le savoir en vie et source d'angoisse en comprenant à demi-mot qu'il est si proche des lignes ennemies et sous un feu roulant de bombes et d'obus. Elle ne peut s'empêcher de penser à toutes les mères qui, comme elle, tremblent en permanence tout en gardant le sourire pour rassurer ceux qui sont restés à l'arrière.

Lille, septembre 1915

« Je t'assure, Maxence, nos femmes sont plus courageuses que nous.
– Qu'est-ce qui te fait dire cela, Germain ?

Maxence offre à son cousin, Germain Hoël, un ersatz de café pas loin d'être infect auquel il ajoute une goutte d'un alcool indéfinissable, mais qui envoie au palais une décharge piquante en évitant le dégoût. Les femmes sont à la cuisine en train de ranger les restes du dîner, ils peuvent ainsi les vanter sans scrupules.
– Tu as entendu parler de Léonie Vanhoutte ?
– Bien entendu, sa mère est une parente d'Eugénie. La malheureuse a été arrêtée il y a quelques mois, je ne donne pas cher de sa peau.
– Effectivement, elle a même été condamnée à mort. Elle est enfermée dans la forteresse de Siegburg.
– Quel drame ! Mais pourquoi me parles-tu d'elle ?
– Tu sais qu'elle travaillait sous les ordres de Louise de Bettignies ?

Maxence se détourne pour bourrer et allumer sa pipe, et il va jusqu'à la cheminée pour y jeter son allumette.
– Non, je ne savais pas. Mais qu'a fait Louise de Bettignies ?
– Ne me dis pas que tu n'es pas au courant ! Elle a créé un réseau de renseignement au nez et à la barbe des Alboches.
– Ah, ça ? J'en ai vaguement entendu parler, mais c'est censé être secret, non ? Si tout le monde est au courant…
– Tu n'es pas tout le monde, Maxence. Le courage de ces femmes m'époustoufle. Elles prennent des risques insensés pour recueillir des informations essentielles et aider les soldats britanniques à s'échapper. Elles…
– D'accord, d'accord, elles sont formidables. Mais que voulais-tu me dire d'autre à leur sujet ? Dépêche-toi, Eugénie et Violette ne

vont pas tarder à revenir et je n'aime pas parler de tout cela à ma femme, elle est déjà assez sujette aux crises d'angoisse comme cela.
– Eh bien, Louise de Bettignies vient aussi d'être arrêtée. »

Maxence repose son flacon de mauvais alcool un peu trop fort sur l'étagère, sa main tremble malgré la douce température qui règne dans le salon. Au même instant, Eugénie, Violette, l'épouse de Germain, et Hélène entrent dans la pièce et s'installent en soupirant d'aise devant la cheminée. Quand on reçoit, on y brûle un peu de mauvais charbon, afin de donner un semblant de chaleur à la pièce, soigneusement calfeutrée pour en conserver les quelques degrés ainsi obtenus.

« Ah, si seulement Ninon acceptait d'aller jouer de la musique avec la jeune Piepenbrinck, on pourrait s'offrir du vrai charbon et on ne gèlerait pas autant dans cette maison. La pauvre Suzon se couche dès dix-huit heures pour trouver un peu de réconfort sous ses couvertures. »

Présentée comme cela, bien entendu, Hélène ne peut plus refuser la proposition apportée par son père.

« *Frau*[54] Piepenbrinck, nous sommes très honorés, ma fille et moi, d'être reçus dans votre merveilleuse demeure. Permettez-moi de vous présenter Hélène Bonnet, premier prix de conservatoire, reçue avec la mention d'excellence à l'examen de sortie de la *Schola Cantorum*. Elle se fait une joie à l'idée de faire de la musique avec Mlle Piepenbrinck dont la réputation…
– Papa, arrête, tu es ridicule, elle ne comprend pas un mot de ce que tu dis.
– Laisse-moi faire. Chère Madame, je ne doute pas que ces deux jeunes filles vont pouvoir offrir à Lille le meilleur de ce que la musique…
– Bonjour monsieur Bonnet, bonjour Mademoiselle, je suis heureuse de vous rencontrer.

---

54. *Frau* : « Madame », en allemand.

C'est une jeune personne de seize ou dix-sept ans qui vient d'apparaître dans le hall d'entrée de la maison réquisitionnée par la famille Piepenbrinck. Son français, jusqu'ici impeccable, est prononcé avec un accent bien présent mais très compréhensible. Elle s'avance, tendant la main à Hélène qui ne peut que la prendre à son tour tant le sourire de la demoiselle semble sincère.

– Je suis certaine que nous allons avoir beaucoup de plaisir ensemble. Merci, monsieur Bonnet, de me prêter votre fille. »

M. Bonnet se retient de rire devant les expressions très personnelles de Lena, puisqu'elle se présente ainsi, et s'incline pour prendre congé, rasséréné.

De retour chez elle, Ninon ne s'étend pas sur cette première séance de travail. Elle s'en veut d'avoir cédé si facilement à l'accueil chaleureux de Lena qui joue très convenablement du piano et encore mieux du violoncelle ; elle sera une partenaire tout à fait acceptable. Les cours qu'elle donne par ailleurs lui apportent la satisfaction de contribuer pour une bonne part à l'entretien de sa famille, mais certainement pas celle de faire de la bonne musique. Jouer avec Lena est un vrai plaisir, elle est obligée d'en convenir si elle veut être honnête. Jouer en orchestre, et encore plus en quatuor, lui manque et elle admet qu'elle serait prête à jouer avec un singe s'il savait tenir sa partie. En revanche, elle est écœurée par le ton mielleux qu'emploie son père avec *Frau* Piepenbrinck et elle ne s'est pas gênée pour fustiger sa servilité sur le chemin du retour lorsqu'il est venu la récupérer.

Maxence n'avait jamais soupçonné que sa douce fille si timide pouvait se montrer aussi dure avec lui. Il n'en demeure pas moins qu'il continue à l'accompagner partout où elle va tant qu'il n'est pas occupé lui-même par des travaux, administratifs ou autres, qu'il peut trouver à la mairie ou ailleurs. Il a défendu à Suzanne de sortir sans lui, et tant pis si elle doit râler de se sentir emprisonnée. Mais il ne peut pas en ordonner autant à Ninon dont les déplacements sont indispensables. Eugénie et lui tremblent d'inquiétude tant qu'elle n'est pas rentrée et craignent chaque jour qu'elle soit raflée sous n'importe quel prétexte. Il aimerait que les cours dispensés à de jeunes Allemandes se multiplient afin de pouvoir en retirer un semblant de protection.

Les séances de musique apportent un peu de joie à Hélène, qui gémit du manque de nouvelles de Paul. Le courrier ne passe plus, ou très mal, et elle se demande toujours si elle a eu raison de lui refuser ce mariage à la hâte pour lequel il a tant insisté avant son incorporation. Peut-être lui en veut-il encore et s'est-il trouvé d'autres consolations ? Les tentations en permission ne doivent pas manquer et, à en croire les amies de sa mère, qui ont l'air bien informées, l'état-major emploie les grands moyens pour entretenir le moral des troupes. Les rares nouvelles du front qui parviennent jusqu'à Lille sont en général déformées, inventées et ne sont de toute façon pas de nature à réjouir une communauté qui souffre cruellement de restrictions, de discriminations et d'arrestations arbitraires loin de cesser.

Maxence a eu le nez creux : quelques semaines après qu'Hélène et Lena ont commencé à jouer ensemble, *Frau* Piepenbrinck a demandé à *Herr*[55] Bonnet s'il accepterait de venir un soir voir son mari. On n'est pas convoqué sans appréhension par un officier allemand en ces temps d'occupation. Mais Maxence ne se trouble pas trop, c'est chez lui que le capitaine l'invite, pas à la *kommandantur.* En effet Piepenbrinck, qui entend bien passer commandant d'ici peu, souhaite organiser un concert chez lui avec les deux jeunes filles dont son épouse lui a certifié qu'elles s'entendaient à ravir. Elles composeraient un duo dont il serait dommage de ne pas faire profiter quelques amis.

« Je voudrais discuter avec vous, *Herr* Bonnet, d'une rémunération qui vous semblerait convenable. » Pas question de refuser.

En rentrant chez lui, Maxence ne sent plus le froid ni la faim le tenailler, il ne voit plus les ombres faméliques qui tendent la main

---

55. *Herr* : « Monsieur », en allemand.

pour essayer d'obtenir quelque aumône, il imagine déjà ce qu'il pourra faire avec l'argent gagné grâce à ce concert, et à tous ceux qui ne tarderont pas à suivre. Ces diables d'Allemands sont de grands amateurs de musique, c'est la seule qualité qu'on peut leur concéder.

Effectivement, c'est désormais acquis, Hélène fait vivre sa famille grâce à sa musique. Les cours sont de moins en moins nombreux, les familles françaises se retrouvant démunies au fur et à mesure que l'on s'enfonce dans une guerre sans fin ; en revanche, les concerts se multiplient chez le capitaine promu commandant, et Maxence a même proposé d'apporter sa modeste contribution, soit au piano soit avec son violoncelle selon les besoins. Le trio *Archiduc* de Beethoven[56] ne peut que flatter le patriotisme de tous ces officiers et de leurs épouses venues embagousées, curieux autant de découvrir la demeure de ces parvenus de Piepenbrinck que d'entendre les jeunes virtuoses.

Si toute cette agitation musicale distrait Hélène de sa tristesse, il n'empêche que le manque de nouvelles de son Paul lui déchire le cœur. Elle se doute qu'il doit, lui aussi, se désoler de ne pas recevoir de lettre d'elle, mais elle est régulièrement saisie de doutes quant à la force de son amour pour elle. *Loin des yeux, loin du cœur*, lui susurre son mauvais ange de l'épaule gauche quand celui de l'épaule droite, au contraire, lui affirme que Paul lui sera toujours fidèle, qu'il lui a à maintes reprises confirmé qu'elle était *sa Seule, son Unique Bien-aimée*[57]. Que c'est difficile, quand on est une jeune fille sans expérience des choses de l'amour, de rester confiante et sans état d'âme ! Dans ces moments où sa passion pour son fiancé semble vaciller, Hélène se précipite sur les mélodies mises en musique par Paul pour les chanter *a capella* et renforcer ainsi les liens invisibles qui l'unissent à lui.

---

56. En *mi* bémol majeur, opus 97.
57. *Sa Seule, son Unique Bien-aimée* : cela fait référence aux trois lettres que Beethoven adresse à son « immortelle Bien-aimée », dont l'identité est toujours inconnue.

CARNET DE CAMPAGNE DE PAUL AMIET

15 septembre 1915

Enfin ! Nous avons touché nos uniformes « bleu horizon ». Il était temps. Combien de nos pauvres camarades sont-ils tombés uniquement parce qu'ils faisaient une cible trop aisée à dégommer en pantalon « bleu cerise »[58] *! Et en tant qu'éclaireur qui galope au plus près des lignes ennemies, j'ai cent fois failli y passer. Si ma Jalouse n'était pas aussi rapide et aussi brave, il y a longtemps que j'aurais eu la paillasse trouée. C'est bien français de privilégier l'esthétique et le panache au pratique et à la sécurité. Je viens de changer mon casque pour la seconde fois, les deux premiers sont si criblés de balles que je pourrais m'en servir comme passoires.*

58. Les pantalons étaient rouges !

20 septembre 1915

Le commandant, qui a repéré les dessins que je griffonne lors des longues journées d'immobilité, m'a demandé d'utiliser mes talents de façon plus utile en reportant sur le papier les plans des lignes ennemies. Je crains qu'il ne se méprenne sur mes capacités à évaluer un plan d'ensemble de ce que je peux repérer lors de mes sorties en éclaireur. Mais il a raison, j'aurais dû y penser plus tôt, quel idiot je fais ! M'y suis mis ce soir dès après avoir avalé ma gamelle de rata[59], ayant encore en tête ce que j'ai pu repérer aujourd'hui et hier. Et il y a à voir !

21 septembre 1915

Quelque chose d'important se prépare. Nos gars se sont vu distribuer de plus grandes rations d'eau-de-vie. Cette gnôle infâme me fait regretter le gewürztraminer de Lanzy mais j'avoue ne pas cracher dessus avant chaque assaut. Avons reçu ordre d'être prêts à l'offensive dès demain à 6 heures. L'artillerie donne toujours avant l'infanterie. Enfin, on va bouger.

59. Une sorte de ragoût, grossier, servi aux soldats.

10 octobre 1915

C'est à pleurer. Combien de morts, de blessés encore dans cette offensive mal préparée[60] ? On a avancé de quoi ? 3 ou 4 km tout au plus, sans vraiment percer les lignes ennemies. Décidément, nos généraux devraient venir et rester un peu plus longuement sur le terrain pour se rendre compte de la réalité de cette guerre et de la capacité de résistance de l'ennemi.

Il y a deux jours, peut-être trois, je ne sais plus, le général D. s'est plaint que des soldats ne l'aient pas salué lors de sa tournée d'inspection dans nos tranchées une fois l'offensive terminée. C'est vrai, tiens, pourquoi tous ces types debout ne bougeaient-ils pas ? Mais parce qu'ils étaient morts, pardi ! Asphyxiés, gazés. On n'avait pas encore eu le temps de les enlever et les enterrer, il y en a tellement.

60. L'« offensive de Champagne », de septembre-octobre 1915, a entrainé la mort de 28 000 hommes et 100 000 blessés, mais aussi la prise de 25 000 prisonniers, dont 350 officiers allemands, et 150 canons.

17 octobre

Mamely chérie,
J'espère que vous allez tous bien. Je ne sais pas si vous avez eu vent de l'offensive qui vient de se dérouler en Champagne, mais ne vous inquiétez pas, je vais bien, je n'ai été ni gazé ni blessé. En revanche, j'ai bien cru devenir sourd tant nos artilleurs s'en sont donné à cœur joie.
Vous allez être fière de votre fils, je viens d'être décoré de la croix de guerre, oui Madame, avec citation à l'ordre de la 7e division d'infanterie. Je vous en transcris la teneur :

« Éclaireur depuis onze mois, a donné comme observateur aux tranchées, les preuves d'un sang-froid imperturbable et d'une très intelligente activité. Pendant la période des attaques et leur exécution, a montré une fois de plus des dons d'observateur particulièrement remarquables et a fait preuve de grandes qualités de calme et de courage. »

Je ne suis pas certain que cette prose soit de nature à remporter le prix de l'académie des frères Goncourt, mais cela fait tout de même plaisir d'être ainsi reconnu. Et j'espère qu'avec ça, je vais bientôt pouvoir bénéficier d'une permission. Je ne pourrai sans doute pas aller vous rejoindre à Genève, mais nous pourrions nous retrouver à mi-parcours, à Dijon, par exemple. J'aurais tant voulu aller à Lille, mais cela nous est impossible ; ma petite Ninon me manque tellement.

Votre Paul

Lille, novembre 1915

« Ninon, ma chérie, tu as confiance en ton papa ?
– Bien sûr, pourquoi cette question ?
– Ce que je vais te demander peut te sembler délirant, mais c'est très important.
– Tu commences à m'inquiéter.
– Demain, tu vas jouer chez le colonel Libermann. J'espère qu'un jour tu pourras te produire chez le général von Graevenitz, le gouverneur du centre-ville. Je te demande de ne pas me poser de questions et de faire tout ton possible pour plaire au colonel et surtout à sa femme ; ce sont les femmes qui décident de ces choses-là.
– Mais, Papa…
– Tss, pas de question. »

Dijon, novembre 1915

« Pourquoi cette femme est-elle là, Mamely ? Je n'ai qu'une semaine de permission, et encore, voyages compris, j'aurais aimé la passer seul avec vous et mes sœurs, à défaut d'Edmond dont je comprends bien qu'il n'ait pu se libérer. Son entreprise doit turbiner à plein régime.
– Tu connais Alice, il lui faut toujours une passion. En ce moment c'est le féminisme et Odette Braun en est la représentante la moins agressive, c'est déjà cela. Elle n'est d'ailleurs pas désagréable et nous pouvons très bien lui dire que nous avons à nous parler en toute intimité.
– Je vous imagine mal le lui demander comme cela.
– Eh bien, tu ne me connais pas, mon petit. J'ai appris à m'imposer depuis qu'il n'y a plus d'homme à la maison.
– Et vous osez vous opposer à Alice ?

Paul tapote affectueusement la main gantée d'angora de sa mère, avec qui il visite la cathédrale Saint-Bénigne de Dijon, aussi blanche que celle de Strasbourg est rose.
– Regarde ces vitraux ! Ils sont tout de même extraordinaires, j'aurais dû apporter mes jumelles. Tu n'aurais pas les tiennes, par hasard, celles que je t'ai fait parvenir ?
– Désolée, Mamely, j'ai omis de les emporter dans mes bagages. Je ne pensais pas devoir mener ici une mission d'observation. Il fait un froid de gueux ici, Maman, je ne voudrais pas que vous attrapiez mal. Nous pourrions aller prendre un vin chaud avant de rejoindre ces dames pour le dîner ? Nous sommes en Bourgogne, tout de même, à nous les bons vins ! Je n'en peux plus de la piquette des tranchées.

Reprenant le bras de sa mère, Paul l'entraîne hors de la glacière, toute admirable soit-elle, non sans avoir multiplié génuflexions et signes de croix devant le chœur.
– Ne trouvez-vous pas que Marianne devient de plus en plus jolie ? demande Paul.
– Tu as raison. Mais elle ne pense qu'à son cousin, Pierre de Lamarck, qui ne me paraît pas très sérieux.
– C'est vrai qu'il est séduisant.
– Cela ne suffit pas pour faire un bon mari. Et ils sont cousins ! Cela m'inquiète, je te l'avoue.
– La guerre n'est pas finie.
– Paul !
– Excusez-moi, Mamely, je crains d'être devenu trop désabusé. J'ai vu tomber tant de jeunes hommes.
Paul s'accroche au bras de sa mère.
– Maman, cette guerre est une abomination, nous sommes tous devenus des sauvages, des démons. Moi aussi, je me suis comporté comme le pire des salopards. Et si c'était à refaire, je le referais, je le sais et je n'en dors plus.
– Mon chéri, je suis certaine que tu ne pouvais pas faire autrement si tu voulais rester en vie.
– J'aimerais en être aussi sûr que vous. »
La mère et le fils ont vieilli de dix ans d'un coup, l'un en revivant ce qu'il a vécu ces quatorze derniers mois, l'autre en imaginant les dangers que son fils a pu courir et va retrouver d'ici quelques jours.

Marianne est venue raconter ses émois de jeune fille amoureuse à ce grand frère, amoureux lui aussi, qui peut la comprendre. « Pierre de Lamarck est tellement beau, tu te souviens de son sourire ? Il est si gentil avec moi. Alice est jalouse, j'en suis certaine. Depuis qu'elle s'est fâchée avec Henri Schlummel, elle crache de dépit sur tous les hommes. Aucun ne trouve grâce à ses yeux. Alors, tu vois… » Le babillage de sa jeune sœur, qui a pourtant le même âge qu'Hélène, semble à Paul celui d'une petite fille, adorable, certes, mais sans aucun intérêt et il ne pense qu'au manque douloureux de son adorée. C'est de façon un peu abrupte qu'il l'interrompt :

« Tu sais si Mamely a reçu des nouvelles d'Hélène ?

– Je ne crois pas, elle nous en aurait parlé. Mais aucun courrier ne vient de Lille, tu sais.

– Je le sais bien et c'est ce qui me désespère. Et s'il lui était arrivé quelque chose, comment le savoir ! Les Alboches se conduisent comme des charognards en terrain occupé. On parle de bombardements, d'épidémie de typhus, de prises d'otages. Il devrait pourtant y avoir un moyen de faire passer des lettres.

– À qui veux-tu faire passer des lettres, frérot ?

Alice est entrée dans la chambre de Paul avant même d'attendre sa réponse après avoir frappé. Elle tient un carton à dessin qu'elle dépose sur la table et ouvre aussitôt.

– Voilà mon travail le plus récent et que j'estime le plus abouti. Qu'en penses-tu ? Odette aussi aimerait avoir ton avis, elle suit de très près tout ce que je fais et j'ai confiance dans son jugement, mais toi, tu as un œil d'expert.

– Oh, expert, je n'entends pas grand-chose à la gravure. Mais je t'admire, je sais que c'est un art particulièrement exigeant.

– Je te laisse tout ; j'ai promis à Mamely de l'accompagner à l'église pour les vêpres. Odette se dit trop fatiguée pour venir avec nous, vous pourrez prendre le thé ensemble. Tu viens, Marianne, Maman t'attend aussi. »

Le ton d'Alice est sans résistance possible.

Paul ressent le besoin impérieux de tester au piano les quelques portées qu'il vient d'écrire sur son papier à musique. Un piano droit, qui a sûrement connu des jours meilleurs, est plaqué contre un mur dans le salon de l'hôtel. Profitant de cette heure où chacun est allé vaquer à l'extérieur, il tapote, s'écoute, rature trois mesures, recommence, en barre encore une, réécrit toute une ligne, la joue, la chantonne pour finir par la barrer à son tour et laisse ses mains sur le clavier, las. Immensément fatigué, même sa musique ne parvient pas à le distraire de son abattement. Lui qui était si fier, si enthousiaste d'aller combattre les Prussiens, lui qui se montre toujours si courageux, et même téméraire en galopant au ras des lignes ennemies, lui qui pensait qu'ainsi il participait à la libération de sa chère Alsace tout en apportant la preuve de son patriotisme français, il est à deux doigts de tout laisser tomber. L'armée allemande est trop puissante, bien mieux équipée que l'armée française. Combien d'hommes, alliés comme ennemis, sont-ils sacrifiés pour quelques kilomètres carrés de boue, sans qu'aucun espoir d'avancée significative ne se profile ?

Après avoir fait claquer le couvercle du piano en le refermant, Paul se retourne sur le tabouret, se redresse et aperçoit une jeune femme assise devant le feu qui le regarde intensément. C'est Odette Braun, l'amie d'Alice.

« Vous abandonnez déjà, monsieur Amiet ? Ces quelques mesures ont l'air prometteuses, je serai heureuse d'en écouter la suite.

– Il n'y a pas de suite, tout cela est très mauvais. Je ne vaux rien en ce moment.

– La fatigue certainement, et peut-être la mélancolie, voire l'amertume ? Beaucoup de nos soldats semblent ressentir cela depuis l'offensive de Champagne. Vous devez être épuisé, une semaine de permission n'est certainement pas suffisante pour se requinquer après ce que vous avez vécu.

– En effet, mais je ne peux pas me permettre de me reposer plus longuement que les hommes de mon bataillon. Je vais donc profiter de l'absence de ma mère pour aller dormir un peu, si vous voulez bien m'excuser.

– Je ne doute pas qu'après un bon repos, Érato[61], votre muse, vous inspirera une musique aussi enthousiasmante que celle vantée par Alice et que vous pourrez repartir allégrement remplir votre devoir.

---

61. Dans la mythologie grecque, Érato était la muse de la poésie lyrique et est, de nos

Paul déclame alors :
– *Tandis qu'une folie épouvantable broie*
Et fait de cent milliers d'hommes un tas fumant ;
Pauvres morts ! dans l'été, dans l'herbe, dans la joie,
Nature ! ô toi qui fis ces hommes saintement !...[62]

Puis il ajoute :
– C'est cela la réalité de la guerre, Madame. »

Cette petite bonne femme commence à l'énerver, elle n'est pas idiote et a bien compris ce qui accable Paul. Mais elle a le mérite de le secouer ; ces idées noires, cet accablement ne lui ressemblent pas.

« *Paulele*, le *Paulele* de sa maman chérie, il est l'heure de te réveiller. Un bon dîner t'attend, tu pourras retourner te coucher après. Mais fais-nous la grâce de ta présence, ta mère et tes sœurs se languissent de toi.

Marianne est entrée dans la chambre glacée où ne brûle aucun feu, s'est approchée du lit et passe ses doigts sur le crâne rasé de son frère qui se réveille à peine.

– Hum, je dormais bien, pourquoi faut-il que tu viennes me déranger, *grashüpfe*[63] ?

Comme elle le faisait petite fille, Marianne s'arrache de ses bottines, saute dans le lit de Paul et se glisse sous l'édredon pour le chatouiller. Cela ne manque pas, il se réveille tout à fait, saute à son tour, mais hors du lit, empoigne une Marianne sanglotant de rire et fait mine de la fesser quand il prend soudain conscience que ce n'est plus une gamine qu'il attrape ainsi, mais une jeune fille de dix-neuf ans.

– J'espère que tu ne m'as pas réveillé pour rien et qu'un monceau de saucisses bien grasses surmontant une montagne de pommes de

---

jours, considérée comme la muse de la musique.

62. « Le Mal », d'Athur Rimbaud, in *Le cahier de Douai.*

63. *Grashüpfe :* « sauterelle », en allemand.

terre rissolées m'attend à la salle à manger, sinon je t'embroche et te mets au feu !
– Eh bien, dis donc, on ne t'a pas appris les bonnes manières dans les tranchées.
– Non Madame, dès qu'on voit un rat, on le rase et on le gobe.
– Berk, c'est dégoûtant.
– Allez, descends vite, je me passe un peu d'eau sur la figure et j'arrive.
– N'oublie pas d'enfiler un pantalon. »

Durant quelques instants, Paul en oublierait presque la guerre : Marianne est toujours la petite sœur que chacun protège et chérit. Mais c'est vrai qu'elle va sans doute bientôt se marier, elle aussi. Si Dieu le veut bien. Paul se regarde dans le miroir au-dessus de sa table de toilette et se donne deux claques :

« Ressaisis-toi, mon vieux. Tu viens de recevoir une médaille, tu es un type courageux, tu ne vas pas te laisser démoraliser aussi facilement. Tu n'as pas été blessé, pas la moindre égratignure, pas de dysenterie, ou une toute petite, même pas été gazé, alors, de quoi te plains-tu ? Ces dames t'attendent comme le Messie et se font sans nul doute un sang d'encre en te voyant si abattu. Reprends-toi ! »

Et c'est un Paul à nouveau fringant qui apparaît quelques instants plus tard dans la salle à manger, où les clients de l'hôtel ont joyeusement entamé leur dîner. Une poularde au vin jaune et aux morilles achève de donner bon appétit au sous-lieutenant qui se montre charmant et plein d'humour, comme il sait l'être en temps de paix. Il s'était promis en descendant l'escalier menant au rez-de-chaussée qu'il ne se laisserait plus dominer en public par ses sombres pensées.

« Je me suis laissé dire que de nombreuses femmes se sont enrôlées comme infirmières, même sans qualification, tu en as rencontrées, Paul ? questionne Alice.
– Je n'ai pas encore eu l'occasion de fréquenter les hôpitaux de campagne, grand merci, mais j'ai aperçu quelques voiles en accompagnant des camarades blessés vers les ambulances. Je les trouve très courageuses, les blessures infligées sont souvent peu

ragoûtantes et il faut avoir le cœur bien accroché pour les regarder sans vomir. Je crois que les bénévoles n'ont suivi qu'une formation de quinze jours, pas vraiment le temps nécessaire pour s'habituer à la boucherie...

– Arrêtez, je vais me trouver mal ! le coupe Marianne, tout en faisant une moue de dégoût.

– Tu peux aller te coucher, Marianne, on ne t'en voudra pas, la taquine Alice.

– Je me demande si je ne devrais pas, moi aussi, m'engager, reprend Alice.

– Il est vrai qu'on a toujours besoin de personnel de santé. Mais je préfère que tu restes avec Mamely, cela me rassure.

– Odette a l'intention de rejoindre la Croix-Rouge, n'est-ce pas Odette ? fait Alice en ignorant son frère.

– C'est exact, j'ai d'ailleurs entamé une formation.

– Je vous en félicite. Et où comptez-vous vous engager ?

– Là où l'on m'enverra, Monsieur. Je ne vois pas pourquoi je devrais exprimer une préférence ; vous avez pu choisir, vous ?

– Touché !

– *Paulele*, tu ne peux vraiment pas prolonger ta permission ? Tu en aurais pourtant bien besoin, insiste Alice.

Mme Amiet approuve en hochant la tête, puis ajoute :

– Mme Bergamer m'a dit que son capitaine de mari avait déjà eu droit à quatre permissions depuis le début de la guerre, pourquoi pas toi ?

– Il est vrai que les officiers ont droit à plus de repos que les simples troufions sous prétexte qu'ils ont plus de responsabilités, mais ce sont les soldats qui montent en première ligne, ce sont eux qui devraient avoir droit à des permissions plus longues et plus nombreuses. Et d'ailleurs, je vais bien, Mamely, ne vous faites pas de souci pour moi. »

Lille, janvier 1916

Si elle n'a pas encore osé proposer de jouer les *Caprices* de ce diable de Paganini lors d'un de ses concerts, Hélène a atteint un niveau de virtuosité et de musicalité qui épate même son père. C'est en travaillant encore et encore des passages difficiles, des trilles interminables, des doubles cordes impensables, des harmoniques vertigineuses qu'elle oublie le froid, la faim et l'absence de Paul. Réalisant ses progrès, elle se lance des défis et n'arrête de répéter une mesure que lorsqu'elle est capable de la jouer les yeux fermés et debout sur un seul pied. Maxence se réjouit. Décidément, Ninon n'a pas fini de l'étonner ! Si elle n'a plus l'âge d'être considérée comme une enfant prodige depuis longtemps, elle n'en demeure pas moins une artiste de talent dont les progrès ne sont certainement pas limités.

Un soir de concert donné à la salle des fêtes de la mairie à l'occasion de l'Épiphanie, quand le maire et ses adjoints avaient encore le cœur et les moyens d'organiser un spectacle pour leurs administrés, Mlle Bonnet a été invitée à se produire, *en tant qu'artiste exceptionnelle, enfant de notre chère ville martyre.*

Ayant proposé d'exécuter un *Caprice* de Paganini et une berceuse de Fauré pour clore le concert, elle s'est préparée comme jamais, voulant offrir à ses concitoyens un souvenir à chérir pour les jours difficiles à venir.

Donnant l'impression de faire fi des acrobaties et chausse-trappes techniques qui ont fait la réputation du compositeur italien, Hélène, fraîche et calme quand elle apparaît sur scène après l'entr'acte, se transforme rapidement en oiseau bondissant sur les cordes, cinglant son *la*[64] d'un coup d'archet, passant d'une posi-

64. Les quatre cordes du violon sont *mi, la, sol, ré.*

tion à l'autre sans laisser le temps à ses auditeurs de comprendre d'où viennent les *pizzicati* alors qu'ils voient bien que les cordes sont frottées[65]. Elle se transforme en musique, s'amuse de ce feu qui la consume, se sent invincible, se joue des triples cordes, ose frapper le *ré* de son menton pendant que ses doigts frétillent à en devenir invisibles.

Mais l'enthousiasme a ses revers, cette frêle jeune fille déploie sur son Hel une telle énergie que le *mi*, la corde la plus fine, la plus haute, la plus jouée, se casse dans un claquement bien perceptible. Son père, plus tendu qu'elle en coulisse, s'en est vite rendu compte et a réclamé l'instrument d'un des artistes qui se sont exécutés juste avant elle. Il l'accorde à la va-vite et le tend à la virtuose qui continue à jouer mais à un rythme retenu. L'échange des violons s'est fait en quelques secondes, à peine le temps pour les spectateurs de souffler au milieu de ce feu d'étincelles sonores. Mais le *mi* n'est pas assez tendu, accordé trop bas, et durant toute la fin du *Caprice*, Hélène a dû transposer en permanence et monter dans les positions les plus hautes, ajoutant une difficulté de plus, et non des moindres, à une gageure déjà impossible à tenir pour de nombreux violonistes.

Elle qui ne transpire jamais ne voit plus sa partition tant la sueur lui coule sur les yeux ; heureusement, elle la connaît par cœur. Jamais elle n'a attendu la fin d'une œuvre avec autant de ferveur. Mais elle y est arrivée. Les quelques fausses notes qu'elle n'a pu éviter ont vite été oubliées quand, après avoir récupéré son violon bien accordé, elle a offert aux Lillois une berceuse[66] si délicate, si empreinte d'une douce émotion, propre à les faire rêver d'un jardin peuplé d'enfants dansants, que les applaudissements ne se sont éteints qu'après une dizaine de rappels.

C'est la seule fois où Ninon jouera du Paganini, se promettant de ne jamais revivre un tel cauchemar. Elle peut cependant se féliciter

---

65. Dans les *pizzicati*, les cordes sont pincées.
66. Berceuse de Fauré extraite de la suite « Dolly » op. 56, écrite pour une petite Suzanne.

de l'avoir fait et désormais, elle sait qu'elle peut aborder les partitions les plus improbables.

« C'est aux Dix-huit Ponts !
– Au quartier des Moulins, il ne reste plus rien.
– Mais qu'est-ce qu'on a fait pour mériter encore cela ?
– C'est un coup des Alboches.
– Certainement pas, ce sont les Résistants.
– Ou les Anglais.
– Ou un accident. »

Le quartier des Moulins est rayé de la carte, ou peu s'en faut. Les habitants dormaient en se tenant chaud comme ils le pouvaient à trois heures et demie du matin. On ne compte pas encore les morts, c'est trop tôt. Les volontaires de la Croix-Rouge, habillés avec ce qui leur est tombé sous la main, se sont précipités sur les lieux de l'explosion, vite rejoints par les secours municipaux et les soldats allemands. Certains ont reculé, effrayés, un énorme trou, des pierres, des briques, des tôles, du métal à moitié fondu hérissé, partout. Les hurlements, les gémissements, les craquements, les appels au secours, les mises en garde stimulent les secouristes enragés de ne pouvoir faire plus que ce que leurs deux mains peuvent accomplir. Enlever une tonne de gravats, soulever ce qu'il reste d'un toit pour en retirer des survivants, ou découvrir une famille entière écrasée. Les ambulances, les voitures particulières, les camions de l'armée occupante, tous se relaient pour emmener aux hôpitaux encore debout les blessés, les brûlés, les choqués dont le nombre ne cesse d'augmenter.

Ceux qui sont venus par curiosité s'éloignent bientôt, les vapeurs de mercure commencent à retomber ; on ne le sait pas encore, mais les dégâts sanitaires vont être importants[67].

---

67. À l'époque, les amorces des obus étaient constituées de 1 à 2 grammes de mercure.

La ville entière et les régions alentour[68] ont été réveillées par le bruit et le tremblement causés par l'explosion. Maxence interdit à ses femmes de sortir mais après s'être habillé chaudement, il se hâte de se rendre sur place, ayant vite compris que c'est le dépôt de munitions du bastion des Dix-huit Ponts qui a été touché.

C'est une catastrophe, plus de cent morts et quatre cents blessés, vingt-et-une usines détruites, sept cents maisons dévastées, des milliers d'autres ravagées ou endommagées. Dans une ville déjà endeuillée par les décès dus à la faim, les maladies et les déportations, l'explosion entame fortement le moral de chacun.

En arrivant sur les lieux, et tant qu'il n'est pas refoulé par le cordon de sécurité, Maxence regarde, demande, supplie pour glaner quelques informations. S'il n'a aucun proche habitant dans ce quartier populaire, il y connaît des artisans, d'anciens fournisseurs. Il lui faut un moment pour réaliser où il se trouve exactement, les rues Alain-de-Lille, de Ronchin, Kellermann, ne sont plus que des amas de pierres autour d'un immense cratère. Les usines Wallaert qui lui avaient fait une forte concurrence et qui avaient déjà beaucoup souffert des bombardements de 1914, sont presque entièrement détruites. Il n'en tire aucune satisfaction, seulement un sentiment de triste désolation.

« Reculez, reculez, c'est trop dangereux, ici ! » Il ne peut rien faire d'autre que rentrer chez lui et préparer avec Eugénie et les filles le moyen de venir en aide aux centaines de malheureux qui se retrouvent désormais sans abri, dans un froid quasi-polaire. Il imagine déjà pouvoir installer une famille au grenier, une autre dans la chambre de Suzanne qui ira rejoindre celle d'Hélène.

Alors qu'il vient de quitter ce qui était le quartier des Moulins, il met malencontreusement le pied dans une flaque. Mais c'est plus glissant, plus visqueux que de l'eau. De l'huile ? On n'y voit rien,

---

68. Les explosions ont été entendues jusqu'aux Pays-Bas, qui ont cru à un tremblement de terre.

seules les étoiles apportent une vague lueur qui permet de ne pas se perdre. Maxence se penche pour recueillir une goutte de ce liquide qu'il renifle : du sang ! Un blessé qui se serait traîné jusqu'ici ? Mais pourquoi ce blessé n'aurait-il pas rejoint les secours ? La flaque de sang est prolongée par des traînées aboutissant à un porche sous lequel une forme gémissante le supplie : *« Help, help me, please, I'm wounded. »*[69] Il comprend immédiatement qu'il ne peut s'agir que d'un soldat ou d'un agent de renseignement britannique blessé par l'explosion. Serait-il l'auteur du sabotage, qui n'aurait pu s'éloigner à temps ? Maxence n'est pas très costaud, mais il ne tergiverse pas, il prend l'Anglais sous les bras pour le soulever – *mon Dieu, il est couvert de sang* – et constate qu'il a une cuisse blessée. Il enlève son écharpe et en fait un garrot pour stopper l'hémorragie qui risquerait d'être fatale. Aura-t-il la force de transporter le pauvre homme jusque chez lui ? Maxence craint surtout de se faire repérer par une patrouille, mais tous les soldats ennemis sont sur les lieux du drame à tenter de sauver ce qui peut l'être. Il est souvent obligé de s'arrêter, l'Anglais s'évanouissant de douleur et d'épuisement. Enfin, il atteint la rue où habite son cousin Germain Hoël. Il dépose alors doucement son fardeau sous un bosquet dégarni et court sonner chez Germain qui ne dormait pas plus que le reste des Lillois. Ce dernier comprend vite la situation, mais ne peut recueillir le blessé chez lui, une bonne moitié de sa maison ayant été réquisitionnée par un officier allemand. En revanche, il peut aider Maxence à le porter jusqu'à la rue Patou. Inquiet des gémissements redoublés que le blessé ne peut contenir, il lui met un foulard sur la bouche.

Après avoir longé le palais Rameau, ils arrivent enfin chez les Bonnet. Le malheureux est allongé sur le divan du salon dans un soupir de soulagement, émis en chœur par ses deux porteurs.

---

69. « Aidez-moi, s'il vous plaît, je suis blessé. », en anglais.

Eugénie, inquiète de ne pas voir revenir son mari, avait allumé le feu dans la cuisine et préparé de l'ersatz de café, se doutant qu'il allait en avoir besoin.

Quand elle découvre le fardeau de Maxence et Germain, elle pousse un grand cri, mais se ressaisit aussitôt. Ses maigres études d'infirmière entamées avant son mariage lui permettent de prendre la mesure de la gravité de la blessure du jeune homme. Il faut immédiatement retirer la balle ou l'éclat d'obus qui s'est fiché dans sa cuisse sinon la blessure s'infectera rapidement, et se gangrènera. Mais où trouver un médecin en ce moment, alors que tous doivent être mobilisés auprès des blessés de l'explosion ? On se tourne alors vers Germain, n'avait-il pas étudié la médecine avant de reprendre l'affaire familiale après le décès de son frère aîné ? Il blêmit, verdit, rougit, c'était il y a bien longtemps, et il n'aurait plus la main assez sûre, et d'ailleurs, il n'a fait que deux années d'études, et encore… Et où trouver les instruments adéquats ?

Eugénie court alors vers la salle de bain et revient avec une trousse de cuir qui révèle un scalpel, des pincettes, des ciseaux, du catgut, de quoi recoudre une plaie, un tas de serviettes et de charpie.

« D'où tiens-tu tout cela, ma bonne Eugénie ?
– On est en guerre, non ?
– Tu avais raison, Germain, nos femmes sont formidables. »

Bien entendu, les filles ne dormaient plus. Si Suzanne est retournée au lit sans rechigner, il a bien fallu mettre Hélène dans la confidence, après tout, c'est sa chambre qui va accueillir le blessé. Il n'aurait pas fallu qu'ils soient moins nombreux pour porter le pauvre garçon à l'étage et l'installer sur le lit de Ninon, recouvert de serviettes de toilette. On asperge largement de l'alcool indéfinissable de Maxence les instruments, les linges, la jambe, le gosier du jeune homme ainsi que les mains de Germain et de son infirmière.

Ninon est renvoyée se coucher dans le lit de sa sœur, elle n'a d'ailleurs pas insisté pour assister à ce qu'elle imagine être une scène de boucherie. Maxime et Eugénie tiennent fermement le malheureux, tandis que Germain farfouille le plus délicatement possible dans un amas de chair et de sang jusqu'à ce qu'il sente quelque chose de plus dur que l'os, du métal ! C'est bien un éclat d'obus projeté lors de l'explosion. D'ailleurs, un autre lui a arraché un morceau du lobe de l'oreille droite, d'où la profusion de sang sur sa veste, mais il sera facile de cautériser cette blessure sans gravité.

Eugénie, d'infirmière se transforme en couturière, et referme à petits points la plaie de la cuisse après que Germain y ait versé les dernières gouttes du flacon d'alcool de Maxence. Durant toute l'opération, le malheureux est resté évanoui, et c'est tant mieux pour lui.

Wiley ne peut pas bouger, il est fébrile, sa plaie a été pourtant bien refermée et Maxence l'arrose régulièrement avec tout ce qu'il peut trouver comme alcool, mais un éclat d'obus a dû rester dans sa cuisse qui commence à s'infecter. Trouver un médecin en qui on puisse avoir confiance – la délation fonctionne bien, contre un morceau de viande beaucoup sont prêts à dénoncer un voisin – et qui accepte de venir chez un particulier, est difficile en ce moment. Les blessés ont continué d'affluer dans les hôpitaux et tous les centres de soin que l'on a pu ouvrir. Le médecin de famille s'est épuisé à soigner les nombreux malades ravagés par l'épidémie de typhus, compagne indéfectible de toutes les guerres. Sur une population affaiblie par les privations et les rigueurs de l'occupation, les poux infectés rapportés par les soldats blessés se sont régalés et le malheureux docteur Chantelheur a fini par y laisser sa propre vie. Aussi pendant plusieurs jours, Eugénie et Hélène ont-elles dû se relayer au chevet du blessé pour le nourrir, le laver, le changer, lui faire avaler des litres de tisane désinfectante aux baies de genièvre et à la menthe.

Ses parents ont bien hésité à laisser Ninon participer aux soins de toilette du jeune homme, elle n'a sans doute jamais vu un homme nu, mais : « À la guerre, comme à la guerre, s'est écrié Maxence, si elle se marie, elle va bien en voir un, d'homme nu ! Ce n'est pas le moment de s'encombrer de pudibonderie. » Eugénie a tout de même mis plusieurs jours à s'en remettre.

Tant qu'il était fiévreux au point de divaguer et de ne pas pouvoir s'exprimer correctement, les Bonnet se sont persuadés que leur locataire involontaire était celui qui avait fait sauter le dépôt de munition des Dix-huit Ponts, et ils sont restés partagés entre l'admiration qu'ils éprouvaient à son égard pour les dangers qu'il a pu affronter et le dégoût pour son mépris des vies humaines détruites par son sabotage. Sans compter que l'occupant redouble de représailles au sein de la population afin d'obtenir la dénonciation du ou des coupables. Pour les Allemands, l'acte terroriste ne peut venir que des Alliés ou des Résistants[70].

C'est dans un moment de lucidité que l'Anglais s'est présenté comme étant Wiley Mc Cain ; était-ce son vrai nom ou un nom d'emprunt ? Toujours est-il que c'est ainsi qu'on l'appelle désormais, en évitant d'en parler en présence de Suzanne, menacée des pires représailles par son père si elle a le malheur de succomber à l'indiscrétion. On n'est jamais à l'abri d'un mot de trop ou d'une vantardise.

Quand enfin un médecin, loué par Germain, peut se rendre au chevet du blessé, il prend rapidement la mesure du problème. Il réussit à se procurer des sulfamides et, assisté d'Eugénie, réopère le pauvre Wiley qui n'a droit qu'à une piqûre de morphine comme anesthésiant. Cette fois, le docteur n'hésite pas à élargir la plaie afin de repérer tous les éclats qui peuvent y rester, et finit par en retirer deux. Eugénie a repris ses travaux de couture aux petits points,

70. Aujourd'hui encore, aucune enquête n'a pu confirmer s'il s'agissait d'un accident ou d'un acte criminel.

les sulfamides ont fait cesser l'infection et le médecin promet qu'il reviendra visiter son malade dès le lendemain. En attendant, que l'on serve au blessé du bouillon de viande, si on peut en trouver.

Dès que la fièvre est tombée, Maxence s'est installé sur la seule chaise de la chambre d'Hélène, à côté du lit, et s'est mis à interroger sérieusement le blessé. Quoique peu habitué à l'accent écossais, il finit par comprendre que Wiley est bien un espion britannique mais qu'en aucun cas il n'a causé, de près ou de loin, le moindre dommage à quelque bâtiment que ce soit, ce n'était pas sa mission. Il reste cependant très vague sur le contenu de celle-ci et Maxence ne veut pas encore le forcer à en parler. Cela viendra. En revanche, il s'empresse d'aller rassurer Eugénie qui commence à vouloir se débarrasser de ce fardeau encombrant et pour lequel elle n'est pas loin de ressentir de l'aversion. En effet, au fur et à mesure des jours qui passent, nombreux sont ceux dont on apprend qu'ils ont perdu un parent, un ami, un travail dans l'explosion, sans compter les blessés, et si la destruction de munitions ennemies est bienvenue, on ne s'est pas encore habitué à autant de pertes humaines.

« Maxence, nous ne pouvons garder cet homme plus longtemps sous notre toit, cela devient trop dangereux, des voisins vont finir par s'en rendre compte si ce n'est déjà fait ; et puis, nous avons deux jeunes filles à la maison, je te le rappelle, ce n'est pas convenable.
– Enfin, Eugénie, tu penses vraiment qu'en ce moment les notions de convenance, comme tu dis, sont toujours de mise ? Tu estimes que les Allemands se conduisent de façon convenable peut-être ? Ce pauvre garçon a risqué sa vie pour nous, Eugénie, ce n'est pas l'Angleterre qui a été envahie et occupée, cependant lui et des centaines, des milliers, que dis-je, des dizaines de milliers d'hommes viennent se sacrifier pour sauver la Belgique, la France et sans doute bientôt les Pays-Bas, et il faudrait respecter les "convenances" et en laisser un à la merci de ces sauvages !

– Très bien, comme tu veux, mais je t'aurais mis en garde. Ce Wiley regarde Hélène avec un air qui n'est pas seulement de la reconnaissance pour les soins qu'elle lui prodigue, crois-moi.
– Si cela peut lui faire du bien.
– Et que diras-tu à M. Amiet s'il apprend que sa fiancée s'est égarée avec un soldat de passage ?
– S'il revient ! Cela fait des mois qu'elle n'a plus reçu aucune nouvelle de lui. Et cela lui fera le plus grand bien à elle aussi.
– Maxence ! Tu ne penses pas ce que tu dis, j'espère. »

C'est toujours à la tombée de la nuit qu'il se manifeste, entre chien et loup, lorsque l'ombre d'une casquette peut se confondre avec celle d'un chapeau de femme et la silhouette d'un homme avec celle d'un réverbère. Il faut être bien vigilent et attentif pour le repérer, il se faufile si furtivement qu'on pense avoir imaginé une présence là-bas derrière l'église. C'est pourtant bien dans la sacristie Sainte-Catherine qu'il s'est introduit. C'est l'heure où les paroissiens sont tous rentrés chez eux pour tenter de tromper un peu leur faim en suçotant racines et os de chien, mais c'est aussi l'heure où les patrouilles font leurs rondes et où il convient de se faire d'autant plus discret. D'un geste, le vicaire l'alpague par le bras et le fait entrer dans la petite pièce où sont entreposés les habits sacerdotaux. Là, Renard l'attend déjà ainsi que La Chouette, Meilhan et Grosjean. Le vicaire, sans aucun scrupule, a vidé ce qu'il restait de la bouteille de vin de messe entamée la veille dans des petits verres à liqueur distribués à chacun. Il fait un froid de canard dans cette église et il faut bien se réchauffer un peu, sans donner l'alerte en allumant le poêle. La discussion sera brève. Depuis le démantèlement du comité Jacquet[71] et l'arrestation

71. Le comité Jacquet, créé par Eugène Jacquet avec quelques amis, est un réseau d'évasion et de renseignements. Il s'était donné pour mission de récolter de l'argent, de loger et nourrir les fugitifs et de leur permettre de s'évader vers la Hollande, pays neutre, via la Belgique. Il est démantelé en juillet 1915. Jacquet et trois autres membres du comité sont condamnés à mort par le tribunal militaire de Lille le 21 septembre 1915 et exécutés le 22 à l'aube. Les

de Louise de Bettignies, l'exfiltration des espions britanniques est de plus en plus périlleuse et compliquée à organiser.

« Désolé, Bérard, il va te falloir garder ton invité encore un moment, je ne pourrai pas le récupérer avant qu'il ne soit totalement opérationnel. On est obligé de passer à travers les lignes ennemies.
– Je le sais bien, ce n'est pas nouveau.
– Certes, mais les Alboches sont sur les dents et les collabos se débrouillent toujours pour découvrir par où on est passé, on doit donc changer d'itinéraire à chaque passage et, crois-moi, c'est un peu plus sportif à chaque fois. Si ton gars ne peut pas courir ou se traîner à plat ventre dans la boue, ce n'est même pas la peine d'y penser. Quand penses-tu qu'il pourra y arriver ?
– Je n'en sais rien, il va beaucoup mieux, mais il est certain qu'il ne peut pas encore trotter comme un lapin, loin de là.
– Tu as encore de quoi le soigner et le nourrir ? Là, je peux t'aider.
– Merci Grosjean, je veux bien des pansements, j'ai écumé tous les centres de soin, je n'ose plus recommencer de peur d'éveiller les soupçons de bonnes gens bien intentionnées.
– Je t'en fais porter demain à onze heures, sois chez toi. Et pour la bouffe ?
– Nous n'avons pas à nous plaindre. Grâce aux concerts de ma fille, nous pouvons nous approvisionner, quand on voit ce que vivent la plupart des Lillois…
– À ce propos, pas d'info intéressante à remonter ?
– Pas encore, mais je ne désespère pas que Graevenitz veuille lui aussi organiser un concert avec ma petite virtuose et son cher papa.
– Cela presse.
– J'en suis bien conscient, et crois-moi, je n'ai jamais autant fait vibrer mon violoncelle pour être au niveau. »

---

autres membres du comité sont condamnés à des peines de prison et à la déportation.

Les hommes dont aucun ne connait le vrai nom vont se retirer l'un après l'autre, au signal du vicaire qui surveille les alentours de l'église. La prochaine fois, ils se retrouveront ailleurs, jamais deux fois au même endroit.

Lorsque Wiley a été déclaré hors de danger, Eugénie, comme bien d'autres femmes de Lille, s'est proposée pour venir en aide aux infirmières professionnelles débordées. Maxence et Hélène pouvaient désormais suffire à s'occuper de lui. Elle a bien hésité pourtant, comprenant qu'entre l'Écossais et sa fille aînée, il pouvait passer un courant plus intense que celui qui éclaire désormais les intérieurs bourgeois, mais elle n'a pu se résoudre à rester tranquillement chez elle alors que tant de blessés et de malades demandent des soins qu'elle est capable de prodiguer. Maxence, déjà suffisamment inquiet pour Ninon, qui court les rues pour ses leçons et ses concerts, est réticent. Il ne souhaite pas que sa femme tente ces diables d'Alboches qui, loin de leurs femmes allemandes, n'hésitent pas à s'intéresser aux « petites » Françaises.

Hélène ne connaît que quelques mots d'anglais, mais Wiley, en revanche, s'exprime suffisamment bien en français pour faire comprendre à sa *nurse*[72] qu'elle ne lui est pas indifférente. Durant les premiers temps, il n'était pas en état d'articuler plus que « *Thirsty, pain, water, please.* »[73] La douleur et la fièvre ne lui permettaient pas de percevoir autre chose que des ombres mouvantes et chuchotantes. Il confondait Eugénie et Hélène, Maxence et le docteur, sentant juste une différence de toucher, plus ou moins doux, au moment du changement de pansement et de la toilette. Il criait parfois si fort qu'il fallait le bâillonner de la main de crainte d'être entendu par un passant. Suzanne en faisait des cauchemars. Une ou deux fois, elle est entrée dans la chambre en l'absence de ses

72. *Nurse* : « infirmière », en anglais.
73. « Soif, mal, de l'eau s'il vous plaît. », en anglais.

parents sous le prétexte d'aider sa sœur, mais elle en est vite ressortie : l'homme allongé dans le lit, un bandage autour de la tête, un autre plus important autour de la cuisse, lui semblait plus mort que vivant. Elle n'aurait su dire s'il était jeune ou vieux, beau ou laid, la peur de le voir se transformer en fantôme l'ayant empêchée de le regarder de près.

Imaginant comme toute la maisonnée que le blessé était l'auteur du drame qui endeuillait la ville sans qu'au bout de deux semaines on ait fini d'en mesurer les retombées, Hélène le regardait avec une compassion très relative. Elle comprenait qu'il souffre énormément, la morphine étant comptée, et elle n'a trouvé qu'à lui prodiguer des massages des mains pour calmer un peu ses souffrances. Cela semblait l'apaiser quelques instants. Puis, elle s'est mise à chanter pour lui les rondels mis en musique par Paul, des berceuses. Sa voix légère et satinée parvient à l'apaiser quand il s'énerve dans son lit de douleur.

Quand il est apparu qu'il n'avait rien à voir avec l'explosion des Dix-huit Ponts, ce fut un soulagement pour chacun des membres de la famille qui l'avait recueilli, il n'y avait pas alors de voix assez douce pour lui susurrer des mots d'apaisement, pas d'encouragement assez ardent pour lui faire avaler ce que l'on pouvait trouver de reconstituant.

Quand il eut compris que c'était parfois Hélène qui le lavait le matin, il a tenté de l'en empêcher, soudain prude et honteux de se retrouver ainsi à la merci d'une jeune fille qui commençait à lui inspirer des rêves plus agréables de jour en nuit.

Quand il a cessé de délirer et commencé à rester éveillé plusieurs heures d'affilée, Hélène a pris l'habitude de travailler ses morceaux de concert dans sa chambre. Une demi-heure seulement au début puis de plus en plus longuement, sans qu'aucun mot ne soit échangé entre eux. Jusqu'au jour où il n'a pu se retenir :

« Merci, merci pour tout ce bonheur que vous me donnez.

– J'espère que je ne vous fatigue pas trop ?

– Au contraire, je suis certain que je vais me remettre bien plus vite grâce à votre musique.
– Y a-t-il un morceau que vous aimeriez entendre plus particulièrement ?
– Elgar.
– Je suis désolée, mais je n'en connais aucun et je doute qu'on puisse en trouver une partition en ce moment, un compositeur anglais ! Un peu de Mozart, peut-être ?
– Ce que vous voulez, vous jouez tellement bien. »

Suzon, de son côté, cherche à se rendre utile à sa façon. Elle aussi travaille son violoncelle, en restant dans sa chambre, sachant que le blessé peut parfaitement l'entendre de la chambre voisine. Elle se consacre surtout à son péché mignon, la cuisine, en mettant au point une recette de gaufres de guerre, par exemple : deux tartines de saindoux – quand on a eu la chance d'en trouver – saupoudrées de cassonade et portées au feu dans le moule à gaufre que chaque foyer lillois possède. Ou encore, des rutabagas aux herbes – trouvées dans le jardin – revenues dans le saindoux ; en se forçant un peu, on peut se persuader que ce n'est pas si mauvais.

Hélène apprend à jouer double-jeu en permanence ; chez les Piepenbrinck et ses autres élèves allemandes, elle prend des airs méprisants lorsque la conversation en vient aux défaites des Anglais ou d'autres Alliés, mais elle va aussitôt se cacher aux cabinets pour s'y mordre les doigts et ne pas pleurer. Quand elle parle avec sa mère, elle fait l'indifférente à propos de Wiley, axant la discussion sur des points uniquement matériels, comme le besoin de nouveaux pansements ou les progrès réalisés par le blessé, mais lorsqu'elle se retrouve seule avec lui dans sa chambre, ce qu'elle recherche à être de plus en plus souvent, elle évite de faire la moindre allusion à ses concerts, arguant que sa musique est destinée au seul cercle familial et amical. À aucun moment elle n'évoque l'existence d'un fiancé, l'image duquel s'estompe un peu plus chaque semaine, chaque mois sans nouvelle. Mais parfois, ses coups d'archet se font plus incisifs, plus grinçants que ne le demande la partition.

Suzanne a parfaitement compris ce qui se trame entre l'Écossais et sa sœur, mais par fidélité envers M. Amiet qu'elle trouve bien aimable, elle refuse que Ninon puisse même envisager de l'oublier. Dès qu'elle se trouve en sa présence, elle s'empresse de l'interroger sur ce qu'aurait pensé M. Amiet de tel roman qu'elle dévore à défaut de pouvoir se rendre au cinématographe, comment aurait-il joué le premier mouvement de tel quatuor de Haydn. Elle prend sa mère à témoin de la distinction, du chic de ce fiancé qui allie la gentillesse à l'élégance et à la courtoisie. Croyant ainsi aider sa sœur à faire perdurer le souvenir du trop absent, elle ne se doute pas qu'au contraire elle ne fait qu'aviver la douleur due à son silence.

Ninon ne sait plus très bien où elle en est avec ses sentiments, qui s'épanouissent pour Wiley mais qui se font de plus en plus déchirants pour Paul. Il lui arrive de frapper les cordes de son Hel avec violence du plat de son archet en criant à Suzon de se taire un peu, à la fin et : « Si tu l'aimes tellement, écris-lui, peut-être te répondra-t-il à toi ! »

Maxence n'est presque jamais à la maison. Trouver les moyens de faire passer fuyards et informations à travers les lignes ennemies n'est pas une mince affaire et se fait chaque jour plus dangereux. Il ne veut surtout pas qu'Eugénie puisse confirmer ses doutes sur son appartenance à la Résistance. La rapidité avec laquelle son mari a décidé d'accueillir le blessé chez eux, ses absences répétées et tardives sans d'autres explications que « Je cherche du travail ! », la façon dont il ferme à clé tous les tiroirs de son bureau auparavant ouverts, tout cela la tourmente sans qu'elle ose lui en parler, il peut être cassant quand il est pris en défaut, et l'ambiance générale est suffisamment oppressante et dramatique sans qu'elle en rajoute en le mettant dans l'obligation de s'expliquer. Et puis, même si elle tremble pour lui, elle est aussi fière de ce qu'accomplit ce mari souvent bonhomme qui sait si bien donner le change. Elle ne peut se plaindre qu'il ait réussi à lancer la carrière de Ninon, quand bien même se déroule-t-elle presque exclusivement chez l'ennemi, cela permet à toute la famille jusqu'aux voisins, et bien d'autres, de manger à leur faim ou du moins de ne pas mourir de faim. Chaque semaine la liste des personnes décédées de malnutrition et de maladie, comme le typhus dont l'épidémie s'étend, est affichée mais presque aussitôt arrachée par une main allemande. Chaque semaine, une personne connue des Bonnet, directement ou indirectement, disparaît ainsi.

C'est à la fois heureuse de jouer et honteuse de se produire chez un ennemi qu'Hélène participe aux concerts organisés par Maxence chez tel ou tel officier allemand, mais elle n'en laisse rien paraître. Pouvoir ainsi aider tous les siens à se nourrir convenablement tout en jouant le mieux possible une musique qu'elle a choisie d'exécuter seule ou avec son père, ou encore parfois avec Lena Piepenbrinck, elle ne peut vraiment pas s'en plaindre. Et lorsqu'elle rentre chez elle en écoutant son père passer en revue les moments forts du concert, elle se réchauffe le cœur en pensant que Wiley sera couché dans son propre lit, dans la chambre à côté de celle où elle va s'allonger.

PRESTO

Au front

Et la guerre continue. Et Paul continue à passer entre les balles ou à les renvoyer à l'expéditeur. Un jour, où il installe son poste d'observation dans un tronçon de tranchée qu'il ne connaît pas encore, il est occupé à surveiller les lourds nuages qui surgissent en bande organisée au-dessus des lignes de front et omet de regarder la pancarte fichée dans le terre-plein au-dessus de lui, pourtant parée en grosses lettres d'un « CRÉNEAU DANGEREUX » qui devrait l'alerter. Sur injonction de son lieutenant, il avait heureusement enfilé une cuirasse pare-balles en partie déchirée, déchiquetée par les projectiles arrêtés sur un camarade qui a été tué. À peine a-t-il posé son fusil sur son trépied qu'un choc à la poitrine, accompagné d'un son de cloche, le fait reculer de deux mètres, le plaquant contre la paroi de la tranchée. « *Mi*-bécarre », murmure-t-il instinctivement. La balle rebondit contre la partie restée sans enveloppement de tissu de la cuirasse et va se loger dans la boue. Une fois remis sur ses pieds, Amiet ira remercier chaleureusement son lieutenant. Mais un de ses camarades, dans une situation similaire se verra, lui, amputé de deux doigts.

CARNET DE CAMPAGNE
DE PAUL AMIET

15 mars 1916 - Massiges

Décidément, sainte Barbe[74] *me veut du bien, contrairement à ce pauvre Dantel qui vient d'être fauché à son tour, bêtement. « Bêtement » ? Comment peux-tu écrire ça ? Comme s'il y avait une façon intelligente de mourir !*

Hier, à 8 heures, je règle un tir d'artillerie, j'entends boum boum, un obus éclate à 100 m, bodoum, un autre à 50 m, ziboum, 30 m, schrutch, coup au but ! Mon mauvais abri explose, je reçois un rondin sur la tête. Je m'évanouis. Quand je me réveille, je suis entier. Je me relève, me tâte partout, je suis indemne. Je rejoins le poste de commandement, mon capitaine s'écrie joyeusement : « Eh bien, Amiet, on vous croyait mort ! » Comme si j'étais allé boire un coup au bistrot. « Mais allez à l'infirmerie, j'ai l'impression que vous avez été touché. » La jambe gauche de mon pantalon était trempée de sang, un éclat d'obus y a fait un joli trou. En attendant qu'un infirmier m'amène vers l'ambulance, il me verse d'autorité une bonne rasade de gnôle dans le gosier. « Dans une semaine, il n'y paraîtra plus, m'a certifié le médecin au château de Vaux, profitez-en pour vous reposer un peu. »

Je vais surtout pouvoir enfin jeter sur le papier, les airs qui me tarabustent depuis des semaines.

---

74. Patronne des artilleurs.

15 mai 1916

Affecté à l'état-major de l'AD7 (26e régiment d'artillerie de campagne), promu chef du service des écoutes du 4e CA. Décidément, mes oreilles sont utiles. Le commandant Delaroche est un officier, un vrai, près de ses hommes, et qui n'a pas peur d'aller au feu. Il l'a prouvé à Verdun. On devrait bien s'entendre.

28 mai

Le service des écoutes, c'est quelque chose ! La nuit dernière, sans lune, ai pris deux hommes, sommes allés ramper entre les lignes jusqu'à toucher celles des Alboches. 30 mètres. Ce n'est pas grand-chose, mais quand on sait que l'ennemi est à l'affût, aussi tendu que nous... J'ai entendu chantonner, me suis retourné, furieux, c'était Laumière. Quand il est excité, ça sort spontanément. J'ai dû lui ordonner sèchement de la boucler. L'objectif est de planter une baïonnette dans la terre qui servira d'antenne au plus près de l'ennemi. Elle est reliée à notre propre tranchée par un fil de fer, le téléphone est prêt ! Rien de plus simple, pas besoin d'avoir fait Centrale pour imaginer ça !

1er juin

Ça marche ! Étant le seul germanophone, je me colle aux écoutes 24 h sur 24. À bon escient. Hier, j'ai capté un message de nos voisins, ils préparent une attaque surprise pour nous enlever des gars susceptibles de leur livrer des renseignements intéressants sur nos lignes de défense. On frémit à l'idée de la façon dont ils ont l'intention de soutirer de telles informations. Qu'ils viennent, nous leur réservons un gentil comité d'accueil.

Genève, juin 1916

« Oh non, *Paulele*, mon pauvre Paul !

– Que se passe-t-il, Mamely ? fait Alice, inquiète. Venez vous assoir, vous êtes toute pâle.

Mme Amiet est aussi blanche que son corsage plissé et ne tient plus sur ses jambes. Alice a juste le temps de pousser une chauffeuse sous son séant avant qu'elle ne s'y effondre. Marianne attrape au vol un papillon bleu pâle[75] et se met à le lire avidement.

– Oh non, pas Paul !

– Tu ne vas pas t'y mettre à ton tour ! Mais quoi, Paul ? Que lui arrive-t-il à la fin ? Donne-moi ce télégramme, ordonne Alice tout en arrachant le billet de la main tremblante de sa sœur.

– Mon Dieu, que peut-on faire ? Il faut immédiatement prévenir Edmond. »

Et personne ne pense à avertir Hélène. Mais d'ailleurs, comment ?

---

75. Un télégramme, imprimé sur un papier bleuté.

LAMENTO

Lille, début mars 1916

Si Maxence n'a jamais rien dit à son aînée de ses activités de Résistant, elle a bien compris qu'il fait partie de ces groupes de héros de l'ombre et ne l'en aime que plus, tout en tremblant pour lui. Encore un pour qui trembler. Elle ne se sent pas assez forte pour chercher à en savoir plus que ce qu'elle devine, et d'ailleurs, qu'en ferait-elle ? Wiley non plus ne lui parle jamais de ses missions, de ce qu'il faisait au moment où il a été blessé. Son père doit le savoir et lui fait confiance, cela lui suffit puisque Maxence l'a longuement questionné dès que le blessé a été en état de s'exprimer en français. Comme pratiquement toute la population lilloise, la famille Bonnet, pieuse, prie tous les soirs pour Louise de Bettignies et sa libération, pour le salut de l'âme de Jacquet et ses compagnons et ces Résistants qui risquent leur vie sans qu'on le sache.

Lors de leurs entretiens après les soins ou entre deux répétitions de violon, Wiley lui a parlé d'Édith Cavell, cette infirmière britannique exécutée le 12 octobre 1915 par les Allemands pour avoir fait franchir la frontière à deux cents soldats anglais, belges et français. C'est son exemple qui avait poussé le jeune homme à s'engager dans « l'armée des invisibles » alors que rien ne l'y prédisposait. Et c'est avec un fort accent écossais causé par l'émotion qu'il a récité de mémoire des passages de l'honneur rendu à l'infirmière par le comité de la Croisade des Femmes françaises le 1er novembre 1915 :

Elle a marché au supplice, en véritable Anglaise…

Et nous puiserons ensemble dans son souvenir, femmes d'Angleterre et femmes de France, l'énergie d'accepter jusqu'au bout les plus dures nécessités d'une guerre qui doit libérer le monde et faire justice d'un peuple de bourreaux.[76]

En l'écoutant, Hélène s'est sentie elle aussi transportée par le lyrisme de ce panégyrique et se sent prête, pendant un court instant, à rejoindre son père dans la clandestinité.

Lui-même poète, professeur de français et d'allemand à l'université de Glasgow, Wiley s'intéressait plus à la littérature qu'à la politique. Il ne s'était jamais vraiment penché sur l'état du monde, confiant dans la bonne volonté des Hommes et dans l'universalité de la poésie, surtout celle de Goethe et de Heine qu'il lit dans le texte, pour rapprocher les êtres de toutes les Nations. Mais la mort de son frère aîné et de plusieurs amis dès le début de la guerre l'ont fait changer d'avis. L'engagement d'Édith Cavell, ajouté au dramatique torpillage par un sous-marin allemand du paquebot américain le *Lusitania*[77], l'ont fait changer d'avis. Ce n'est pas la fleur au fusil, comme tant d'autres inconscients, que Wiley a décidé de se rendre utile, mais avec son bagage linguistique, même s'il lui arrive plus souvent qu'il ne le voudrait de se servir d'une arme. Comprenant que son hommage à Édith Cavell a ému Hélène au point de la faire pâlir, l'Écossais lui prend une main et poursuit :

« Promettez-moi, chère Hélène, de ne pas prendre de risques, je ne voudrais pas apprendre qu'il vous soit arrivé un malheur. S'il vous plaît, soyez vigilante et ne parlez de moi à personne. Si beaucoup de femmes font preuve d'un courage sans pareil pour sauver la France, d'autres sont également prêtes à livrer aux Allemands toute

---

76. Cité par Camille Lestienne in *EC, Une infirmière héroïque*, Figaro/Histoire du 21/08/2014.

77. En mai 1915, ce torpillage a causé 1 198 disparus sur les 1959 passagers, dont 128 Américains. Il a suscité de nombreuses vocations, tant anglaises que françaises, pour s'engager à leur tour, et va pousser l'opinion publique américaine à vouloir entrer en guerre en avril 1917.

information qui pourrait leur rapporter quelque chose. J'en ai vu, et ce n'était pas toutes de mauvaises femmes, mais quand on a une famille à nourrir… »

Elle pense à lui dès qu'elle quitte sa chambre. Les moments qu'elle passe avec Wiley sont apaisants et distrayants. Il est si admiratif, si encourageant qu'elle se prend parfois à espérer qu'il ne se rétablisse pas trop vite. Lorsqu'il lui parle des collines d'Écosse broutées par des moutons blancs à tête noire et à la laine serrée, elle va jusqu'à respirer l'odeur du pétrichor qui s'échappe des landes roses de bruyère et durant quelques fugaces instants, Ninon se rêve loin de la guerre, du malheur qui suinte de chaque rue, elle gambade, chantant et tenant la main de son Écossais. Qu'elle travaille son violon ou non, il semble fasciné par elle qui se demande parfois s'il ne fait pas exprès de ralentir sa guérison complète. Ses blessures sont cicatrisées, il ne souffre plus et, grâce aux exercices qu'il effectue chaque jour, il ne boite plus et est à même de prendre l'escalier tout seul. Pourtant, il ne parle plus de partir. Eugénie, en revanche, ne laisse pas passer un jour sans exhorter son mari à le faire exfiltrer. Sa présence a assez duré, elle devient trop dangereuse pour tout le monde.

Parfois, quand elle a travaillé plusieurs heures de suite et que la fatigue se fait sentir mais qu'elle se refuse à poser son violon, il arrive à Ninon d'avoir l'impression de se dédoubler. Une partie d'elle-même s'écarte de son corps resté debout devant le pupitre, tandis qu'une autre se recule, s'élève, flotte dans la pièce et la regarde, appréciant son jeu. Cela ne dure que quelques instants, juste le temps de la laisser pantelante et gardant en mémoire les coups d'archet qu'elle doit modifier, les allures à modérer ou accélérer.

Dans la ville, assujettie au couvre-feu dès vingt heures, été comme hiver, une rue entièrement éclairée et une villa illuminée se démarquent dans la pénombre. Ce soir, le boulevard de l'Impératrice bruisse de claquements de bottes lustrées sur le pavé et rutile sous les uniformes galonnés et médaillés qui se précipitent vers la villa du général von Graevenitz.

Lorsque le commandant Piepenbrinck, désormais co-impresario d'Hélène Bonnet et de sa fille Lena, a annoncé à Maxence la venue prochaine du commandant von Truppen, par ailleurs excellent altiste, il a eu du mal à cacher sa satisfaction. Cette occasion correspond justement à l'anniversaire de sa femme, et le général von Graevenitz souhaite organiser un concert pour mettre en valeur les qualités de musicien du commandant. Il ne serait pas difficile de trouver un second violon correct parmi les soldats de la garnison pour créer un quatuor convenable. Comme Truppen est au mieux avec le *kronprinz* Willelm, le fils aîné de l'empereur allemand, le général Graevenitz souhaite lui laisser un souvenir exceptionnel de son passage à Lille. Et si la soirée pour laquelle il ne lésinera pas peut aider Wilfriede, sa femme, à oublier ses dernières frasques...

La générale Wilfriede, en hôtesse accomplie, ne veut surtout pas paraître d'une élégance plus clinquante que celle de ses invitées. Elle porte une longue robe de soirée en panne de velours noire constellée de minuscules paillettes argentées. Une aigrette fichée dans un bonnet de dentelle blanche salue chaque arrivant. Son mari, quant à lui, réprime avec quelque difficulté une forte envie d'aller s'enfermer au fumoir avec le flacon d'armagnac que Truppen a eu le bon goût de lui offrir, mais sa carrière est en jeu et sa tranquillité conjugale également. Et puis, il paraît que les deux jeunes musiciennes sont agréables à regarder.

Les jeunes filles en question ont été dirigées dès leur arrivée vers le boudoir de Wilfriede pour répéter une dernière fois avant l'heure du concert, qui n'aura pas lieu avant une bonne heure.

Le commandant Piepenbrinck est fier de pouvoir répéter à chacun que c'est lui qui a présenté Mlle Bonnet au général, il n'a jamais entendu une violoniste douée d'un tel talent. *Frau* Piepenbrinck, sa femme, est si émue qu'elle s'essuie les yeux toutes les cinq minutes et répète : « *Wie glüklich ich bin! Wie glüklich ich bin !* »[78]

Confiant dans son talent, le commandant von Truppen ne ressent pas le besoin de s'isoler avec ses partenaires pour une dernière répétition. Il s'amuse trop à se moquer intérieurement des tenues provinciales des dames invitées à la villa. Elles n'ont pourtant eu de cesse d'obtenir de leur époux le budget nécessaire à la confection d'une nouvelle toilette aussi exubérante que l'exige la mode. Soieries, dentelles, rubans, volants et volières en coiffure s'en donnent à cœur joie. Un capitaine s'est cru spirituel en imitant le chant du rossignol à l'entrée d'une invitée enchapeautée, ce qui a fort contrarié le général Graevenitz. Pourtant, à son arrivée chez ce dernier, le commandant von Truppen s'est sincèrement extasié devant les boiseries chaudes sur lesquelles courent les lézards et volent les libellules en marqueterie, la moquette à ramages, les vases de Gallé. Il ne savait pas que l'Art Nouveau s'est largement exprimé à Lille. Il a d'ailleurs failli s'étouffer d'envie en apercevant au cou de Wilfriede un pendentif indéniablement signé Lalique. Et les séances de travail avec Hélène lui ont démontré que la musique était prise au sérieux dans cette province.

Les répétitions se sont déroulées dans la villa réquisitionnée du gouverneur chez qui Truppen a pris ses quartiers. Il est d'emblée apparu qu'il faudrait beaucoup travailler pour que les musiciens s'accordent, trouvent leur rythme, s'approprient le quatorzième quatuor de Schubert[79], choisi par l'altiste car il le connaît bien. Hélène a réfréné ses réflexes d'enseignante : on ne donne pas de leçon à un commandant ennemi. Même s'il tient plus qu'honorablement sa partition, tout comme le second violon, le lieutenant Alexander Schreiber, tient la sienne. Tout d'abord fort intimidé en présence de

---

78. « Que je suis heureuse, que je suis heureuse ! », en allemand.
79. En *ré* mineur, dit *La Jeune Fille et la Mort*, D810.

deux jeunes filles et d'un haut gradé en vue, le lieutenant s'est saisi de sa partition avec fougue et sensibilité.

Lors de la première répétition, Maxence est resté sagement assis à écouter les musiciens, sans intervenir. Durant la seconde répétition, il s'est levé pour aller chercher un peu d'eau fraîche à la cuisine. Au cours de la troisième répétition, il est parti en quête des cabinets et de la salle de bains. Tant et si bien que le soir du concert, le personnel de la maison et les soldats de garde se sont habitués à lui et n'y font plus attention. En revanche, il a bien en tête le plan de la villa.

Tout a été pensé pour faire oublier que l'on est en guerre malgré l'omniprésence du vert-de-gris. Les plantes vertes et les gerbes de fleurs sont éparpillées à profusion, les lustres et les appliques illuminent dans chaque pièce des tentures assorties aux sièges, les miroirs reflètent à l'envie la cristallerie et l'argenterie sans pour autant plomber le teint des dames. Les bouteilles de champagne viennent d'être ouvertes avec force et bruits de bouchons, canapés et petits fours sont disposés sur les tables et seront sans cesse renouvelés après le concert. Il n'est pas concevable d'écouter de la musique, si sublime soit-elle, le ventre vide, aussi Hélène, Lena et Alexander vont-ils devoir attendre, le cœur serré par le trac, dans le boudoir de la générale, que chacun ait pu se sustenter suffisamment pour apprécier à sa juste valeur le récital qui va leur être offert.

Après avoir veillé à la bonne installation des musiciens qui refusent tout autre rafraîchissement qu'un peu d'eau, Maxence redescend au salon pour effectuer quelques ronds de jambe auprès des officiers qu'il a eu l'occasion de côtoyer en accompagnant sa fille, et surtout auprès de leurs épouses. Eugénie et Suzanne ont été invitées, bien sûr, mais cette dernière étant très enrhumée, elles sont arrivées en retard. Elle a tenu à venir, pas tant pour applaudir sa sœur qu'elle écoute jouer tous les jours que pour rencontrer enfin le beau commandant von Truppen dont on parle en ville et surtout se régaler des toilettes des dames. Depuis le début de la guerre elle doit se contenter de porter ses vieilles robes, et même si sa mère s'ingénie à les agrémenter d'un ruban ou d'un galon trouvé dans sa boîte à ouvrage, elles restent ses vieilles robes. *De toute façon, elle a si peu d'occasions de les porter*, pense-t-elle avec dépit. Aussi tourne-t-elle la tête dans tous les sens, amplifiant son mal de crâne, sans se lasser d'admirer la toilette exquise de *Frau* Piepenbrinck ou celle-ci en crêpe-Georgette mauve à reflets dorés ou encore celle-là, – *quelle splendeur !* – en mousseline blanche aux manches courtes de tulle framboise, le sur-jupon garni de guirlandes de fleurs. Suzon en oublierait sa fièvre.

Enfin, les invités sont conviés à rejoindre le salon de musique et à s'y installer. Le beau commandant s'excuse auprès de son interlocutrice du moment et s'empresse de récupérer son instrument dans sa chambre avant de retrouver ses partenaires. Tous quatre descendent lentement l'escalier de chêne, le temps de donner au public celui de prendre place sur les chaises rembourrées, et entrent les uns après les autres.

Lena s'avance la première, brandissant son violoncelle haut devant elle, comme un champion cycliste recevant les acclamations de la foule après avoir gagné la course. Sa jeunesse, ses cheveux dorés et bouclés par le *friseur*[80], retenus par un fin diadème de strass, déclenchent des applaudissements fervents. Hélène, en revanche, étonne par la simplicité de sa mise qui provoque des murmures étonnés de la part de ceux qui ne la connaissent pas : ses cheveux, sans artifices, simplement lâchés sur les épaules ; sa robe de soie vert jade, la couleur préférée de Paul car c'est celle de ses yeux, dénuée de volants ou de rubans. Seule une paire de boucles d'oreilles en or, offerte la veille par Truppen, vient égailler sa tenue et apporter la touche d'élégance requise pour une telle soirée. Il les lui avait remises en lui affirmant qu'elles ne la gêneraient pas pour

80. Le *friseur*, ou *frisör :* « le coiffeur », en allemand.

jouer contrairement à un collier ou un bracelet. Elle ne porte plus sa bague de fiançailles, et ce depuis longtemps, pour ne pas susciter l'envie alors que nombre d'habitants en sont réduits à gratter la terre des rues pour tenter d'y trouver quelques sous ; aussi s'est-il senti autorisé à la courtiser.

Le trac lui rosit agréablement les joues et ses yeux, si beaux, accrochent le regard des hommes qui se prennent à rêver de promenade en bateau sur un lac de montagne. Son air impassible qu'elle s'est composé en descendant l'escalier impressionne le public impatient. Le malheureux lieutenant Schreiber, inconnu parmi toutes ces vedettes, ne récolte que quelques applaudissements encourageants, et le tonnerre éclate avec l'apparition de Truppen. Il a troqué l'uniforme contre le smoking pour jouer plus à son aise. Ses cheveux clairs sont juste un peu plus longs que ne le voudrait le règlement, son teint est hâlé par les chevauchées à courre pratiquées avec le *kronprinz*, il a de la prestance, il est bel homme, il le sait. Tous les militaires présents savent combien cet homme peut être important pour le général et donc pour eux-mêmes. Les applaudissements durent une bonne minute.

L'accordage prend un moment, car le commandant n'a pas pris le temps de préparer son alto avec ses partenaires, mais lorsque soupirs, raclements de chaise et rires gênés commencent à prendre de l'ampleur, les musiciens sont prêts.

Ninon ne pouvait qu'approuver le choix de l'altiste pour *La Jeune Fille et la Mort*. Sa tonalité en mineur, ses sautes d'humeur, la détresse, le printemps qui perce sous la froidure, son lugubre abattement devant la mort revenue tant de fois, ses sursauts d'espoir, tous ces sentiments exprimés par Schubert, Ninon les vit à son tour avec ce quatuor. Qu'elle le joue pour Wiley, dont l'affection pour elle ne fait plus aucun doute, qu'elle pense à Paul, si longuement absent, qu'elle se donne en concert ou qu'elle se heurte dans les rues à la pauvreté et la détresse de ses compatriotes, elle se retrouve dans chaque mesure de *La Jeune Fille et la Mort*.

L'attaque *allegro fortissimo* suivie de trois mesures *piano* avant de reprendre avec force capte immédiatement l'attention du public. Nombreux sont ceux parmi les Allemands présents qui pratiquent un instrument chez eux en amateurs, mais ils sont aussi nombreux à n'être venus que pour se montrer, répondre à la quasi-injonction du général et profiter d'un cocktail qui semble combler les attentes des plus exigeants. Aussi, même s'ils n'éprouvent qu'un intérêt limité pour les raclements et frottements de cordes, tous sont saisis par la vigueur avec laquelle les deux jeunes filles ont attaqué l'œuvre de Schubert. Mais c'est bien sûr avec le second mouvement, *andante con moto*, que les musiciens entraînent leur public dans la mélancolie. Ils sont plusieurs ce soir à retenir difficilement une larme en pensant à leur *heimat*[81], dont ils sont éloignés depuis des mois, et que rien ne peut laisser supposer que cette séparation prendra bientôt fin. Hélène tire de son violon une mélodie si dramatique, soutenue par le violoncelle de Lena, que même Graevenitz en oublie de regretter son armagnac. Les accents martiaux reviennent régulièrement rappeler que la mort est toujours proche.

Ces hommes dans leurs uniformes impeccables, sûrs d'eux, que peuvent-ils ressentir à l'écoute de cette composition musicale au titre si malencontreusement morbide ? Sont-ils touchés par le contraste entre l'art des salons et la guerre ? Entendent-ils la brutalité des temps qu'ils servent ?

Pour beaucoup, ils semblent attentifs, contraints, émus ou affectés, oubliant pour un moment au moins la sauvagerie environnante et son ambiance immorale.

L'intervalle avant le mouvement suivant permet de se racler la gorge pour cacher son émotion, se tortiller sur sa chaise, sourire de contentement à son voisin. Mais c'est aussi le moment où la pauvre Suzanne, dont la fièvre s'est emballée au rythme des coups d'archet,

---

81. La patrie.

se met à tant tousser que son père la fait sortir de la salle de concert en la tirant par le bras. La générale les accompagne aussitôt pour les amener dans une chambre à l'étage. La pauvre enfant est étendue sur un lit, Maxence demande qu'on prépare une boisson chaude, avec un peu de miel si possible, mais surtout que *Frau* Graevenitz redescende au plus vite pour ne pas rater plus longtemps le concert.

Wilfriede n'a jamais accepté d'être servie par des soldats, aussi a-t-elle engagé une femme de chambre et une soubrette dès que le général a réquisitionné la maison du boulevard de l'Impératrice. Braves petites de la campagne, elles sont néanmoins surveillées de près par les plantons, les soldats de service, assignés par l'ordonnance du gouverneur. C'est Lucette, la soubrette, qui apporte la tisane miellée à Suzon et se retire aussitôt sur l'insistance de Maxence, assurant qu'il redescendrait lui-même la tasse quand elle serait vide. Sa fille, qui tousse déjà moins hors de la salle surchauffée, se voit sommée d'avaler son eau chaude en vitesse et de s'étendre en l'attendant. Il la fera ramener à la maison par sa mère. La tasse à la main, Maxence descend par l'escalier des domestiques et, prenant l'air de celui qui s'est perdu, se dirige vers la pièce qu'il pense être le bureau du général. Le planton de service s'est approché de la salle de concert afin de mieux entendre le *presto* final, dont l'élan lui fait ébaucher quelques pas de danse ; Maxence n'en espérait pas tant. La porte du bureau n'est pas verrouillée, il entre.

Mais rien ne traîne, et les tiroirs de la table comme ceux du semainier sont bouclés. Aucun dossier oublié sur une chaise, aucune carte annotée sur un mur. C'est raté. Il s'en doutait un peu, mais il lui fallait essayer. Déçu, il ne lui reste plus qu'à revenir au salon, sourire, applaudir, demander une voiture pour ramener Suzanne et sa mère ; tandis qu'Hélène jouera, seule, une seconde partie après un interlude arrosé.

« *Herr* Bonnet, vous avez mérité un verre de cet excellent armagnac, venez nous rejoindre. Laissez *Frau* Bonnet se reposer,

Wilfriede est ravie de s'occuper d'elle et lui a proposé de rester pour la nuit dans la chambre verte. »

À son retour, Maxence est accaparé par le général, qui l'accueille un verre ballon à la main et l'entraîne vers le fumoir. Sa veste d'uniforme entrouverte et sa cravate desserrée donnent le ton. Dans la pièce, Truppen et trois officiers, déjà bien installés, ont entamé le flacon d'ambre roux. Le premier a retiré son nœud papillon blanc, quant aux autres, leur cravate. Le feu qui craquète dans la haute cheminée de bois sculpté dévoile la face rougeoyante des intimes du général qui avaient déjà commencé à s'imbiber dès le début de la soirée. Maxence fait celui qui ne comprend rien et affiche un sourire benêt, celui qui le rend si sympathique. Graevenitz s'efforce de parler en français, Truppen suit sans difficulté, quant à Piepenbrinck, on dirait qu'il se retient de taper sur le ventre de Maxence comme à un vieux copain. On félicite les deux pères pour le talent de leurs filles, on fait des vœux pour qu'elles poursuivent une carrière déjà bien entamée. *Et d'ailleurs, j'ai justement une poire exceptionnelle pour fêter cette réussite*, affirme Graevenitz en faisant signe à son ordonnance. Celui-ci sort des verres plus petits que personne ne refuse, Maxence y trempe les lèvres, s'extasie et n'y touche pas plus qu'à l'armagnac. Suivre une conversation dans une langue étrangère est un exercice difficile, mais lorsqu'elle est bredouillée, l'exercice devient impossible ; Maxence doit donc rester très attentif.

Vers minuit, prétextant la fatigue et l'émotion, Truppen demande la permission de se retirer. Maxence a bien envie d'en faire autant, mais le général lui tient la manche, expliquant combien il souhaiterait que les Lillois comprennent que la victoire du Reich serait une chance pour eux. L'Allemagne est la première puissance économique, elle possède des mines de charbon capables d'alimenter les haut-fourneaux durant des siècles et une armée invincible prête à conquérir toute l'Europe. Il est persuadé que, si la propagande ne leur mettait pas tant de mauvaises idées en tête, de nombreux

Français ne demanderaient qu'à pactiser avec l'occupant. Maxence continue à afficher son sourire benêt tout craquelé de l'intérieur, en affirmant au général que ses compatriotes y viendront sûrement. Pendant que deux des officiers se sont tellement enfoncés dans leur fauteuil qu'on les a oubliés, Piepenbrinck lui glisse, en soupirant d'aise : « *Du könntest ein perfekter Deutscher sein.* »[82]

Lorsque le cartel posé sur le manteau de la cheminée sonne deux heures, Maxence saute sur ses pieds, s'excuse d'être resté si longtemps, remercie le gouverneur de garder Hélène pour la nuit. En réveillant d'un coup de botte le planton pour lui ordonner de raccompagner *Herr* Bonnet, Graevenitz, s'oubliant, s'écrie en allemand vers les trois officiers à peine éveillés :

« Allez messieurs, tâchez de passer une bonne nuit, un travail peu réjouissant à mettre en œuvre nous attend dans les jours à venir. »

Le regard gêné, dirigé au même moment par les trois hommes vers le Français, lui confirme ce qu'il a craint de comprendre ; il doit se dépêcher de rentrer pour prévenir qui de droit.

Contrairement à ce qu'il escomptait, Ninon est debout, raide, dans le hall, sa boîte de violon serrée contre elle comme un bouclier, son manteau boutonné jusqu'au cou, sa toque bien enfoncée sur sa tête, ses gants enfilés, et elle lance : « On y va, Papa. »

Maxence met sur le compte de la fatigue le mutisme de sa fille durant le trajet de retour ; on commentera le concert plus tard, après quelques heures de bon sommeil.

Mais ni le père ni la fille n'ont bien dormi cette nuit-là. Lorsque Maxence s'est précipité dans la chambre de Wiley pour lui faire part de ce qu'il avait entendu chez Graevenitz, il découvre un lit vide aux draps retirés, l'Écossais et ses maigres affaires disparus. Il ressort donc pour prévenir au plus vite ses supérieurs de ce qu'il

---

82. « Tu pourrais être un parfait Allemand. », en allemand.

se trame, même si sans sauf-conduit, c'est risqué. Il ne connaît que l'adresse de Grosjean. Il espère donc que celui-ci saura à qui faire remonter l'information, et ainsi de suite, jusqu'à trouver celui qui saura quoi en faire.

Quant à Ninon, après s'être lavée et relavée, elle enfile toute tremblante sa chemise de nuit la plus épaisse et s'allonge dans son lit, restant sur le dos, droite, sans fermer les yeux. Quand Suzanne se réveille, elle la trouve dans la même position.

« Le lieutenant Schreiber est vraiment mignon, tu ne trouves pas, Maman ? Il était à croquer quand il a salué, tout rougissant de plaisir, et il est, sans conteste, le commandant le plus beau ! Quelle classe, quelle prestance, si on me... J'ai trouvé la robe de Lena éblouissante, c'est dommage que celle de Ninon ait paru si ordinaire à côté, il lui faudrait un diadème à elle aussi.

– Mais tu n'as vraiment rien de plus intelligent à dire !

En faisant claquer sa serviette sur la table, Ninon se lève, repoussant bruyamment sa chaise, et quitte la salle à manger. On l'entend remonter à l'étage, entrer dans sa chambre et commencer à bousculer les meubles.

– Mais qu'est-ce qui lui prend ? Qu'est-ce que j'ai dit ? se lamente Suzon qui n'a jamais vu sa sœur aussi fâchée contre elle.

– Laisse, fait Eugénie, elle est fatiguée et elle est triste que Wiley ne lui ait pas dit au revoir.

– Elle ne sait pas ce qu'elle veut. Elle est triste parce que Paul ne lui écrit pas. Elle est triste parce que Wiley est parti. Elle va être triste parce que le beau commandant va repartir pour Berlin. Moi, à sa place...

– Justement, tu n'es pas à sa place, aussi fiche-lui la paix. Mais c'est vrai que Wiley aurait pu nous dire adieu.

– Il a laissé une lettre, les interrompt Maxence, qui vient d'entrer dans la salle à manger.

Il tire une chaise et s'assoit lourdement à leurs côtés, avant de reprendre :
– Il te remercie tout particulièrement, Eugénie, et il a un petit mot gentil pour notre Suzon. Il devait absolument partir, c'était cette nuit ou probablement jamais... son départ aurait été repoussé à une date indéterminée.

Maxence est inquiet, Eugénie le sent bien mais ne veut rien dire tant que Suzon est dans la même pièce. Il n'est rentré qu'au petit matin, fourbu et glacé. Elle ne dormait pas, mais n'a pas voulu le questionner ; il lui a déjà expliqué que moins elle en saurait, mieux ce serait pour tout le monde.

Au son de la voix de son père, Ninon redescend et refait son apparition dans la pièce. Maxence se tourne alors vers elle :
– Ma Ninette, Wiley a laissé une lettre pour toi.
– Je n'en veux pas. Je veux que tous ces hommes me fichent la paix.
– Tu savais qu'il devait repartir, tu ne peux pas lui en vouloir.
– Mais il aurait pu me dire au revoir, tout de même, après tout ce qu'on a fait pour lui.
– Il a craint les adieux. Les hommes ne sont pas toujours courageux en amour.
– Il y en a qui n'ont pas de ces scrupules. En tout cas, Graevenitz est ravi de sa soirée. Il a fait grand plaisir à Truppen qui devrait s'en souvenir, et j'ai cru comprendre qu'il y a d'autres concerts en perspective.
– Grand bien nous fasse ! s'exclame Ninon.
– Je ne te comprends pas, poursuit Maxence. Que se passe-t-il ? Tu devrais être contente, à défaut d'être heureuse, tu remportes succès sur succès, tu peux jouer la musique que tu aimes et la générale t'a à la bonne. Wiley a laissé une adresse à laquelle tu pourras lui écrire.
– Cela me fait une belle jambe, s'il disparaît, lui aussi ! Les seuls qui restent sont les voyous. »

Alors, Maxence comprend enfin qu'il s'est passé quelque chose. Il revoit Hélène en manteau hier soir, recroquevillée sur son violon alors qu'elle aurait pu rester dormir dans une chambre bien chauffée. Il revoit Truppen quitter le fumoir avant les autres et ne plus reparaître. Sa chambre devait être au même niveau que celle qu'occupait Ninon. Il revoit la paire de boucles d'oreilles qu'il lui a offerte alors qu'il sait pertinemment qu'elle est fiancée. Il revoit l'air égrillard échangé avec le général, à moins qu'il l'ait inventé ?

Maxence serre les poings et les lèvres ; si ce salopard a fait quoi que ce soit à sa fille, il… il fera quoi ? Que peut-il faire ? Il a besoin de Graevenitz, et ne peut accuser qui que ce soit sans preuve. Malgré sa fatigue, Maxence enfile manteau, bottes et toque avant de se rendre à la résidence du gouverneur du centre-ville de Lille. Officiellement, il s'y rend pour récupérer le cachet du concert et pour remercier une seconde fois la générale pour sa réception, et surtout sa gentillesse envers ses filles. Il aimerait également féliciter le commandant von Truppen et envisager avec lui un nouveau concert.

Il est à peine étonné d'apprendre que l'altiste repart dans l'heure pour Berlin et n'a pas le temps de le recevoir. Quant au général, il est en pleine conférence avec ses officiers, on ne peut le déranger.

Pour ce qui est du cachet, il est préparé et sera déposé chez *Herr* Bonnet dans la journée.

Lille, 23 avril 1916

Extrait du Bulletin de Lille 4H/90

Proclamation, signée par le général-commandant von Graevenitz :

« L'attitude de l'Angleterre rend de plus en plus difficile le ravitaillement de la population. Pour atténuer la misère, l'Autorité allemande a demandé récemment des volontaires pour aller travailler à la campagne ; cette offre n'a pas reçu le succès attendu. En conséquence, des habitants seront évacués par ordre et transportés à la campagne ; les évacués seront envoyés à l'intérieur du territoire occupé de la France, loin derrière le front où ils seront occupés à des travaux d'agriculture et nullement à des travaux militaires…

J'ordonne donc : personne ne peut, jusqu'à nouvel ordre, changer de domicile. Personne non plus ne peut changer de domicile légal déclaré de 9 heures du soir à 6 heures du matin pour autant qu'il ne soit pas en possession d'un permis en règle.

Comme il s'agit d'une mesure irrévocable, il est de l'intérêt de la population de rester calme et obéissante. »

Dès que la période des récoltes, cueillettes et moissons débute, les Allemands s'emparent de tous les bras en état de fonctionner pour aller travailler dans les champs et vergers, afin de pallier le manque de main-d'œuvre, comme dans les usines d'armement, les hommes jeunes étant tous partis à la guerre.

« C'est la tuile, Graevenitz est muté ! Personne ne connaît encore son remplaçant. Juste au moment où de nouvelles rafles sont organisées…

– Tu crois que cela a un rapport ? »

Grosjean allume une cigarette d'une main tremblante. Il a trois filles et craint pour elles, comme tous les pères. Maxence a conscience que les siennes ne sont plus à l'abri des rafles maintenant que leur protecteur va quitter la ville. Il lui aura fallu six mois pour l'approcher, combien de temps lui faudra-t-il pour amadouer le prochain gouverneur, si tant est qu'il puisse s'intéresser à la musique ?

La presse britannique, plus encore que les médias français, dénonce avec virulence les forces d'occupation et leurs pratiques de sauvages, en décrivant l'état dans lequel les Lillois *patriotes et victimes à la fois, peuvent être brisés mentalement et physiquement, mais indomptables d'esprit.*[83] Peut-être, se disent les hommes rassemblés clandestinement, sommes-nous considérés comme des héros pour avoir exfiltré quelques soldats, mais cela ne protège pas nos femmes et nos filles des Alboches de plus en plus nerveux et violents.

Ils ont tous assisté à une ou plusieurs de ces opérations de réquisition, extrêmement traumatisantes. Des soldats bouclent le quartier concerné et installent des mitrailleuses tout autour. Comme si les malheureux habitants allaient se défendre avec des armes automatiques. Les soldats forcent chaque habitation et désignent toutes les personnes qui doivent se préparer à partir immédiatement. Jeunes adolescents, femmes et personnes âgées sont sélectionnés sans distinction, du moment qu'ils sont en état de marcher. Aucune protestation n'est admise. Chacun a droit à 30 kilogrammes de bagage et découvrira que ce contenu devra servir de nourriture pour toute la durée du travail forcé, ainsi que de couchage et de soins, qui ne seront pas assurés par les Allemands. Et tant pis pour ceux qui n'ont pas de famille pour leur apporter à manger dans les mois qui suivent, d'autant plus que les malheureux sont envoyés loin, vers l'est.

---

83. In *The Times*, 23 janvier 1917.

« Ces salopards n'ont rien à fiche des protestations véhémentes du maire et de l'évêque.

– Et encore moins de celles de Georges Lyon.[84]

– Les ordures ! Et Graevenitz qui voulait me faire croire que les Français ne pouvaient qu'avoir envie de pactiser avec les Allemands ! En attendant, il faut se dépêcher de faire sortir tous ceux qui se cachent avant qu'ils ne soient découverts. »

Maxence est doublement inquiet. Depuis le départ de Wiley, Ninon n'est pas bien, elle ne parle plus, ne joue plus, a annulé tous ses cours, et ce soir la fièvre l'a prise. Il craint que ce ne soit le typhus, qui refait une percée d'autant plus mortelle sur des organismes affaiblis par deux années de privations et de peur. Si seulement Paul Amiet pouvait lui envoyer ne serait-ce qu'une petite carte !

---

84. Cette opération de réquisition provoque une vague de réactions indignées de la part de nombreux notables qui adressent des lettres de protestations à la *kommandantur* (local du commandement militaire). Parmi eux, Charles Delesalle, maire de Lille, monseigneur Charoste, évêque de Lille ou encore Georges Lyon, recteur d'académie et président de l'université de Lille.

Hôpital militaire de Reims, juin 1916

« Amiet, Amiet, réveillez-vous. Lieutenant, je sais que vous m'entendez, ouvrez les yeux. C'est bien, l'œil droit maintenant. Combien voyez-vous de doigts ?

– Trois, je crois.

Un horrible croassement sort de sa gorge.

– C'est bien, c'est très bien. Reposez-vous maintenant.

– Pourquoi les timbales font-elles autant de bruit, c'est insupportable. Enlevez-moi ce casque, s'il vous plaît, enlevez-le-moi. J'ai trop mal… Mama, aidez-moi, Mama…

– Maintenez la même dose de morphine. Montrez-moi la blessure. Hum, ça ne sent pas mauvais, les bords sont propres, ça a l'air en bonne voie, on peut arrêter les sulfamides, mais continuez à la nettoyer à la teinture d'iode. Je crois bien qu'on a échappé à la gangrène gazeuse. Ce n'est pas comme celui d'à côté, je ne comprends pas comment il a résisté à la dernière nuit, mais il ne passera pas la journée. N'hésitez pas à doubler la morphine, inutile de le laisser souffrir, les cris n'aident pas ses voisins de lit à se reposer. »

Paul se réveille plus souvent, à cause de la douleur qui lui torpille les tempes, le front, la nuque. Quand il a voulu se prendre la tête à deux mains pour la serrer, il a levé deux carcans blancs, incrédule, aurait-il perdu ses mains ? Une toux rauque se déclenche dès qu'il tente de se redresser dans son lit, entraînant la venue précipitée d'une infirmière qui l'engage à rester tranquille. Dès que l'effet de la morphine s'estompe, la douleur afflue dans tout son corps, par vagues : le crâne d'abord, la pire, puis la gorge, la bouche, les poumons… à tel point qu'il craint de ne plus pouvoir respirer. Chaque inspiration lui donne envie de hurler, et s'il n'était pas si épuisé, il ne s'en priverait pas. Le plus énervant ce sont les picotements, les tiraillements qui s'amplifient dans tous ses membres ; si ses mains n'étaient pas bandées il s'arracherait la peau. Il a donc bien ses mains, ce qui le rassure. Pas un millimètre de son corps qui ne soit douloureux. Mamely !

Quand il sort du néant procuré par la morphine, il attend les seuls moments d'accalmie de la douleur et de l'angoisse procurés par une religieuse aux mains d'ange qui change ses pansements avec douceur. Elle va de lit en lit apporter un peu de légèreté à tous ces hommes souffrants en chantonnant des mots sans queue ni tête pour lui, des prières ou peut-être des comptines. Parfois, il croit reconnaître une mélodie, une suite de sons qu'il a déjà entendue, et tente de s'y raccrocher comme à une réminiscence d'un fragment de vie.

« Lieutenant, vous allez beaucoup mieux. Pour écarter définitivement tout danger d'infection et vous aider à vous remettre complètement, nous allons vous transférer dans un établissement de repos. D'ici quelques semaines, vous serez à nouveau apte au service. Vous pourrez avoir de la visite. Qui aimeriez-vous revoir ?

Paul est muet, il ne sait pas. Il ne sait pas qui il veut revoir. Mamely ? Ce nom revient régulièrement dans sa tête.

– Votre mère et votre sœur aimeraient venir. Jusqu'à présent nous avons pensé que ce n'était pas souhaitable, compte tenu de votre état, mais maintenant que votre blessure à la tête est consolidée et que votre visage a repris figure humaine, il n'y a plus lieu de retarder leur venue. J'imagine que cela va vous faire plaisir.

Paul ne sait pas qu'il a une sœur.

– Continuez à vous reposer, ne vous énervez pas, le commandant Delaroche prend régulièrement de vos nouvelles, il espère bien vous récupérer le plus vite possible. »

Mais qui est le commandant Delaroche ? Paul ne parle pas, il a trop mal à la gorge. Il commence à comprendre que quelque chose ne va pas en lui. Hier, un soldat est venu le voir et a commencé à lui parler de types dont il n'avait pas la moindre idée de qui ils pouvaient être. Il lui a annoncé avec gravité qu'un chien, ou un cheval, nommé Timide ou bien Jalouse, a été tué. Qu'est-ce que j'en ai à faire ?

Mme Amiet ressort de la chambre que son fils partage avec un pauvre garçon complètement aveugle, décroche son sourire, rassemble ses voiles noirs et s'effondre en pleurant dans les bras d'Alice :

« Il ne nous a pas reconnues ! Mon pauvre Paul, mon pauvre *Paulele* !

– Les souvenirs reviendront, Madame, intervient une infirmière. Il peut parler, c'est bon signe, ses membres fonctionnent, il retrouvera la mémoire, ce n'est plus qu'une question de temps. Surtout gardez espoir, c'est très important pour lui d'être entouré de visages paisibles.

– Quand pourrons-nous le reprendre avec nous ? demande Alice.

– D'ici deux ou trois jours, le temps d'organiser son transport et de nous mettre en contact avec nos confrères à Genève. »

La blessure à la tête de Paul est déclarée guérie mais son cerveau, lui, est à la peine. Il ne reconnaît personne, ne se souvient de rien, même pas de son nom. Ses doigts, désormais libérés de leur carcan de gaze, tapotent sur les draps. Un médecin a pensé qu'il essayait de délivrer un message en morse, mais personne n'a réussi à le déchiffrer, jusqu'à ce que l'épouse de son voisin de lit reconnaisse le rythme et le doigté de la sonate de Franck.

« Il semble que la musique puisse être une clé d'entrée de sa mémoire, déduit le docteur. Nous n'avons malheureusement pas de piano ici, mais il y a deux jours un de nos résidents s'est mis à chanter et M. Amiet a coassé aussi quelques notes. Sa gorge ne lui permet pas encore de parler, encore moins de chanter facilement, mais cela va revenir.

– C'est à cause de cette saleté de gaz, n'est-ce pas ?
– Comme vous le dites, Madame, cette saleté de gaz. Et il a de la chance de s'en être sorti.
– Vous pensez qu'il en gardera des séquelles ?
– Nous ne pouvons pas encore nous prononcer, nous manquons de recul, mais sans doute. Heureusement, votre fils est de constitution robuste et si vous l'entourez de votre affection et le nourrissez convenablement, il devrait être bientôt en mesure de reprendre sa place au sein du 26e régiment d'artillerie. »

Devant le visage blême de Mme Amiet, le médecin se rend compte qu'il a parlé trop vite.

Grandson, en Suisse, juillet 1916

Edmond a pris un congé pour venir récupérer Paul à la frontière et l'accompagner jusqu'à Grandson, où sa mère a trouvé un chalet à louer à 400 mètres d'altitude ; juste ce qu'il convient pour aider les poumons de Paul à se remettre du gaz. En bois blond, dont les nœuds sentent bon la résine, le chalet *Graezeli* développe un balcon tout le long de la façade ouvrant sur la vallée. Une bordure dentelée décore la descente du toit et donne un air pimpant à cette demeure qui sera désormais, et jusqu'à la fin de la guerre, celle des dames Amiet. En voyant son jeune frère si changé, Edmond a dû se retourner un bref instant, le temps de se ressaisir. La fière moustache rousse n'est plus qu'un maigre plumeau qu'il conviendrait de raser complètement, ses cheveux châtain foncé ne sont plus qu'un souvenir tant il en reste peu, mais surtout son regard est égaré, affolé, il ne reconnaît personne et ne peut même pas ébaucher un sourire.

Mamely a fait venir un piano, et elle a ordonné à Marianne de jouer tous les jours des airs du répertoire familial, notamment les quatre mains que la cadette et Alice connaissent, même si cette dernière a tendance à les massacrer. Après tout, le musicien de la famille, c'est Paul. Un musicien qui se sent mal à l'aise, non pas devant les fausses notes, mais devant un tel débordement d'attention et de gentillesse. Qui sont ces gens si bons avec lui et qui ont l'air de bien le connaître ? Maintenant qu'il peut marcher, il prend plaisir à se promener, mais on ne le laisse jamais seul.

« Mon vieux, cela me fait drôlement plaisir de te retrouver en aussi bonne forme. Lorsque j'ai appris ce qui t'était arrivé, j'ai bien cru qu'on t'avait perdu, toi aussi, comme Durieux. »

Paul regarde attentivement Alphonse de Rueil pour tenter de donner un sens à ce qu'il entend. Il comprend chaque mot, chaque phrase, mais il n'arrive pas à faire le lien avec lui-même. En quoi cela le concerne-t-il ? Et qui est ce jeune et fringuant militaire ?

« J'ai rencontré Henri Schlummel, poursuit Alphonse, je ne sais pas si je dois le dire à Alice. Il m'a demandé de vos nouvelles à tous, et à l'époque, je ne savais pas ce que tu avais été blessé. Il a fallu du temps pour qu'on apprenne qui tu étais. Quand on t'a trouvé, tu étais à moitié à poil, ton uniforme brûlé et tes papiers aussi. L'ambulance dans laquelle tu te trouvais a reçu un obus, ces salopards de Boches ne respectent même pas la Croix-Rouge, et tu es le seul à t'en être sorti. Salement abîmé, d'accord, mais tu vas pouvoir mener une vie normale, tu vas voir. La musique, Paul, pense à ta musique. As-tu reçu des nouvelles d'Hélène ? »

Alphonse se tait, conscient que son débit précipité tourne dans le vide, car son ami ne le reconnaît toujours pas. Il ne peut malheureusement pas rester, sa permission exceptionnelle vient à expiration et il regrette de ne pas avoir pu apporter son violoncelle, il est persuadé qu'en jouer aurait pu aider Paul à retrouver un peu de mémoire. Mme Amiet, accrochée à l'espoir que le médecin lui a insufflé, lui a assuré avoir perçu quelques frémissements, quelques haussements de sourcils, rien de plus encore, mais cela va venir, c'est certain. Il faut y croire, et au moins, pendant ce temps-là, il n'est pas au front.

« Paul, regarde qui vient nous rendre visite. Tu te souviens d'Odette Braun ? Elle a fait le voyage depuis Strasbourg pour te voir. »

Ce dont Paul se rend compte, c'est qu'on lui parle comme à un enfant et cela ne lui plaît pas du tout. Et cette petite femme rondelette non plus ne lui plaît pas, il en est certain, mais un réflexe de bonne éducation le fait sourire à cette personne qui a fait le voyage pour le voir. Il n'en faut pas plus à Alice pour se persuader que son frère a reconnu son amie et qu'elle ne lui est pas indifférente. Elle a manigancé la venue d'Odette dès que sa mère s'est inquiétée de ce qu'on n'avait toujours pas prévenu Hélène. « Pourquoi faire ? avait répondu Alice. A-t-elle donné des nouvelles, elle, durant tous ces mois ? Elle a dû le remplacer. »

Décidément, Alice n'a que du mépris pour celle qu'elle n'a jamais acceptée comme future belle-sœur. Marianne, toujours un peu insouciante, n'a pas pensé non plus à prévenir Ninon, qu'elle avait pourtant adoptée d'emblée. Il faut dire aussi qu'elle est obnubilée par son Pierre de Lamarck, officier de la Coloniale[85]. Elle est inquiète car il n'a pu encore bénéficier de permissions assez longues pour venir la voir après ses propres parents, très âgés, et ses lettres arrivent par paquet, avec tellement de retard qu'elle n'est pas certaine qu'il soit toujours en vie lorsqu'elle les reçoit.

Dans la morosité ambiante, une bonne nouvelle : Jeanne vient de mettre au monde un troisième garçon, Maurice, ce qui exaspère Alice, mais elle est vite devenue gâteuse de ce petit neveu braillard à souhait. Edmond est fier comme un paon, même si Jeanne, elle, aurait préféré une fille cette fois-ci.

---

85. La Coloniale, ou l'armée coloniale, désigne les troupes françaises destinées à servir ou à être stationnées dans les colonies. Elles comprennent également des « soldats indigènes ». Pendant la guerre de 1914, ces troupes combattaient aussi en métropole.

Saint-Cloud, 1976

« Ta grand-mère ne va pas bien du tout, elle ne peut pas rester seule chez elle, nous allons la prendre quelque temps à la maison, je pourrais ainsi mieux m'occuper d'elle. »

Maminette se plaint toujours de névralgies quand elle retire son chapeau, ou de crise de foie quand elle a abusé de salade cuite ou de carottes Vichy, mais ses plaintes font partie de son folklore et nous ne les prenons plus au sérieux depuis bien longtemps. Elle vient deux fois par semaine pour visiter sa fille et en profiter pour l'aider dans son ravaudage et son repassage ; avec un mari élégant et sept enfants, les montagnes de linge sont inépuisables. Mais surtout, ma grand-mère est ma professeure de violon, et malgré mes faibles aptitudes et mon manque d'implication à travailler mes gammes, elle fait preuve à mon égard d'une patience et d'une indulgence à la limite coupables. Nos séances de travail sont entrecoupées de papotages au cours desquels Maminette ne se lasse pas de raconter son roman d'amour avec son mari. Quel homme il devait être pour inspirer encore autant de passion à son épouse trente ans après sa mort !

Nous sommes tellement proches que ma tante nous appelle *les deux bonnes copines*. Alors, voir Maminette aussi atone, aussi abattue dans son lit, incapable de lire, de sourire, refusant toute nourriture, me désole et nous fait prendre conscience que notre grand-mère est une très vieille dame et qu'elle peut mourir. C'est à elle que nous confions nos chagrins, nos espoirs amoureux dont il n'est pas question de parler à Maman ; c'est à elle, graphologue[86] à l'intuition géniale, que nous montrons un échantillon d'écriture

86. Le graphologue étudie l'écriture manuscrite d'un individu afin de l'analyser et de faire ressortir les principaux traits de sa personnalité. À l'époque, par exemple, les entreprises faisaient appel à un graphologue pour étudier les candidatures à un recrutement.

d'un futur patron ou d'un camarade sur lequel nous aurions des visées ; à elle que nous racontons les blagues concoctées à nos professeurs ou aux collègues sans en éprouver le moindre remord. Elle ne peut pas partir, ce n'est pas concevable.

« Et si on lui jouait un petit duo de flûtes, cela pourrait lui faire plaisir ? Elle a l'air si déprimée. »

Clotilde a souvent de bonnes idées, et nous voilà en train de rechercher une partition facile. Un duo pour flûtes à bec en *fa* majeur, de Jean-Baptiste Loeillet, fera l'affaire. Nos deux flûtes, du genre de celles qu'on achète au rabais pour la classe de musique au collège, ne sont pas dans le même ton et nous ne sommes vraiment pas des virtuoses. « C'est quoi ces grincements de porte ? Un concerto de Pierre Henry[87] ? » Alors que nous essayons de nous accorder, Arnaud apprécie peu nos efforts, Maman nous encourage.

Enfin, nous nous sentons prêtes. Nous entrons dans la chambre de la malade, nos flûtes à la main, Clotilde tenant le pupitre que j'utilise pour le violon. Elle y dépose la partition, l'ouvre et appuie dessus du plat de la main pour qu'elle reste ouverte à la bonne page. Maminette ouvre un œil, un second, semble étonnée, se remonte sur ses oreillers, et lorsqu'elle comprend ce qui se dessine, un léger sourire commence à poindre. Pour une fois, il n'est pas question de lui faire avaler un énième bol de soupe ou une médication infecte qui lui détraque les intestins. Il s'agit de musique ! Maminette est ravie, Clotilde a vu juste.

Notre prestation n'est pas formidable, mais nous y allons de si bon cœur que même Maman verse sa petite larme. À peine avons-nous baissé nos flûtes et repris notre souffle que Maminette se redresse dans son lit, et s'écrie : « Donnez-moi mon violon, donnez-moi mon violon ! »

Et elle empoigne son Pressenda avec une vigueur dont on ne l'en croyait plus capable. Huit jours plus tard, elle est de retour chez elle.

---

87. Pierre Henry (1927-2017) a composé en 1963 des *Variations pour une porte et un soupir*.

Grandson, juillet 1916

« As-tu apporté avec toi des travaux réalisés avant la guerre ? Peut-être aideraient-ils Paul à retrouver des lambeaux de mémoire.
– Je t'avoue que je commence à me demander s'il va un jour revenir à lui. Marianne a beau jouer des préludes de Bach et des valses de Chopin à longueur de journée, rien ne semble l'émouvoir. Et même si elle ne le montre pas, je crains que ma mère ne soit au bord du désespoir. Je compte beaucoup sur toi, Odette. Tu sais l'intéresser, le stimuler avec ton impertinence, tes questions.
– Auxquelles il ne répond pas, Alice.
– Cela va venir, il n'est pas indifférent, je le vois bien.
– Je ne sais plus de quoi lui parler.
– De n'importe quoi ! L'important est de solliciter son cerveau, a dit le médecin. Et tu as raison, je vais lui montrer mes derniers pastels, cela ne coûte rien d'essayer. Mais, rassure-moi, tu es heureuse de pouvoir l'aider, n'est-ce pas ?
– Bien sûr. J'ai beaucoup d'affection pour lui, tu le sais bien. Des photos ! Tu as des photos ?
– C'est lui qui en prenait surtout. Depuis que nous sommes ici, nous n'en avons pris aucune. À moins que Mamely n'en ait apporté avec elle, c'est très possible. »

Alice et Odette Braun se sont données pour tâche de ne pas laisser Paul tranquille tant qu'il n'aura pas montré quelques signes de rétablissement mental. En revanche, lui aspire surtout à se retrouver seul pour tenter de recoller les bribes d'images et de sons qui l'assaillent par moment. Il sent qu'elles sont signifiantes et devraient l'aider à se souvenir. Parfois, lorsque sa jeune sœur joue sur le piano mal accordé – ceci, il l'entend bien – il frémit, lève la tête malgré la migraine restée toujours à l'affût, il a l'impression que quelque chose tente de remonter à la surface nébuleuse de sa mémoire, mais il n'arrive pas à la saisir.

« Que lisez-vous donc, Mamely ? Du courrier ?
– Une lettre de M. Bonnet.
– Comment !
Alice, à peine assise sur le fauteuil d'osier de la terrasse, s'est redressée tel un diable hors de la boîte.
– Oui, j'ai écrit à Hélène. Ma lettre a fini par arriver. C'est son père qui répond.
– Pour vous annoncer que les fiançailles sont rompues, j'imagine.
– La pauvre petite est au plus mal, elle a attrapé le typhus. Elle n'a plus reçu aucune lettre de Paul depuis des mois ; elle est désespérée.
Alice se tient coite. Sa mère la regarde droit dans les yeux :
– Que reproches-tu à Hélène, Alice ? Pourquoi veux-tu empêcher Paul de l'épouser ?
– Mais pas du tout ! Qu'allez-vous chercher ? J'estime qu'ils ne sont pas bien accordés, c'est tout. Je pense qu'une femme comme Odette, une femme de son âge, lui conviendrait beaucoup mieux. Elle est plus mûre, plus à même de le comprendre, de l'intéresser. D'ailleurs, il fait des progrès en sa compagnie, ne trouvez-vous pas ?
– Et elle est plus alsacienne, n'est-ce pas ? De quoi te mêles-tu Alice ? Tu crois que ton frère n'est pas assez "mûr" pour être capable de choisir lui-même la compagne qui lui convient ?
Marianne rejoint les deux femmes pour le thé sur le balcon, et la conversation tourne court. Mme Amiet se promet bien d'y revenir, Alice d'y échapper.
– On pourrait sonner la cloche à vache pour appeler Paul et Odette, ils sont allés se promener et je ne les vois plus », s'inquiète Mme Amiet.

« J'ai une idée ! fait soudainement Marianne. Et si on allait au cinéma à Genève pour changer ? J'ai tellement envie de voir du

monde, on reste confinés ici ; et je suis persuadée que cela ferait du bien à Paul.
– Pourquoi pas ! s'exalte Alice. J'ai vu dans la *Tribune de Genève* qu'on donne *Les Armes de la femme*[88], au Trianon Cinéma, c'est tout à fait pour nous.

Mamely fronce les sourcils :
– N'est-ce pas un peu prématuré pour Paul ? Cela ne risque-t-il pas de raviver de mauvais souvenirs ?
– Ce n'est que du cinéma, Mamely, et c'est une comédie, soutient Marianne. »

Ces dames sont tout excitées à l'idée d'aller en ville et de se rendre au cinéma, loisir dont elles sont privées depuis des semaines. Le seul que cela laisse indifférent est le convalescent, qui ne se souvient pas de ce dont il s'agit.

Alors que l'on a investi le premier rang de la galerie supérieure du cinématographe, le directeur de la salle lui-même est venu souhaiter une bonne séance aux spectateurs en leur annonçant les divertissements prévus pour les deux heures à venir : un jongleur, deux dessins animés venus directement des États-Unis d'Amérique, les actualités et enfin le film, *Les Armes de la femme*, du grand réalisateur Léonce Perret. Il devrait réjouir et émouvoir chacun en ces temps où les femmes restées à l'arrière savent se montrer aussi braves que les combattants au front. Mais le public exprime sa hâte de voir les quatre grands lustres de seize lampes chacun et les soixante-quatre lampes des pourtours s'éteindre enfin, et applaudissent pour l'encourager à abréger son discours.

« J'en étais sûre ; je savais que cela lui ferait plus de mal que de bien. Mais vous n'en faites qu'à votre tête ! »

---

88. Comédie sortie en 1916, avec Valentine Petit et Fabienne Fabrèges.

Mamely est hors d'elle. Si les *comics*[89] ont eu l'air d'amuser Paul, dès les premières images des informations montrant des artilleurs allemands chargeant leurs canons pointés vers les lignes alliées, il s'est mis à trembler, à gémir, s'est bouché les oreilles en criant : « Halte ! Halte ! », à tel point qu'Alice a dû l'agripper par la manche pour le faire sortir en vitesse, suivie des autres, honteuses du raffut causé. Ce n'était pas une bonne idée.

89. *Comics* : « dessins animés », en anglais.

Lille, mai 1916

La porte est frappée, bientôt fracassée si on ne l'ouvre pas. On sait ce qu'ils veulent, leur ration de main-d'œuvre, et culbuter au passage quelques filles. Jusqu'à présent, c'est dans les quartiers populaires qu'ils allaient ratisser dans les rues et les habitations. Mais à force de maltraiter les moissonneurs d'occasion, ils en ont beaucoup perdu et doivent désormais venir rafler dans les beaux quartiers. Prévenues, les familles se terrent, ne sortent qu'entre deux patrouilles, s'informent du passage des vert-de-gris pour cacher leurs valides. On n'aura jamais autant entendu de hulottes en plein jour. Et Maxence qui n'est pas là !

Suzon crie de terreur, Eugénie se signe encore et encore sans se lever. Et la porte va céder. Alors, Ninon se lève, sort de sa chambre, descend l'escalier en se cramponnant à deux mains à la rampe, traverse le vestibule et ouvre la porte. Les soldats reculent d'effroi et s'enfuient en hurlant : « Typhus ! Typhus ! » devant cette apparition grise. La chemise de Ninon est grise d'usure, son visage émacié est gris, ses yeux caves sont gris, les rares cheveux qui lui restent sur la tête sont gris.

Suzon et elle sont sauvées, pour cette fois.

Quand il rentre tout excité, Maxence brandit une lettre, obtenue grâce au circuit connu de lui seul. Elle est destinée à Hélène et vient de Vincent d'Indy. Il est certain qu'elle va requinquer sa fille qui a déliré durant six semaines. Mais il en est moins sûr quand il la voit par terre, tremblante de fièvre, Eugénie et Suzon étant incapables de la porter seules.

Pour Mlle Hélène Bonnet

Ma bien chère enfant,

Je tiens à ne pas manquer cette occasion de vous dire combien tous vos amis d'ici pensent à vous et comme ils vous feront fête le jour où ils vous reverront parmi eux. Ayez toujours courage et confiance et surtout soignez bien votre santé pour que nous puissions bientôt faire une belle noce à laquelle je tiens à prendre part.

Les dernières nouvelles de Paul, par sa mère, sont meilleures. Sa blessure nous a beaucoup inquiétés, mais il semble se remettre à présent. Toujours plein de feu et d'enthousiasme, notre cher Paul, c'est un brave garçon que j'aime beaucoup.

Je ne peux pas vous donner plus de détails, mais j'ai tenu à vous redire, chère petite Hélène, que nous n'oublions pas les absents, et à vous assurer de la bien sincère affection de votre vieux directeur des études qui vous aime bien.

Vincent d'Indy

En lui lisant le billet, qu'elle est trop faible pour tenir entre ses mains, Maxence se demande s'il va aider Ninon à se remettre ou, au contraire, la paniquer. Paul est blessé, c'est tout ce qu'elle entend. Cela explique en partie son long silence. Mais pourquoi Mme Amiet ne l'a-t-elle pas prévenue ? Où est Paul maintenant ? Où a-t-il été blessé ? Les questions se bousculent dans sa tête, sans réponses.

Et puis un jour arrive un paquet d'enveloppes qui va aider Hélène à se requinquer. Une dizaine de lettres de Paul, datant d'octobre 1915 à février 1016 ; elles étaient restées coincées au service de la censure de la *kommandantur* par pure malveillance. À moins qu'un censeur plein de zèle ne se soit essayé durant six mois à déchiffrer un code secret caché sous les mots d'amour du sous-lieutenant Amiet.

1er janvier 1916

Ma tendre chérie,

Rien de plus triste qu'un jour de l'An dans un froid de loup sans nouvelles de toi depuis de longues semaines. Le courrier n'arrive pas, ou à peine, de la zone occupée et je crains qu'il en soit de même dans le sens inverse.

Je m'inquiète de te deviner, toi et toute ta famille, dans le froid ~~d'une ville soumise à la tyrannie teutonne.~~[90]

Peux-tu tout de même jouer de ton cher Hel pour te redonner élan et courage ?

Ici, nous avons passé un jour de Noël hors du temps[91] ~~en pacifiant avec nos ennemis de la veille. C'était ineffable, Anglais, Allemands, Français en train de chanter les mêmes cantiques, certains Prussiens en français ou en anglais, moi en allemand, tous unis dans la même prière, que ce carnage s'arrête le plus tôt possible. Nous avons trinqué, échangé des photos, des adresses, et le lendemain on se tirait dessus à nouveau ! La censure va certainement effacer tout cela, mais j'essaie tout de même.~~

Pendant les moments d'accalmie (parce qu'il y en a, Dieu soit loué), je peux composer. Tout n'est pas très bon, mais les idées se bousculent et j'ai hâte de pouvoir t'exposer le thème du 3e mouvement de notre sonate.

Ma petite chérie, fais bien attention à toi, la pensée qu'il puisse t'arriver quelque chose m'est insupportable.

---

90. Les passages barrés ont été noircis par la censure.

91. Pendant les temps de Noël en 1914 et 1915, plusieurs brefs cessez-le-feu ont eu lieu entre les troupes allemandes, britanniques, belges et françaises dans les tranchées.

Je compte sur ton cher papa pour veiller autant qu'il le peut sur mon trésor personnel.
Mes baisers t'accompagnent nuit et jour.

Ton Paul

À chaque nouvelle feuille, souvent barrée de noir, Ninon se sent respirer plus librement, son Paul ne l'a pas oubliée, il l'aime toujours autant. Mais aussitôt, son inquiétude la ressaisit, qu'en est-il de sa blessure ? Où est-il maintenant ? Est-il retourné au combat ?

Granson, juillet 1916

« Je vous admire de pouvoir rester ainsi sans bouger pendant des heures à contempler un paysage. Pour ma part, j'avoue m'ennuyer rapidement. Et surtout, je ne peux m'empêcher de penser que j'ai plus utile à faire.

– C'est sans doute parce que vous ne l'écoutez pas.

– Mais si, j'entends la cascade là-bas, sans même pouvoir l'apercevoir, les cloches des vaches, et même le gypaète barbu. Mais celui-là, je ne sais même pas comment il est, je n'ai pas encore réussi à le repérer.

– Ce n'est déjà pas mal. Mais arrêtons de parler un instant.

Paul, d'un geste devant sa bouche intime à Odette Braun de ne plus faire aucun bruit. Il tourne la tête très doucement, très précautionneusement à droite et à gauche, étend un sourire sur ses lèvres et porte sa main droite à son oreille :

– Vous entendez les bouquetins là-haut qui se battent, les azalées sauvages qui poussent, Marianne qui avance sur la pointe des pieds, la rosalie des Alpes qui grimpe sur votre jupe, et qui a la même couleur ?

– La rosalie des Alpes ?

– Oui, c'est une araignée très rare. Il lui faut cinq ans dans son cocon pour se tisser une aussi jolie robe.

– Une araignée, quelle horreur !

– Inutile de vous affoler, vous ne l'intéressez que comme capteur potentiel d'un mâle. Elle ne pique pas. Ou plutôt, elle ne mord pas.

– Comment le savez-vous ?

Paul hésite un instant :

– Je ne sais pas. »

Les deux jeunes gens passent d'autant plus de temps ensemble que l'été suisse compose des tableaux somptueux, indifférent aux drames qui se jouent, renouvelés chaque jour sous un ciel clément. Comme l'espérait Alice, son frère semble apprécier la présence de la jeune femme qui sait faire preuve d'humour à l'occasion et qui sait, face à Paul, réfréner ses ardeurs féministes. Mais ce qu'Alice n'a pas réalisé, c'est que Paul est un gentil garçon qui a toujours cherché à faire plaisir à ses proches et, avec ou sans mémoire, il reste le même gentil garçon. Il comprend que sa mère et ses sœurs seraient heureuses qu'il passe du temps avec cette femme, alors il accepte sa compagnie sans faire la grimace. Il lui pose même de nombreuses questions dans l'espoir d'en comprendre plus sur lui-même et sur le manque qui lui creuse l'estomac.

Un jour, regardant la vallée, il récite comme pour lui-même :

Dans la feuillée, écrin vert taché d'or,
Dans la feuillée incertaine et fleurie
De fleurs splendides où le baiser dort,
Vif et crevant l'exquise broderie [...][92]

« Ma sœur Alice est bon peintre, paraît-il, qu'en est-il de moi ?
– Je crois que vous avez l'œil observateur, vos études d'ingénieur l'ont prouvé, et vous maniez le crayon avec habileté.
– C'est une façon aimable de me dire que je ne brille pas dans cet art.
– Votre sœur éclipse sans doute tout son entourage proche. Et puis, votre grande passion à vous, c'est la musique.
– Il paraît.
– Vous n'éprouvez plus l'envie d'en jouer ?
– Je ne sais pas ce dont j'ai envie, c'est cela le plus terrible. »

---

92. « Tête de faune », d'Arthur Rimbaud in *Poésies*, 1870-1871.

À chacune de leur conversation, arrive le moment où Paul retombe dans sa mélancolie. Il n'a pratiquement plus mal à la tête ni aux bronches, les brûlures de son visage, de ses bras et de son torse sont à peine sensibles, il devrait donc pouvoir rejoindre bientôt son régiment ; on s'impatiente à l'état-major. Certains ne sont pas loin de penser qu'il simule tant il semble en forme ; ils sont nombreux ceux qui tentent de se faire passer pour fous ou amnésiques pour échapper à l'enfer du front.

Et pourtant, chaque nuit, le précipice qu'il longe depuis trois mois se rapproche dangereusement et l'appelle d'une voix suave pour l'inciter à sauter. Ah, ne plus avoir à se réveiller avec cette question qui le taraude sans cesse : *mais qui suis-je ?*

« Et celle-ci ! Tu étais vraiment adorable. Je ne me souvenais plus combien tu pouvais être blonde.

– Mais je le suis encore ! proteste Marianne.

– Bien sûr, mais à trois ans, tu avais les cheveux presque blancs. Je me demande vraiment de qui tu peux bien les tenir.

– Vous me promettez que vous n'avez pas fait de bêtises il y a dix-neuf ans, Mamely ?

– Oh, comment oses-tu ?

– Qu'est-ce que notre benjamine a encore osé proférer comme ânerie ? intervient Alice, en entrant dans le salon.

– Mamely vient de recevoir toute une boîte de photos que lui a envoyée Catherine à sa demande, il y en a sur lesquelles tu es vraiment belle. Pourquoi as-tu changé de coiffure ? Le chignon t'allait bien.

– Mais il me fallait une femme de chambre pour m'aider à me coiffer. C'est terminé, il n'est plus question d'avoir une esclave à demeure. Vive les cheveux courts ! répond Alice en farfouillant avec sa sœur dans la petite caisse recouverte de tissu vert et rouge.

Avec un soupir, Mamely retire une photo et la contemple longuement, jusqu'à ce qu'Alice la lui retire doucement des mains.

– Vous vous faites du mal, Maman, à regarder ces vieilles photos.

Marianne lui prend la photo des mains, elle veut la regarder aussi. Toute la famille est là, il n'en manque aucun. Jules, martial, une main sur le fauteuil néo-gothique dans lequel trône Mamely ; la petite Marianne, collée à elle ; Jacques et son air coquin, la chevelure indomptable ; Alice, radieuse, regardant son père avec amour ; Paul et Edmond, rigolards comme s'ils venaient de se raconter une bonne blague.

– Au contraire, ma chérie, un souvenir des temps heureux m'aide à accepter cette période dramatique. Paul était si gai, si enjoué.

Marianne s'empare alors de la boîte et s'apprête à sortir de la pièce :

– Je vais les montrer à Paul, c'est ce que vous vouliez n'est-ce pas ? »

Odette a la délicatesse de se retirer lorsque Marianne déboule sur le balcon, la boîte, ouverte, brandie devant elle.

« Voilà quelque chose qui devrait t'intéresser, *Paulele.* Je te laisse découvrir d'abord tout seul ces photos, n'hésite pas à me demander de qui il s'agit.

On entend un accordéon qui joue quelques notes, plus bas dans le village. Paul se tourne vers sa sœur et demande :

– Pourquoi m'appelles-tu *Paulele ?*

– C'est toujours ainsi que Mamely t'appelait.

– Cette petite fille aux longs cheveux, c'est toi, n'est-ce pas ?

– Bien vu !

– Et cette jolie brune ? Il me semble la connaître…

– C'est Alice. Elle a beaucoup changé, Marianne baisse la voix, quand son amoureux est parti.

– Et pourquoi est-il parti, cet amoureux ?

– J'aimerais bien le savoir. C'est dommage, je l'aimais bien, Henri, et Alice était beaucoup plus agréable quand elle le fréquentait.

– Tu as une photo de lui ?

– Je ne crois pas. S'il y en a une quelque part, elle serait dans les affaires d'Alice, mais elle l'aurait certainement déchirée.

L'accordéon se fait plus proche, plus présent. Paul, dont la curiosité est piquée, semble amusé par les images qu'il sort une à une de la boîte.

– C'est Mamely, n'est-ce pas ? Et l'homme qui est venu me chercher, je le reconnais.

– C'est Edmond, notre frère aîné.

– Quelle barbe magnifique !

Paul éclate de rire, pour la première fois depuis son retour, en admirant la longue barbe qui n'arrive pas à cacher l'air goguenard d'Edmond. L'accordéon s'est arrêté un instant.

– C'est moi ?

– Oui.

– Et cette femme ?

– C'est Hélène, ta fiancée.

L'accordéon a repris, mais finis les airs champêtres, le musicien s'essaie à quelque chose de plus sérieux. Marianne reconnaît du Chopin, même si l'instrument n'y est pas adapté. Paul a rapproché la photo de son visage, comme s'il voulait la humer.

– Elle est charmante, n'est-ce pas ?

– Merveilleuse. Et tu l'aimes, tu en es fou amoureux.

Paul garde l'image serrée dans sa main, l'accordéon accroche, s'arrête, reprend quelques mesures de Schubert.

– Je peux la garder ?

– Bien sûr. Elle a été prise le jour de vos fiançailles, Mamely en a d'autres à Strasbourg, et toi aussi, sûrement. »

Marianne scrute le visage de son frère, elle y voit défiler mille émotions. Il se passe enfin ce qu'on attend depuis des jours. Ses paupières battent trois fois de suite, il déglutit, ses pommettes rosissent, à son front apparaissent quelques gouttes de sueur. Il se penche sur la boîte, agrippe une poignée de photos, les regarde attentivement, puis les rejette pour en prendre d'autres jusqu'à ce qu'il trouve enfin une autre photo de celle qui s'appelle Hélène. Il se met à bredouiller :

« Hélène, Hélène, Hélène.

– Ninon, répond doucement Marianne, tu l'appelles aussi Ninon. »

Le visage de Paul s'est éclairé un bref instant, comme si, enfin, tout lui revenait. Mais il repose la photo sur la table, le voile noir est retombé sur ses yeux, il ne comprend à nouveau plus rien. Et l'accordéon s'est tu.

Marianne, qui n'a vu que l'étincelle de lucidité dans les yeux de son frère, se précipite dans le salon où Mamely et Alice attendent en se tenant les mains, pleines d'espoir. Elles n'ont pas perdu une miette de ce qu'il se passait sur le balcon, même si elles n'en entendaient que des bribes.

Lille, juin 1916

Ninon se remet du typhus. La fièvre a disparu, sa mère lui a rasé les maigres cheveux qui lui restaient pour laisser place à une repousse plus forte, son teint retrouve de la couleur. Elle a repris son violon, qu'elle caresse tous les jours à défaut d'avoir suffisamment d'énergie pour jouer plus que quelques gammes. Mais ses doigts la démangent, l'archet manque à sa main droite. Heureusement, le cachet du dernier concert a permis à la famille de ne pas mourir de faim, mais Maxence n'est plus que rarement à la maison tant il court les rues pour trouver de quoi survivre. Il fait antichambre chez les Piepenbrinck afin de proposer ses services d'accompagnateur pour Lena, qui se plaint de ne plus voir Hélène. Il va jusqu'à rechercher le lieutenant Alexander Schreiber partout pour tenter de s'en faire un garde du corps en cas de besoin. Les Allemands ratissent large, désormais, pour trouver de la main-d'œuvre. Il a beau essayer de s'enfariner les quelques cheveux qui lui restent, c'est la date de naissance qui compte et non les cheveux blancs pour être considéré comme invalide. Depuis que Ninon, et donc sa maison, a été déclarée *verboten*[93] en raison du typhus, la famille n'a plus été inquiétée. Mais pour combien de temps ? Même Germain, qui souffre d'asthme, a été embarqué.

93. *Verboten* : « interdit », en allemand.

Grandson, juillet 1916

Paul est un gentil garçon, affable et respectueux, mais sa blessure semble lui avoir fait perdre la retenue que tout homme de bonne famille se doit de garder pour ne pas risquer de blesser ses interlocuteurs ou d'être indiscret. Il multiplie donc les questions, pertinentes ou pas, délicates ou non. Maintenant qu'il a retrouvé un semblant de début de souvenir, il a hâte que sa mémoire lui revienne tout à fait. Sa mère a fait venir un gramophone de Genève ainsi que quelques cires, le piano a été accordé, et le salon où ce dernier siège est devenu la pièce la plus importante de la maison.

« Écoute, tu vas retrouver tout seul l'accompagnement de la *Valse des puces*, j'en suis sûre. »

Effectivement, le petit quatre mains de Ferdinand Beyer, une des premières pièces que les enfants Amiet aient apprises à jouer, qu'ils soient doués ou non, finit par couler tout seul sous les doigts de Paul qui s'amuse à le jouer de plus en plus vite, en suivant Marianne. Il semble que ses mains n'aient pas besoin de son cerveau pour fonctionner.

« Bravo ! Tu vas voir, tu vas aussi retrouver le reste. Sais-tu encore lire la musique ? »

C'est la question qui fâche. Paul regarde sa sœur comme si elle lui parlait chinois, puis il tourne son regard vers le pupitre où elle a déposé une partition de J. S. Bach, son compositeur favori. Hésitant, il pose ses mains sur le clavier, regarde à nouveau la partition, ses mains. Marianne pose ses propres mains sur celles de son aîné et appuie sur ses doigts de la main droite : *sol do mi*, *sol do mi*, *sol do mi*… Alors, il continue tout seul, *la ré fa*, *la ré fa*, *sol ré fa*. Marianne a gardé sa main au-dessus de celle de Paul, mais ne la touche plus. La main gauche s'y est mise aussi : *mi*, *mi*, *fa*, *fa*… et c'est tout le début du premier *Prélude* en *do* mineur qui se joue ainsi, sans effort. Un sourire d'étonnement, puis de pur contentement, comme chez le bébé qui pour la première fois arrive à marcher tout seul ; il ne regarde plus la partition, il la connaît par cœur.

Marianne bat des mains, prend la tête de son frère et l'embrasse une fois, deux fois, trois fois, il en rougit. Mamely, jamais loin de son *Paulele*, s'est précipitée sur lui pour l'embrasser aussi, le regard embué. Les deux femmes sont persuadées que, cette fois, c'est gagné, il a retrouvé la mémoire.

« Ce n'est pas si simple que cela, pontifie Odette Braun qui se charge de refroidir l'enthousiasme familial. Sa mémoire va prendre du temps à revenir complètement, il est indispensable de l'y aider pas à pas.

– Et qu'est-ce que vous croyez qu'on fait depuis qu'il est là ? Les pieds au mur !

Marianne, la mignonne, la joyeuse, celle à qui on a toujours tout pardonné, commence à être très énervée par cette femme qui, c'est évident à présent, a décidé de prendre la place d'Hélène.

– Allons, ma chérie, je suis sûre que Mlle Braun ne veut qu'apporter son soutien.

– J'espère que vous n'en doutez pas, Madame, entre femmes nous nous devons de nous montrer solidaires.

– Je ne vous le fais pas dire ! », ne peut s'empêcher de lancer Marianne d'un ton acide.

Malgré les remontrances de sa mère, Alice n'en démord pas. Elle se montre un peu plus discrète pour ne pas la fâcher, mais elle encourage Odette à passer le plus de temps possible avec Paul. C'est une course contre la montre qui s'engage alors entre les deux clans de femmes. Paul, rarement seul, en a le tournis. Pourtant, il commence à ressentir ce manque au fond de son cœur, qu'il ne saurait décrire, surtout depuis qu'il en a entrevu le visage. Mais il a beau fouiller la boîte à images, en jeter le contenu sur la table pour reprendre chaque photo l'une après l'autre, il n'en trouve pas d'autres. Alice est passée par là.

Quand Marianne n'est pas avec son frère, Odette, aiguillonnée par Alice, fait le siège du piano et d'un ton ferme, voire comminatoire, convoque chaque matin le malheureux à s'y asseoir, installe une partition et commence à la déchiffrer avant de l'engager à poursuivre. Il lui arrive aussi de placer du papier à musique sur la table, avec une plume et de l'encre, interdisant à quiconque d'entrer dans le salon, sous le prétexte qu'il doit être au calme pour pouvoir composer.

Marianne fulmine, enrage ; Mamely est bien prête de s'énerver à son tour, mais s'oblige à rester calme, sachant qu'il convient avant tout à son convalescent de baigner dans un climat affectueux et serein. Quant à Paul, ses migraines ont repris et ses cauchemars, qui ne l'ont jamais laissé en paix, se font plus réalistes. Chaque nuit, il retrouve un soldat atrocement blessé, sans visage et sans main, qui hurle. La tension larvée qui règne au chalet ne l'aide pas.

« Pourquoi me harcelez-vous comme cela, Odette ? Que cherchez-vous ?

– Je ne cherche qu'à vous aider, c'est tout.

– Pourquoi ? Vous ne me connaissez pas.

– Parce que !

– Parce que quoi ?

– Parce que je vous aime bien.

– Pourquoi ?

– Ce n'est pas une question qu'on pose.

– Pourquoi ?

– Mais vous m'énervez à la fin avec vos *pourquoi* ? Je vous aime bien, on ne peut expliquer ces choses-là.

– Et vous ne vous demandez pas si moi, je vous aime bien ? »

La conversation s'arrête là, le couvercle du piano s'est refermé lourdement.

Heureusement, l'été a décidé de se mettre du côté du blessé, qui peut sortir pour des promenades de plus en plus longues. Si l'une ou l'autre de ces dames fait mine de vouloir l'accompagner, il lève la main en signe de dénégation. Seule Marianne, parfois, a le droit de lui prendre la main et de faire quelques pas avec lui. C'est la seule avec qui il ose parler d'Hélène, ou plutôt lui demander de lui en parler. Elle se répand alors en compliments sur la jeune fille, sur son teint délicat, ses yeux si verts, sa voix si douce… Tout en écoutant sa sœur, il se régale à fouler au pied l'herbe vert cru qui pousse avec conviction entre les pierres, les azalées et les rhododendrons sauvages qui rougissent les flancs de la montagne. Il sent ses forces se reconstituer, il lui prend l'envie de se battre avec les rochers, tout là-haut, pour se prouver qu'il est redevenu un homme. On le prend souvent, désormais, à sourire et parfois à rire lorsque le chien du chalet d'en bas se met à débouler en aboyant après un chat. Un jour, il a murmuré un mot comme *Krimil*[94]…

« C'est qui pour toi cette Odette ?
– Une excellente amie, nous partageons les mêmes valeurs, et je sais que je peux compter sur elle comme elle peut compter sur moi.
– Tu as de la chance d'avoir une vraie amie. Mais qu'est-ce qui te fait dire que tu peux compter sur elle ?

Alice est moins péremptoire tout d'un coup.

– Eh bien, par exemple, elle est venue nous rejoindre ici à ma demande alors qu'il lui a fallu prendre au moins trois trains pour parvenir jusqu'à Grandson.
– Et quelles sont ces valeurs que vous partagez ?
– Mais Paul, ce sont les nôtres, celles de notre famille, l'amour de l'Alsace, l'attachement à la France, la haine des lâches, des juifs, des communistes !

---

94. Cela fait référence à la chienne, Kriemhilde, que l'on rencontre au début du roman et dont Paul peine à se souvenir.

– Je hais tous ces gens-là moi aussi ? Mamely également ?
– Bien sûr. D'ailleurs, tu portes une grande admiration à Charles Maurras, et tu t'es engagé dans l'armée française pour libérer l'Alsace.
– Je devrais m'en souvenir.
– Tu le paies assez cher.
– Et comment as-tu connu ton amie ?
– Tu es bien curieux. Elle t'intéresse, au fond.
– Ce qui te touche m'intéresse en effet, j'aimerais arriver à mieux comprendre qui tu es, Alice.

Elle se sent rougir d'émotion, mais ne peut se détourner.
– Nous nous sommes connues lors de réunions de la cellule féminine de l'Action française. Elle m'a paru d'emblée fort intelligente, volontaire et capable de s'investir dans de grands projets.
– Et qu'est-ce qui te fait penser que je peux être attiré par une femme comme elle ?
– C'est une bonne musicienne, elle aussi.

Alice bredouille sous l'œil interrogateur de son frère et sa question directe.
– Et il m'avait semblé que vous vous étiez plu la première fois que vous vous êtes rencontrés.
– Quand ça ?
– Au vernissage de ma première exposition, à la galerie Grombach.
– Je n'en ai aucun souvenir.
– Bien sûr, tu ne te souviens de rien !
– Pourtant, il me revient quelques images de toi devant de fort beaux tableaux. Tu ris, rayonnante, au bras d'un homme aux boucles très brunes et aux yeux profonds. Je le connais, n'est-ce pas ? Il est très épris de toi, cela se voit.

Alice, soudain raidie, fait mine de quitter le balcon, mais son frère la retient par le bras.
– Ne t'enfuis pas, je ne voulais pas t'offenser. Parle-moi d'Hélène, s'il te plaît, tu es la seule à ne m'en avoir encore rien dit.

– Parce qu'il n'y a rien à en dire. C'est une jeune fille insignifiante. Certes, elle a de beaux yeux, mais cela ne suffit pas. Elle n'est pas digne de toi, Paul, elle sera une épouse popote et docile, mais qui ne t'aidera pas à devenir l'homme que tu es destiné à être.
– Comme pourrait le faire Odette Braun, par exemple.
– Exactement ! Et elle aussi a de beaux yeux, bien plus extraordinaires que ceux de ta violoniste !
– Que t'a fait Hélène pour que tu la méprises ainsi ? Je ne ressens pas du tout une bonne femme popote quand il m'arrive de la revoir.

Ce genre de conversation déstabilise Alice qui n'a pas l'habitude d'être poussée dans ses retranchements et qui n'aiment pas parler d'elle et de son intimité. Elle a du mal à retrouver son frère chez cet homme direct, presque intrusif, et qui, à l'évidence, ne cherche pas à la blesser mais à la comprendre. Une bouffée de tendresse pour lui la saisit, mais pas assez forte pour l'empêcher de répondre :
– De toute façon elle a attrapé le typhus, et à l'heure qu'il est, elle est sans doute décédée. »

Elle n'a pas pu se taire, et s'en veut immédiatement. Elle se pince très fort le bras et rentre dans le salon, le laissant seul, tout étourdi par cette révélation.

« Réveille-toi, Paul, réveille-toi, c'est fini, ce n'est qu'un cauchemar. » Mamely tient son fils hurlant dans ses bras. Il ne la voit pas malgré ses yeux grands ouverts ; ce qui le fait trembler encore et encore, c'est ce soldat au visage arraché, aux bras sans mains, sanguinolents, allongé sur lui. Il sent son odeur infecte, il entend son râle agonisant. Il tente en vain de s'en dépêtrer à coups de poing et de pied. « *Also, Pupele, schlof weder i, alles esch en Ordnung.* »[95], chantonne Mamely en le berçant. Il reprend conscience doucement et se laisse aller sur la poitrine de sa mère : « Mama, Mamely, c'est trop atroce. »

---

95. « Rendors-toi, mon petit, tout va bien. », en alsacien.

Et pourtant, il doit repartir. Même si sa mémoire n'est encore qu'un filet de pêche qui attrape petits et gros poissons par à-coups selon les jours, il doit aller rejoindre son régiment. Avec la mémoire, lui revient son sens du devoir, et l'état-major a été suffisamment patient. Les mines allongées de « ses » femmes ne l'empêcheront pas de retourner au front, ses cauchemars non plus. Plus que jamais, il est rongé par l'envie de dégommer les Boches pour enfin retrouver sa Ninon, qu'il a honte d'avoir oubliée si longtemps.

Lille, juin 1916

« Maxence, au secours, Maxence, c'est Suzon, notre Suzie ! »

Eugénie crie comme une folle en s'effondrant dans les bras de son mari. Elle s'en échappe, s'arrache deux poignées de cheveux, hoquette, manque de s'étouffer dans ses sanglots. Maxence retient sa femme tout en cherchant du regard un fauteuil dans lequel la déposer. Il aperçoit Ninon qui se tord les mains :

« Ils ont pris Suzon.

– Il y a combien de temps ?

– Deux, trois heures, peut-être ; c'est Mme Brineau qui nous a prévenues. Elle-même l'a appris par sa petite Louise qui a assisté à la rafle en revenant de l'école.

– Occupe-toi de ta mère, je vais chercher Piepenbrinck. »

On avait pourtant beaucoup prié l'évêque, ce saint homme, et les prêtres dans toutes les églises, Dieu aurait dû les entendre ! *Mais comment Dieu peut-il choisir*, se demande le petit François Humber. Son papa n'est jamais revenu depuis son départ à la guerre, sa grande sœur Muriel a été embarquée dès la première rafle et son frère Bruno, qui a eu quatorze ans il y a un mois, est sommé de faire ses bagages. Sa malheureuse mère ne veut plus prier, à quoi cela sert ! Sur le front, tous les prêtres, tous les pasteurs et les rabbins prient pour la victoire des leurs, comment Dieu peut-il choisir ? « À quoi penses-tu, Dieu ? hurle la mère du petit François Humber, pourquoi nous as-tu créés si c'est pour nous faire souffrir autant ? »

Alors, celui-ci est sorti dans la rue pour ne plus l'entendre et il se cogne à M. Bonnet qu'il reconnaît à peine, il a pris dix ans d'un coup.

Après s'être heurté à portes closes chez Piepenbrinck, Neuhof et Liebermann, il s'est précipité à l'*Etappen-Inspektion*[96], mais il n'a pu s'en approcher. Une horde de familles, hurlant leur indignation, y est repoussée rudement par un cordon de soldats qui ne veulent rien entendre de leur désespoir. Tous ces gens se sont vus arracher un enfant, un parent, un conjoint, un ami, et ont compris qu'ils ne les reverraient peut-être jamais. Maxence n'a pas le cœur à rentrer rue Patou, à supporter les cris de détresse d'Eugénie, le regard misérable de Ninon, et surtout l'absence de sa Suzon, si rigolote, si sensible, dont il ne s'est jamais autant occupé que de Ninon. Alors il prend la main du petit François Humber et il va, n'importe où, mais au moins il se donne l'illusion de protéger ce garçonnet, lui qui n'a pas réussi à protéger ses filles. Louise Brineau expliquera un peu plus tard qu'elle a vu Suzanne se proposer pour aider une vieille dame à porter du bois jusque chez elle, et alors qu'une patrouille arrivait pour accomplir ses forfaits, la vieille comme la jeune ont été réquisitionnées !

96. L'administration chargée de la gestion des réquisitions.

Au front

À son réveil, Paul se souvient. Le camarade touché qu'il est allé récupérer sous la mitraille allemande, son effarement en découvrant un amas sanglant de chair, de cervelle et de cheveux, mort, bien sûr, mais qu'il ne voulait pas, ne pouvait pas abandonner ; les balles reçues mais qu'il ne sentait pas encore ; les bouffées de gaz avalées en rejoignant à plat ventre une tranchée ravagée ; son transfert sur un brancard, crachant, gémissant, tremblant, jusqu'à l'ambulance qui devait le conduire à l'arrière, et l'impact de l'obus sur le camion, tuant tous ses passagers en explosant, sauf lui, le laissant à demi-nu, pleurant de douleur, et sans mémoire.

« Amiet, nous sommes heureux de vous récupérer.
– À vos ordres, mon commandant. Prêt à rattraper le temps perdu.
– Ne dites donc pas de bêtises. Le temps que vous avez passé auprès des vôtres est autant de gagné pour eux.
– Je ne pensais pas à cela mon commandant.
– Je vous ai parfaitement compris. Passez à autre chose. Ce qui compte désormais, c'est que vous méritiez toujours vos galons de sous-lieutenant et que vous continuiez à régaler les troupes de vos facéties musicales.
– Je ne suis pas certain d'avoir le cœur à cela, mon commandant.
– C'est un ordre, Amiet ! »

POCO LARGO

Lille, 1er septembre 1916

Hélène chérie,

Tu vas devoir faire preuve de beaucoup d'indulgence envers ton fiancé qui ne sait plus très bien qui il est, où il va et ce dont il est capable.

Ton visage, tes mains, ton sourire me reviennent grâce aux photos que j'avais soigneusement rangées dans ma cantine, qui a été préservée pendant tous ces mois d'absence. Avec chaque image de toi, une musique vient tinter à mes oreilles. Je sais que j'en connais certaines, d'autres ne demandent qu'à prendre vie. Mon commandant m'ayant ordonné d'amuser la galerie, je peux passer du temps à composer et je ne m'en prive pas. À l'état-major où j'ai été affecté, un improbable piano, sans doute sauvé d'une maison éventrée, doit supporter les accords rien moins que doucereux que je lui assène des heures durant. Certains camarades m'assurent que cela leur fait du bien. Alors je me persuade que cela me fait aussi du bien. Tout ce temps, blessé, dans le néant, n'a pas été totalement perdu, de nombreuses mélodies se bousculent et j'aimerais te les jouer pour que tu me dises ce que tu en penses. Notre maître d'Indy m'a envoyé une lettre des plus encourageantes, alors je persévère.

Dis-moi que tu vas bien, j'ai tant besoin d'espoir.

Ton Paul

« Merci, ma petite Hélène, merci pour toute cette beauté que vous nous offrez chaque jour. Dès que je vous entends, j'ouvre la fenêtre, j'appelle mon mari et nous nous installons sur le sofa du salon, emmitouflés dans une couverture, confortablement, comme si nous étions au concert. Mon Raymond fait semblant de fumer un cigare – il y a si longtemps qu'il n'en a même plus senti l'odeur – et nous nous tenons la main. Nous fermons les yeux et nous sommes transportés sur le lac de Côme, à Verbania, où nous avons passé notre voyage de noces, c'était un enchantement ! Et figurez-vous que nous sommes allés écouter un concert de musique romantique à la Scala, à Milan, j'en pleurais de bonheur. Eh bien, grâce à vous, je peux retrouver quelques instants de ce bonheur. Chaque jour, vous nous entraînez loin de notre enfer quotidien, alors que j'imagine combien la disparition de votre jeune sœur doit être douloureuse. Mais vous êtes courageuse, Hélène, merci encore, vous nous aidez beaucoup. »

La maman de la petite Louise Brineau lui a aussi assuré que dès que ces sauvages auront été renvoyés chez eux, sa fille prendra des leçons de violon, c'est promis. C'est sa musique qui fait tenir le voisinage, c'est certain.

Sans ces témoignages, la violoniste de la rue Patou aurait sombré dans une mélancolie encore plus profonde que celle de sa mère. Elle est persuadée que c'est sa faute si Suzon a été enlevée et n'est pas reparue en même temps que les réquisitionnés encore en vie du printemps dernier. Alors, elle joue, elle joue à s'en faire tomber les bras d'épuisement, à s'en faire saigner les doigts. Elle ouvre grand les fenêtres malgré le froid d'automne déjà prégnant, et elle joue pour exorciser sa culpabilité. Seule la musique est capable de lui extirper du cœur ce serpent qui lui susurre en sourdine : *c'est ta faute, c'est ta faute.*

« Arrête de te flageller ainsi, s'énerve Maxence, lui-même éploré de la perte de Suzon. Tu n'y es pour rien, et puis les nouvelles ne sont pas si mauvaises.

– Bien sûr, il n'y en n'a pas ! »

C'est vrai, depuis le retour en septembre des réquisitionnés, dans un état lamentable, rongés de vermine, affamés, souvent blessés et malades, tout espoir de récupérer Suzanne semble perdu. Beaucoup sont morts d'épuisement, certains ont été abattus par leurs gardiens, mais leurs décès ont été annoncés aux familles. De Suzon, aucune information n'a été transmise. En juillet, les Bonnet ont appris qu'elle avait été transférée dans une ferme des Ardennes, ce qui leur avait apporté une lueur d'espoir, tant d'autres ont été affectés dans des usines d'armement, à un travail dangereux et harassant. Mais depuis lors, personne ne sait ce qu'il est advenu d'elle ou ne veut le dire.

Malgré le harcèlement que Maxence exerce sur Piepenbrinck, seul lien d'autorité qu'il ait conservé depuis le départ de Graevenitz et de sa suite, aucune trace de Suzanne Bonnet n'a été trouvée. Il faut dire aussi que le commandant n'a pas mis un empressement particulier à engager des recherches, tous les jours des personnes disparaissent, c'est la guerre…

C'en est trop pour les nerfs d'Hélène. Des mois sans nouvelles de son fiancé pour finir par apprendre qu'il a été gravement blessé, puis recevoir de lui une lettre dont elle reconnaît à peine l'écriture et dans laquelle elle ne retrouve pas les mots de tendresse dont il l'abreuvait auparavant. Et cette maladie dont elle sort diminuée, migraineuse, nauséeuse en permanence. Et la réquisition du cousin Germain qui n'est pas rentré non plus. Et maintenant, sa sœur disparue, enlevée par ces monstres pour leur servir d'esclave, on ne sait où ! C'en est trop, et c'est à cause d'elle, elle s'en est persuadée. C'est sa faute si les malheurs s'abattent sur sa famille. Elle n'ose plus écrire à Paul, se sentant sale et indigne de lui. Elle a douté de son amour alors qu'il gisait blessé, souffrant et ayant perdu la tête, sur un grabat puant d'un hôpital de campagne. Elle est certaine que c'est son comportement avec Wiley et Truppen qui lui valent un châtiment du ciel. Elle s'est laissé aller à éprouver de tendres sentiments pour un autre homme qu'elle connaissait à peine et ne s'en est pas défendue. Elle a suscité du désir chez l'Allemand, puisqu'il s'est permis de lui faire la cour alors qu'il la savait fiancée. À aucun moment elle n'imagine que Truppen aurait pu se comporter ainsi avec une femme mariée.

Jamais elle n'aurait dû accepter d'aller prendre un chocolat avec lui dans ce café réservé aux officiers allemands, chocolat qui lui avait d'ailleurs douloureusement rappelé ceux qu'elle prenait avec Paul aux *Feuillantines*. Et jamais elle n'aurait dû accepter les pendants d'oreilles offerts la veille du concert, cadeau qui lui avait donné, pendant un instant, l'impression d'être adulée comme une princesse. Elle éprouve une jouissance certaine à se flageller ainsi. Elle a déchiré sans la lire la lettre de Wiley, arrivée d'Écosse, pleurant de ne pas entendre Suzon se moquer d'elle. Elle a vendu les pendants d'oreilles en recueillant une somme dérisoire, mais qui lui a tout de même permis d'acheter quelques œufs et des moufles pour sa mère qui traînait une vieille paire de gants troués.

Quand elle ne s'arrache pas les cheveux en pleurant dans les bras du curé, Eugénie s'étonne du si grand abattement de Ninon malgré les nouvelles plutôt bonnes reçues de M. Amiet. Même si elles s'entendaient bien, leur différence d'âge de cinq ans n'en faisait pas des amies indéfectibles, les deux sœurs étaient si opposées dans leur caractère qu'elles s'énervaient mutuellement plus qu'elles ne se retrouvaient complices. Et les derniers temps, Ninon se montrait souvent exaspérée par l'exubérance de sa cadette qui se comportait, selon sa propre expression, comme *une gamine immature*. Mais désormais, la moindre allusion à Suzon déclenchait des cataractes de larmes et des montées bruyantes dans sa chambre.

Maxence s'épuise pour ne pas penser au sort de sa petite fille d'à peine quinze ans, surtout ne pas y penser. Quand il ne tire pas ses maigres ficelles pour tenter d'obtenir des informations, il cherche toujours de quoi gagner quelques sous, que ce soit par des cours de musique, désormais inexistants chez les Lillois, des concerts de plus en plus rares, ou des petits travaux, quels qu'ils soient. Il est fortement sollicité pour des activités d'espionnage, les gouvernements français et britannique étant très demandeurs d'informations qu'il ne peut plus fournir qu'au compte-goutte, mais cela l'occupe.

Il se félicite d'avoir pu obtenir de Graevenitz un « certificat de profession[97] », mais celui-ci parti, que vaudra-t-il ? Malgré le chômage important et la faim, les offres de travail des Allemands assorties d'un salaire mirobolant ne sont pas aussi fortes que le patriotisme des Lillois, toujours fiers. Alors, face à ce manque d'enthousiasme, les réquisitions ne faiblissent pas et Maxence craint aussi pour Eugénie qui, elle, n'a que quarante-quatre ans. Si les quartiers ouvriers ont été les premiers à être décimés par les rafles, désormais les Boches prennent un plaisir sadique à humilier les bourgeois et surtout les bourgeoises, en les embarquant comme du bétail. Il ne peut pas empêcher sa femme de sortir, ne serait-ce que pour aller trouver consolation à l'église. D'ailleurs, Suzon ne devait pas non plus traîner dans les rues toute seule, et cela n'a rien empêché.

97. Le certificat de profession, pour les hommes de quinze à soixante ans, prouvait qu'on avait un emploi et dispensait ainsi d'être enrôlé.

Grandson, 7 mai 1917

Ma chère Mamely,
Je me doute bien que c'est de me savoir en vie et en bonne santé qui vous fait plaisir, mais sachez aussi, et cela devrait vous rassurer, que j'ai été affecté à l'état-major de l'A.L.4 sous les ordres du colonel d'Astorg, et on dirait qu'il m'a à la bonne. Jugez-en plutôt par la dédicace qu'il m'a faite sur la photo ci-jointe. Vous pourrez la mettre sous votre oreiller. Il a plutôt de l'allure, vous ne trouvez pas ?
Vous serez aussi heureuse d'apprendre que j'ai désormais plus de temps à consacrer à mes travaux de composition, et je pense arriver bientôt au bout du second mouvement de mon quatuor qui me semble bien cadencé.
Je me languis de nouvelles de Lille et en espère de vous.
Embrassez mes sœurs et recevez toute mon affection.

Votre Paul

Mme Amiet tient en main la reproduction sépia d'un officier regardant le photographe d'un air tranquille et affirmé. Un visage creusé au nez long et fin, agrémenté d'une moustache broussailleuse mais relevée en pointes. Sur le verso, une plume fine et arrondie a écrit :

Affectueux souvenir du 1er commandant de l'A.L.4 au Lt Amiet, qui lui a valu tant d'utiles renseignements et tant de jouissances artistiques ! 1917 – Astorg.

Elle s'est habituée à la nouvelle écriture de Paul, plus heurtée, plus anguleuse, et à son ton désinvolte. Les nouvelles sont toujours bonnes, il ne parle que musique et facéties de soldats.

Dans une lettre suivante, il s'éternise sur les quinze pages des *Variations* pour orgue dont il est assez content, et en petites lettres il demande d'éventuelles nouvelles de Lille. Mamely s'interroge : Alice aurait-elle raison en insinuant qu'Hélène aurait remplacé Paul dans son cœur ? Affolée par les nouvelles de sa blessure et de sa perte de mémoire, aurait-elle renoncé à son engagement ?

Mon Dieu, que cette guerre interminable peut apporter de drames et de chagrins ! Mamely se sent aussi meurtrie que son fils, elle a souffert dans sa chair de la blessure qui l'a changé à jamais.

« Je n'en reviens toujours pas d'être là, vivant, parmi vous. »

Pierre de Lamarck a enfin eu droit à une permission suffisamment longue pour pouvoir se rendre à Grandson après avoir passé du temps chez ses parents en Vendée. Pas très grand, pas très beau, il possède cependant une belle prestance, de l'élégance, un regard enveloppant sous des cils blonds recourbés qui vous laissent croire que vous êtes la seule au monde à ses yeux quand il vous parle.

Il n'en a pas fallu plus pour séduire Marianne lors de leur première rencontre, à un mariage familial, elle qui désirait depuis si longtemps tomber amoureuse. Elle était d'ailleurs ravissante, la petite cousine alors âgée de dix-huit ans, le nez délicatement retroussé au milieu d'un visage fin et harmonieux, toujours éclairé d'un sourire respirant le plaisir de se trouver au milieu de ceux qu'elle aime, et son naturel généreux lui fait aimer beaucoup de monde. Préservée autant que possible par ses proches des vicissitudes de la vie, elle aborde chaque nouveau matin avec grâce et optimisme. Et maintenant qu'elle est majeure, elle se trouve à la tête d'une jolie petite fortune. Il n'en fallait pas non plus davantage à Pierre de Lamarck pour se sentir amoureux, lui aussi. Pas beaucoup plus intelligent ni acharné au travail qu'il n'était riche, il a trouvé dans l'armée une carrière et dans la Coloniale, de l'exotisme apte à faire rêver une jeune fille déconnectée des réalités de la vie. Si Marianne n'a rencontré Pierre que trois fois depuis le mariage de la cousine Victoire, elle lui a bien écrit deux cents lettres auxquelles il répondait… quand il le pouvait.

Mais en ce mois de mai 1917, après la terrible offensive d'avril du Chemin des Dames, Pierre a changé. Ses cheveux ont grisé, sa voix est devenue plus rauque, son regard plus voilé mais aussi plus direct ; il a mûri.

C'est bouche bée, se retenant de s'installer sur ses genoux, que Marianne l'écoute sur le balcon du chalet *Graezeli*, là où Paul passait tant de temps :

« Quand je pense à mes pauvres gars qui ont dû monter à l'attaque dans la tourmente, la neige et le vent glacial après dix heures de marche ! Tandis que les Alboches, eux, étaient bien à l'abri dans leurs souterrains, nous, on grimpait sous la pluie pour arriver au Chemin des Dames. La plupart de nos officiers ne l'ont jamais vu ce chemin tant ils sont nombreux à être tombés avant même d'être arrivés en haut. Et pendant la nuit et le jour suivant, les bombardements n'ont pas cessé une minute. »

Pierre est encore là-bas et ne peut s'extraire du champ de bataille, du champ de cadavres et de bouillie humaine.

« Et nos gars ont pourtant maintenu leurs lignes sans broncher. Je les vois, je les revois, le visage gris de froid et de peur, le fusil inutilisable à cause de la boue, malgré les copains qui tombaient par dizaines ou explosaient devant eux, malgré les officiers qui s'effondraient, ils ont continué. Je criais, je ne sais plus ce que je criais, mais je n'ai pas arrêté, persuadé que c'étaient mes cris qui les poussaient au cul et les empêchaient de tomber à leur tour ou de s'enfuir en courant. »

Marianne approche son oreille de la bouche de Pierre qui continue pour lui-même, loin du balcon du chalet *Graezeli :*

« Boubacar, Ahmed, Dialo, Awed, Mbaye, Thieu, Doc, Sow, si vous n'aviez pas continué je me serais terré dans un trou d'obus et je n'en serais pas sorti, je le sais. J'ai perdu les trois-quarts de mes hommes, les trois-quarts ! Je ne comprends toujours pas comment je peux être là, vivant, parmi vous. »

Marianne caresse les mains qu'elle tenait serrées dans les siennes, et il la regarde, voit cette jeune femme prête à se donner à lui s'il le lui demandait et il revient sur le balcon du chalet *Graezeli*, en Suisse, loin de la tourmente de l'Aisne.

« Tout va bien maintenant, Pierre, tu es avec moi.

Alors Pierre de Lamarck reprend vite ses esprits et son ton mondain :

– Le Chemin des Dames est plus couru que le salon de Mme de Guermantes, on y croise quelques Alsaciens. À Aisy, où je séjournais lors d'un repos, j'ai eu l'occasion de discuter un moment avec un brigadier qui vous connaît. Je ne me souviens plus à propos de quoi le nom Amiet est apparu dans la conversation, nous devions évoquer les dames de nos pensées.

Pierre embrasse la paume de Marianne et, lui souriant de toutes ses dents :

– Cela me revient, Henri Schlummel est devenu fébrile quand je lui ai annoncé que j'avais de tendres intérêts pour une famille strasbourgeoise. Famille d'artistes musiciens et peintres. Il a essayé de prendre un air dégagé pour suggérer le nom d'Amiet, mais je l'ai senti se contracter en se penchant vers moi. J'ai craint un instant qu'il ait pensé à toi, Marianne, et j'ai commencé à me raidir, moi aussi, mais il a baissé les yeux et je l'ai entendu grommeler quelque chose comme *de toute façon, c'est sans espoir.* Je n'ai pas voulu lui en demander plus, nous étions là pour nous détendre, pas pour ajouter de la douleur. »

Noël 1917

Si, la, si, la, chantent les clochettes du licou du cheval. *Do, sol, do, sol*, répondent les cloches de l'église. C'est en traîneau que le permissionnaire effectue le trajet de la gare au chalet *Graezeli*. La guerre se traîne, mais les traditions perdurent. L'espoir qui avait enflammé tous les esprits après l'annonce du président Wilson d'engager les États-Unis dans la guerre s'est amenuisé, leurs troupes ne sont pas encore prêtes et l'on craint une nouvelle offensive allemande avant qu'elles ne deviennent totalement opérationnelles. On n'en parle pas, mais les forces alliées sont épuisées, aucune avancée significative ne permet de penser que la guerre puisse bientôt prendre fin. Mais les permissions ont été accordées pour Noël et le lieutenant Amiet peut rejoindre sa mère, ses sœurs, Edmond et sa famille qui se serreront dans le chalet ; on se tiendra chaud. C'est la première fois qu'on se retrouve tous depuis la convalescence de Paul, et Mamely ne s'est pas sentie aussi heureuse depuis longtemps. Elle a même mis la main à la pâte, dans tous les sens du terme, en participant à la confection des *bredele*[98] à l'anis, au beurre, à la cannelle... Ils ne sont pas très jolis, mais certes délicieux !

Les trois garçons d'Edmond et Jeanne accaparent leurs tantes qui ne demandent que cela, et le petit Robert, déjà aussi coquin que son père au même âge, régale son oncle de bons mots avec un accent genevois qui fait se tordre de rire toute la famille.

À Noël, c'est la trêve ! Plus d'armes ni de larmes, on se doit d'être gai, et on l'est. La musique, encore la musique, jouée ou chantée, remplit la maison et permet d'éviter les conversations

---

98. Les *bredele* sont des petits gâteaux secs confectionnés à Noël en forme d'étoile, de cœur et de père Noël.

trop sensibles, même si chacun aimerait confier ses inquiétudes, ses chagrins et ses espoirs. Il fait suffisamment bon pour chanter *Minuit chrétien* à quatre voix sur le balcon, et Marianne, qui a réussi jusqu'à présent à ne pas pleurer l'absence de son Pierre, se niche entre les bras de Paul : « Cela fait toujours aussi mal d'être amoureux ? » Elle aussi a changé.

La neige est trop immaculée, le ciel trop bleu, le désir de se retrouver trop fort ; Alice et Paul se sont précipités dehors après avoir enfilé manteaux, moufles et bonnets, l'une avec son carnet de croquis, l'autre avec son carnet de musique. Edmond les suit et s'exclame :

« Vous m'amusez tous les deux, toujours avec vos calepins en poche. Je vous envie, je suis incapable de toucher un instrument autre que mes télescopes ni de faire le moindre dessin qui ressemble à quelque chose. Je me sens manchot à côté de vous.

– Jacques non plus ne touchait pas au piano, il n'en était pas malheureux pour autant, répond Paul.

– Il te manque ? Vous étiez tellement proches tous les deux.

– C'était il y a si longtemps. Mais je suppose que oui, il me manque parfois, quand je voudrais partager une idée, une blague, un doute. Je me suis surpris plus d'une fois à vouloir appeler Jacques pour lui demander son avis. Plus tard, il y a eu Hélène, qui m'a toujours écouté avec bienveillance et encouragement, ses réactions ont souvent été pertinentes et…

– Et maintenant, elle n'est plus là, fait Alice d'un ton aigri.

– Nous sommes nombreux à être séparés de ceux que l'on aime. Lille est coupée du reste de la France depuis trois ans, ne l'oublie pas, Alice, et ce que vivent les Nordistes est bien pire que ce que tu peux imaginer.

– Il n'empêche, si tu en as aussi peu de nouvelles que nous, tu dois te poser des questions.

– Et toi, as-tu des nouvelles d'Henri Schlummel ? Il paraît que Pierre de Lamarck l'a rencontré.

Paul s'en veut de sa brutalité, mais trop tard. Alice en est devenue aussi blanche que la neige.

– Excuse-moi sœurette, je me conduis comme un mufle, je ne voulais pas te blesser, ou peut-être que si, mais dès qu'on parle du silence d'Hélène, je deviens comme un chat sauvage.

Alice esquisse un mouvement, et Paul retient sa sœur par le bras :

– Non, ne t'enfuis pas, il est temps que tu nous dises ce qui s'est passé avec Henri, tu ne crois pas ? Tu es malheureuse depuis votre séparation, ne le nie pas.

– Cela ne vous regarde pas.

– Si, au contraire, s'insurge Edmond, c'est moi qui t'ai présenté Henri, je croyais vraiment que vous étiez faits pour vous entendre. Ce qui a été le cas pendant un bon moment, n'est-ce pas ? J'ai toujours eu confiance en lui ; pour moi, c'est un homme d'honneur, et je ne comprends pas ce qui a pu se passer entre vous, mais je m'en sens en partie responsable.

– Et tu as raison, jamais tu n'aurais dû nous présenter un individu tel que lui.

Les deux frères se regardent, inquiets de la véhémence d'Alice, qu'est-ce qu'Henri a fait pour mériter une telle aversion ?

– S'il t'a violentée, dis-le-nous tout de suite, je lui en demanderai raison.

– Que ferais-tu ? Tu veux le provoquer en duel ? Il ne s'agit pas de cela, et d'ailleurs…

– Et d'ailleurs ? reprend Edmond. Je crois que tu étais très liée avec lui, même si je suis certain que c'était en tout bien tout honneur.

– Il ne s'agit pas de cela, non, c'est bien pire.

– Bien pire !

– Depuis quand le connais-tu, Edmond ? Où as-tu fait sa connaissance ?

– On s'est rencontré au lycée Saint-Louis en prépa et on s'est retrouvé à Centrale, cela fait plus de quinze ans.

– Tu devais donc savoir qui il était.

Alice ne s'est pas départie de son ton revêche.

– Mais de quoi parles-tu ? Il est d'une excellente famille, je ne vois pas ce que tu peux lui reprocher.

– Une excellente famille ! Tu l'as rencontrée, son excellente famille ?

– Mais oui, je t'assure, elle est tout ce qu'il y a de plus honorable, et alsacienne depuis des générations.

– Tu te moques de moi ! Tu as bien dû comprendre, tout de même.

– Mais quoi ?

– Ce sont des, des...

– Mais, enfin, quoi ?

– Des juifs !

Alice arrache son bonnet, ses moufles et les jette par terre rageusement, ne trouvant rien d'autre à piétiner. Ses frères se regardent à nouveau, l'air contrit.

– C'est vrai que tu ne les aimes pas beaucoup, mais est-ce une raison pour rompre une si belle relation ?

– Pas une raison ? Il me l'avait caché. Si je l'avais su, jamais je ne me serais laissée aller à le fréquenter comme je l'ai fait.

– Tu as rompu avec lui pour une raison pareille ?

– Mais, enfin, Paul, je n'aurais jamais pu l'épouser, il n'aurait pas été question d'avoir des enfants. Et ces juifs sont si...

– Si quoi ? Si quoi, Alice ?

– C'est à cause d'eux que la France a perdu la guerre de 1870 et l'Alsace avec, ce sont des lâches ! C'est toi-même qui le disais.

– Eh bien, j'étais un imbécile. La guerre m'a remis les idées en place. Je peux te dire que j'en ai vu des soi-disant lâches, de vrais héros dont personne ne se souviendra. J'en ai vu des nègres, des jaunes, se battre jusqu'à en mourir pour nous. Et pourtant, qu'est-ce qu'ils ont à voir avec la France, avec l'Alsace ? Ce sont souvent ceux qu'on envoie en première ligne se faire descendre, et ils y vont sans regimber. Tu crois que les canons cherchent à savoir si c'est un juif, un chrétien ou un mahométan qui s'avance ? La mitraille n'en a rien à fiche, elle les déchire tout pareil.

Paul qui parlait si peu jusqu'à présent ne peut plus s'arrêter, lui aussi a arraché son écharpe qui l'étouffe :
– Crois-tu que Barber ou MendelssoŸ soient moins géniaux que Fauré ou Schubert parce qu'ils sont juifs ? Ou Max Bruch, ou encore Meyerbeer, bon d'accord, celui-là n'est pas très bon. Crois-tu que Kisling ou Marcoussis[99] ne se sont pas battus comme nous ? Même Soutine et Modigliani se sont portés volontaires pour effectuer des corvées, et pourtant ils ne sont pas français. Alors, s'il te plaît, arrête avec cet antisémitisme indigne de toi, indigne de nous.
– Cela te va bien de dire une chose pareille, tu n'étais pas le dernier à cracher ton dégoût de la juiverie et à clamer ton admiration pour Charles Maurras.
– Eh bien, j'avais tort, et je le regrette. Je le regrette d'autant plus maintenant que je sais que cela t'a poussée à rompre.
– Tout n'est peut-être pas perdu, Alice. Je suis sûr qu'Henri serait prêt à te revoir.
– N'y pense même pas, Edmond. Après toutes les horreurs que j'ai pu lui sortir. »

Les deux hommes ont juste le temps de rattraper Alice qui s'effondre sur elle-même, sans un cri, sans un pleur, le visage aussi pâle que les nuages qui s'amoncellent. Edmond la prend dans ses bras comme il prendrait son petit dernier et la berce, les genoux enfoncés dans la poudreuse, tandis que Paul lui frictionne vigoureusement les mains. Lui-même n'est pas fier de s'être emporté autant, comme il n'est pas fier d'avoir été si sectaire, si injuste, si imbécile.

Mamely n'a rien demandé, mais a bordé sa grande fille hoquetant dans son lit en lui caressant les cheveux.

Edmond est allé voir Marianne pour lui suggérer d'écrire à son Pierre, et lui demander s'il avait de nouveau rencontré le brigadier Schlummel.

---

99. Moïse Kisling (1891-1953) et Louis Marcoussis (1878-1941), peintres d'origine polonaise naturalisés français.

L'oberleutnant Henrik Helmenhorst est morose. La boîte de pâté de lièvre est grattée jusqu'au fond, le *stollen*[100] à demi rassi est lessivé, la petite bouteille de *schnaps* est liquidée et l'une des chaussettes de laine ayant servi à caler le flacon dans le colis de Noël est trouée.

L'oberleutnant Henrik Helmenhorst avait espéré au moins de l'oie confite – il aurait pu la réchauffer – plusieurs boîtes de pâté de sanglier, son préféré, un *stollen* moelleux à la mûre, un pull-over et des chaussettes tricotées serrées. Il espérait surtout une lettre de sa fiancée, accompagnée d'une photo d'elle en robe décolletée. Au lieu de cela, il a dû se contenter d'un paquet minable, sans doute destiné à un soldat introuvable, décédé ou prisonnier. Il a faim, il a froid et il doit supporter les rires avinés de ses hommes qui, eux ont eu droit à un colis digne de ce nom. Eux ont reçu des friandises, du *schnaps* à la pêche et des courriers de leurs familles.

L'oberleutnant Henrik Helmenhorst est morose et jaloux. Il a froid en cette fin d'année 1917 dans l'Aisne, et cela ne le console pas de savoir qu'il aurait encore plus froid s'il s'était retrouvé sur le front de l'Est. Et quand l'*oberleutnant* Henrik Helmenhorst est de mauvaise humeur et qu'il a froid, il faut que quelqu'un souffre autant que lui. Mais la nuit est calme, la trêve de Noël est encore suivie dans sa tranchée ; aucune attaque n'est prévue pour les prochaines heures. Mais cela ne devrait pas tarder, alors attaquer un peu plus tôt ne devrait rien changer. Et quand l'*oberleutnant* est en colère parce qu'il a faim et froid, il ne réfléchit pas. Il empoigne son fusil. La tranchée de Ceux-d'en-Face est à 30 ou 50 mètres maximum et son *Mauser Gewehr 98* peut toucher sa cible à 400 mètres. Il épaule son fusil, attend deux minutes à peine, le temps qu'un casque arrondi se montre en face, et il tire. En plein dans le mille !

Le brigadier Henri Schlummel est mort sur le coup.

---

100. Le *stollen* est un gâteau de Noël allemand au massepain.

Ardenne belge, juin 1916

Terrorisée, Suzanne, à seize ans tout juste, s'est retrouvée embarquée dans un camion de la *Deutsches Heer*, coincée au milieu d'une vingtaine de femmes de tous âges, aussi éplorées qu'elle, et quatre soldats fatigués appuyés contre leur fusil. À ses pieds, un paquetage remis à l'*Etappen-Inspektion*, contenant une couverture crasseuse et puante, un quart de fer blanc, une gamelle du même métal, une cuiller et un demi-pain noir. Pour le moment, elle n'a pas faim, mais plus tard ? Elle ne veut pas y penser. Elle se fait surtout du souci pour ses parents, sa mère doit se désespérer, elle imagine son père frapper à toutes les portes pour obtenir de ses nouvelles et chercher à la récupérer. Elle n'ose pas pleurer en regardant ses compagnes, hébétées, avachies sur leur banc. Secouées sur les mauvaises routes défoncées par les obus, elles aussi ont été surprises sans avoir pu se préparer, ni prévenir leurs proches ; toutes sont dans l'ignorance de leur destination. Il fait beau, même chaud, et la soif se fait déjà sentir. Les soldats commencent à s'essuyer le front en râlant sous leur gros uniforme de drap.

Après trois heures de route bringuebalante, le camion s'arrête devant un bâtiment gris, sinistre, à moitié détruit. Cinq femmes sont descendues sans ménagement, des jeunes aux mains fortes, sûrement des travailleuses manuelles. Suzon ne sait pas si elle doit se réjouir ou non de ne pas faire partie de ce premier largage. Depuis son enlèvement, elle n'a rien avalé d'autre que quelques gouttes d'ersatz de café, et elle a tellement pleuré et tremblé qu'elle se sent aussi faible que pouvait l'être Ninon durant sa maladie. Mais elle sait aussi que c'est la peur qui la fait flageoler quand elle doit se tenir debout.

Un second arrêt en forêt voit descendre encore cinq femmes, les plus âgées. Comment vont-elles tenir le coup si on les force à travailler à la coupe des arbres ? Suzanne tente de se faire toute petite et prend un air si apeuré, sans difficulté, qu'elle espère repousser toute idée d'être choisie pour un travail de force. Deux autres arrêts dans une campagne désolée sont venus à bout du lot de prisonnières, et Suzon reste seule dans le camion avec une autre fille de son âge, Angèle, plus costaude qu'elle. Le crépuscule est encore loin et la soif est intense quand le camion s'arrête devant une ferme restée intacte. Un bâtiment trapu au toit court, gris de la tête aux pieds. Gris les murs de pierre, grise l'ardoise qui le couvre. Un bâtiment plus bas le jouxte sur sa droite. Le fermier, ce ne peut être que lui, sabots aux pieds, salopette à rayures, casquette vissée sur le crâne, accueille les deux jeunes filles d'un regard évaluateur, l'air à demi-dégoûté. Il remercie les soldats en allemand et leur propose un coup à boire, accepté sans hésitation. Il appelle en sifflant un gosse d'une dizaine d'années qui n'a pas dû se laver depuis la déclaration de guerre, sa chemise et sa culotte trouées non plus.

« Amène-les, montre-leur où elles vont dormir. »

Le môme enjoint d'un mouvement d'épaule aux deux jeunes filles, aussi muettes que lui, de le suivre vers le bâtiment de droite. Un plan incliné permet aux charrettes d'accéder à la grange surélevée. En bas, l'étable. Pour l'heure elle est vide, mais en haut de l'échelle reste un tas de paille dont on voit sans avoir besoin de s'en approcher qu'il grouille de vermine ; c'est la grange. Toujours sans un mot, le garçon leur fait signe de laisser là leur baluchon et de le suivre en dehors de la grange, vers le corps de logis où sont entrés les soldats derrière le fermier. Une grande pièce percée de trois fenêtres reçoit la lumière du soleil descendant. Dans un coin, deux petits enfants vêtus à la diable, aussi sales que leur frère, s'affairent à servir aux hommes de l'eau-de-vie dans des gobelets de terre.

C'est avec un accent prononcé que le fermier, Fernand, s'adresse enfin aux deux filles :

« Qu'est-ce que je vais bien pouvoir faire de vous autres ! Toi, dit-il en s'adressant à Angèle, fais voir tes mains. Tu pourras m'aider aux champs, mais l'autre ne tiendra pas deux jours. Qui est-ce qui m'a fichu une bourgeoise pareille ! dit-il en désignant Suzanne du menton à l'*obergefreite*[101].

Celui-ci hausse les épaules, il n'a rien d'autre en magasin.

– Je vais faire avec, il y a de quoi s'occuper à la ferme.

Et sans leur laisser le temps de se poser ni même de se rafraîchir, le fermier leur a déjà assigné leurs tâches.

– Toi, tu vas commencer par aller chercher les vaches avec l'Ernest et tu les trairas, il t'apprendra si tu ne sais pas faire. Toi, la maigrichonne, tu vas t'occuper de la maison pis des mioches. Depuis que leur mère est morte, ce sont de vrais sauvages. Zont plus rien à se mettre sur le cul, tu sais coudre au moins ? Et ben, en attendant, tu vas préparer le souper, qu'est-ce t'attends ?

– S'il vous plaît, on peut avoir un peu d'eau, nous n'avons rien bu depuis hier.

– Eh ben, va tirer de l'eau au puits. Lucille, va lui montrer. »

Pas le temps de se demander où elles sont tombées, Suzanne et Angèle sont prises dans le tourbillon des tâches de la ferme. Pas le temps non plus de se demander si le fermier est un brave type ou un salaud, un pauvre veuf ou un bourreau d'enfants. Lorsqu'elles peuvent enfin rejoindre leur litière infecte, elles sont bien trop fatiguées pour échanger leurs impressions. Et dès que la nuit est tombée, elles comprennent que les innombrables trous de la grange laisseront passer le vent, le froid et la pluie qui ne se feront pas attendre dans ces monts de l'Ardenne belge.

Certains blanchissent en une nuit, Suzanne, elle, est devenue adulte en une soirée. Elle a dû se transformer en fermière, mère de famille, et épouse platonique en espérant qu'elle le resterait. Tandis qu'Angèle s'épuise aux champs – c'est la pleine saison des

---

101. *Obergefreite* : « caporal », en allemand.

moissons – Suzon apprend à s'occuper des deux vaches, du cochon Maurice, et des quelques volailles. À n'en pas douter, Fernand est un collaborateur qui a pu garder ses bêtes et obtenir de la main-d'œuvre gratuite, mais en échange de quoi ?

Les petits, Lucille et Joseph, sevrés d'affection depuis des mois, si tant est qu'ils en aient été couverts, n'ont pas mis longtemps à l'accepter. Les histoires racontées le soir au lit, jamais ils n'y avaient eu droit. Se faire laver des pieds au sommet du crâne tous les soirs malgré les cris d'indignation du père devant ce gâchis d'eau a bien suscité quelques réticences, mais ils se sentent tellement mieux après qu'ils ont fini par se laver tout seuls. Ernest a mis plus de temps à rejoindre ses frère et sœur dans le lit au moment de l'histoire, et il regarde toujours Suzon avec suspicion, refusant de se laisser amadouer par cette fille même pas capable d'aider le père aux champs. Il s'exprime par onomatopées, une fente palatine mal recousue en est la cause. Les petits le comprennent parfaitement, mais il n'a pas dû se faire beaucoup de copains à l'école, si tant est qu'il y soit allé.

Avec les restrictions, c'était devenu une vraie gageure de concocter une soupe mangeable à Lille ; à la ferme, les légumes ne manquent pas, ni les pommes de terre, la base de toute alimentation belge qui se respecte. Suzon arrive à créer des merveilles de gratins, de potages et de tourtes, qui ont le don d'adoucir le fermier pourtant facilement grincheux et revêche. Les filles, qui avaient craint de mourir de faim, sont en fin de compte aussi bien nourries qu'avant la guerre, et même mieux en ce qui concerne Angèle. Et en plus, elles profitent du bon air ! Si les couvertures pouilleuses ont vite été lavées dans l'eau de la rivière toute proche, elles ont compris qu'il était important d'isoler leur couche du sol pour se protéger des petites bêtes et de l'humidité. C'est très amusant de compter le soir les piqûres d'insectes qui ornent leur peau blanche, mais ça finit par lasser.

La fille des villes qu'était Suzanne est vite devenue une bricoleuse experte qui, avec quelques planches, a confectionné un sommier de fortune. Heureusement pour elle, Angèle était habituée aux longues journées de labeur, ayant travaillé en usine avant de se retrouver au chômage à la suite des bombardements qui avaient détruit une bonne partie des usines et fabriques de Lille et sa région, et les travaux des champs ne sont pas beaucoup plus épuisants. Si seulement Fernand ne la houspillait pas à longueur de journée, stigmatisant sa lenteur, et ne lui pinçait pas les fesses. Il faudrait un autre homme, voire deux, pour venir à bout de tout ce qu'il y a à faire. Le fermier a récupéré les terres d'un voisin par des moyens qu'on ne veut pas connaître, mais il a eu les yeux plus gros que le ventre et ses amis les Boches n'ont sans doute pas considéré qu'il méritait une main-d'œuvre supplémentaire. Il devait se considérer comme gâté avec ces *deux jolies poulettes*.

Les jeunes filles n'ont donc pas le temps de se laisser aller à des états d'âme, pourtant l'une comme l'autre se désespèrent de ne pas pouvoir prévenir leurs parents de leur situation. Suzon, la moins timide des deux, a demandé à Fernand si elles pouvaient envoyer un message à Lille pour rassurer leurs proches, il lui a ri au nez.

« Vous vous croyez où ? En vacances à la campagne ?

– Mais nous avons le droit d'écrire à notre famille, les autres réquisitionnés le peuvent.

– Ah oui ? Et ben, pas ici. Et allez réclamer, tiens ! »

Ayant accès aux armoires et malles de l'habitation, Suzanne a pu récupérer les vêtements chauds de la fermière, qu'elle a rapidement transformés et en a confectionné des habits pour les enfants, Angèle et elle. Pour les pantalons des garçons, ce fut compliqué, et ils ont dû se contenter d'espèces de sacs à jambes longues mais propres et sans trou. Elle a aussi réquisitionné un drap pour l'étendre sur la couche qu'elle partage avec Adèle, et avec la moisson le vieux foin a été remplacé par du frais, enfourné dans un matelas réalisé avec des morceaux de tissus. Son souci est de faire de leur grange-chambre à coucher une pièce habitable et non un courant d'air à planches. Elle a fait valoir à Fernand que la pluie allait gâter son foin, ce dont il était bien conscient. Alors, chacun s'y est mis, même les petits, coupant du bois, sciant, clouant, grimpant sur le toit. Et aux premières pluies, la grange était nettement moins percée.

Fin septembre, quand les champs ont été ensemencés, elles se sont dit qu'elles allaient pouvoir rentrer chez elles, mais il n'en a pas été question. Il y a du travail toute l'année dans une ferme. Quant à Suzon, elle allait faire la classe aux enfants ; l'école du village a été détruite et de toute façon, il n'y a plus de maître. *Il est temps que ces petits sauvages apprennent quelque chose !* Elle a beau rétorquer qu'elle ne sait pas faire, qu'elle n'a pas de matériel scolaire, Fernand ne veut rien entendre, ses gosses doivent faire comme les bourgeois, *il n'y a pas de raison.*

Elles ne peuvent se rendre seules au village, le fermier y veille, et il a bien fait la leçon à ses mioches. D'ailleurs, l'habitat est très dispersé, il est difficile de rencontrer qui que ce soit de l'extérieur. Le fermier ne reçoit pratiquement pas de visite, en dehors de celles d'un officier allemand avec qui il s'enferme dans l'étable pour y être tranquille. Il ne semble pas avoir d'amis et ne s'absente que rarement.

« Pourquoi tu pleures ?

– Mes parents me manquent, ma sœur me manque, ma maison me manque. Je n'ai rien à faire ici, ce n'est pas chez moi se lamente Suzon.

– Tu n'es pas bien avec nous ? Moi aussi, je suis triste, ma maman me manque. »

Le bon cœur de Suzon reprend aussitôt le dessus en voyant le petit visage chiffonné de Lucille. Par moments, cette dernière pense à cette maman disparue beaucoup trop jeune en mettant au monde un enfant mort-né, et elle pleure à gros bouillons. Le dimanche, on ne va pas à la messe, le regard des autres villageois en dissuade sans doute Fernand, mais il emmène ses gosses au cimetière après leur avoir fait cueillir des fleurs qu'ils disposent en cercle sur la tombe de leur mère et du bébé. Alors Suzon se dit que le fermier ne doit pas être si mauvais que ça.

« Bon, ça suffit, on s'en va maintenant ! s'énerve soudain Suzon.
– Pour aller où ?
– Chez nous, pardi. On a assez donné. Les réquisitions, c'est temporaire, ça a toujours été comme ça.
– Ma pauvre Suzon, tu rêves. Comment veux-tu qu'on parte, on ne sait même pas où on est, et il y a des soldats allemands partout !
– Je vais demander à Fernand, il n'y a pas de raison.
– Ce que tu peux être naïve ! Tu crois qu'il va nous laisser partir comme ça, sans rechigner ? Qu'il va appeler ses copains vert-de-gris et déclarer : *Allez les gars, vous ramenez les petiotes à la maison, elles ont fait leur temps* ?
– Alors, on s'enfuit, avant qu'il ne fasse trop froid.
– Mais je te le répète, on ne sait même pas où on est. On ne saurait pas où aller, et on se ferait ramasser par les premiers soldats rencontrés. Et alors, là, on serait envoyées directement en prison ou dans un endroit bien pire. Tandis qu'ici...
– Tandis qu'ici ?
– On est bien nourris et pas trop mal traitées, avoue-le.
– Toi peut-être, mais moi, j'en ai marre de me faire coincer par le vieux dès que les enfants ont le dos tourné.
– Laisse-toi faire, il n'est pas méchant.
– Angèle ! Ne me dis pas que...
– Eh bien si. Si tu crois que c'était pas pareil à l'usine... et on n'y mangeait pas si bien ! Alors, quant à faire de trimer, autant que ce soit dans des conditions pas trop dégueulasses.
– Tu me dégoûtes.
– C'est ça, fais ta mijaurée, mais ne compte pas sur moi pour m'enfuir avec toi, c'est perdu d'avance. »

Et Suzon est restée. Pourtant, régulièrement, elle demande à Fernand la permission d'écrire à ses parents et, à chaque fois, il refuse, arguant que le courrier ne passerait pas.

« Mais vos amis pourraient le leur apporter.

– Et tu crois qu'ils n'ont que ça à faire ? Jouer au facteur pour une petite dinde comme toi ! Et d'ailleurs, ce ne sont pas mes amis. »

Elle a bien essayé d'aller au village pour tenter de trouver un bureau de poste, mais elle a toujours un des enfants dans les pattes, qui la regarde d'un tel air qu'elle n'ose aller plus loin qu'au bout du chemin menant à la route. Elle s'en veut d'être aussi timorée mais elle se sent responsable de ces petits et, finalement, ne veut pas les abandonner.

L'acharnement et la persévérance ne sont pas les principales qualités de Suzon, en revanche, en quelques semaines, elle a su sans le vouloir se rendre indispensable à ces enfants trop laissés à eux-mêmes et au fermier, trop heureux de rentrer en fin de journée dans une maison fleurant bon la lessive ou la soupe. Même les poules semblent contentes de la retrouver tous les matins et ne font aucune histoire pour lui laisser leurs œufs. Même le cochon Maurice frotte gentiment son groin contre sa cuisse quand elle vient lui apporter les épluchures et les maigres restes. Les vaches ont fini par s'habituer à sa traite malhabile et ne renversent plus le seau de lait comme elles le faisaient au début pour lui manifester leur mécontentement. Quant à Fernand, sans doute calmé par la bonne volonté d'Angèle, il ne l'ennuie plus que pour s'amuser à la faire crier, et peut-être pour tenter de varier les plaisirs. Après tout, c'est la guerre, et à la guerre, les hommes ont des droits ! Certains jours, il disparaît, donnant ses ordres à Ernest : débiter en bûches les arbres qu'il a abattus l'an dernier, labourer le champ d'en-haut, ensemencer de seigle la parcelle de Lindor… Il revient de ses échappées en zigzaguant sur son vélo, fin saoul, juste bon à se coucher et ronfler. Un soir, Ernest a lâché : « Il était encore avec ses copains boches ! »

Un peu avant Noël, ce fut la fête de Maurice. En d'autres temps, en d'autres lieux, Suzon serait allée vomir dans la salle de bain. Mais cette année-là, elle a participé comme tous les autres au découpage de la bête sans rechigner, se réjouissant à l'avance des saucisses, du boudin, des rôtis et des côtelettes qu'elle allait pouvoir cuisiner. Le sang sur son tablier ne l'indisposait pas, l'odeur chaude et fétide non plus. Les enfants tapaient dans les mains de plaisir anticipé et tous se sont mis à chanter. Les filles ont versé quelques larmes en pensant à ce Noël loin de chez elles, mais finalement, beaucoup de réquisitionnés et de Lillois, libres mais affamés, auraient aimé vivre cette vie-là.

Lille, fin septembre 1918

« Arrête de marcher ainsi de long en large, tu ne feras pas terminer la guerre plus vite.

Eugénie n'en peut plus de suivre des yeux sa fille qui arpente le salon en tapant du pied à chaque demi-tour. Les nouvelles se font enfin plus positives depuis quelques semaines, l'avancée allemande spectaculaire du printemps est stoppée, les Américains sont arrivés ; tout va aller mieux. Maxence se prend à siffloter et à espérer voir réapparaître Suzon, même si par superstition, il n'en parle pas. Mais lui aussi s'énerve de la nervosité de Ninon.

– Eh bien, va retrouver ton fiancé ! Il est temps que vous vous mariez. Pars pour Genève, la paix n'est plus qu'une question de semaines maintenant. Je vais demander un laissez-passer pour toi. »

Mais qu'est-ce qui lui a pris d'imaginer qu'en pleine débâcle annoncée, l'occupant allait accéder sans rechigner à une demande aussi insensée ? Il a bien obtenu le laissez-passer, mais avec obligation de passer par la Belgique. Pour se rendre en Suisse !

Vous êtes autorisé à partir pour la France non occupée après avoir passé une quarantaine en Belgique. Consultez l'horaire affiché pour la date et l'heure de convocation en gare Fives. Le voyage jusqu'à la station de quarantaine est gratuit. Les personnes inscrites en 2e et 3e classes auront à acquitter, au départ de cette station et sous peine d'être exclues du voyage, les prix des billets… en troisième classe : 40 marks. Il est interdit d'emporter des papiers de tout genre, même des papiers d'identité et des nouvelles de qui que ce soit. Les voyageurs devront emporter des vivres pour quelques jours… Train n° 290.

Un document aussi consternant aurait dû l'alerter. Passer une quarantaine en Belgique avant de se rendre en France non occupée ! Mais qu'est-ce qui leur a pris à Maxence et à Hélène de s'empresser de préparer sa valise avec sa robe de mariée et une couronne de fleurs d'oranger ! Pourquoi n'ont-ils pas vu qu'un piège était ainsi tendu à la jeune fille, par pure malveillance ? Et pourquoi croire que Paul, engagé au front depuis quatre ans, se serait retiré à Genève avant la fin de la guerre alors que toutes les forces alliées sont concentrées sur le nord et l'est pour refouler l'ennemi affaibli et l'écraser définitivement ? À croire que l'espoir rend idiot.

Maxence sait que le cousin d'Eugénie, André Wardavoir, est bien à Bruxelles. Dès le début de l'occupation, il s'est mis à sortir avec des béquilles, prenant un air ratatiné pour inspirer plus de pitié que d'intérêt de la part de l'envahisseur. Il circule ainsi dans la ville sans trop de risques de se faire embarquer pour le travail obligatoire. Et surtout, il est responsable d'un petit réseau d'observateurs, des hommes et des femmes courageux à qui des missions de « contre-espionnage » permettent de répondre à un fort besoin d'impératif patriotique. Les « tuyaux » récoltés font l'objet d'une première analyse par André qui décide de les faire passer aux Alliés ou non, selon leur intérêt. Ce sont alors des personnes exfiltrées vers les Pays-Bas – restés neutres – soldats, espions ou autres, qui se chargent de les remettre à qui de droit. Chacun a sa part de danger à affronter. Bien qu'il ait espéré se tromper, André avait pressenti l'invasion allemande et s'était bien promis de ne pas rester passif. C'est lui qui a convaincu Maxence de s'engager aussi dans cette forme de résistance à l'occupant, et il n'a pas eu besoin d'insister beaucoup. Maxence Bonnet sait donc pouvoir envoyer sa fille là-bas, elle y sera reçue le temps de repartir pour la Suisse.

Munie de son papier lui donnant l'autorisation de prendre un train pour Bruxelles, où elle pense rencontrer ses cousins Wardavoir,

Hélène, tout excitée, embrasse ses parents et court sur le quai de la gare rejoindre son compartiment. Elle se voit déjà dans les bras de son Paul.

Mais André Wardavoir ne verra jamais sa petite cousine.

L'Aisne, novembre 1918

Joyeuse, la bien nommée, ne s'est jamais sentie aussi guillerette depuis longtemps. Son cavalier la laisse galoper à son gré, lui aussi semble s'amuser à faire la course, gagnée d'avance, avec le tank *Mark V* récemment débarqué d'Amérique. Plus de pluie d'obus, plus de bombardement permanent ; des tirs, bien sûr, et pas qu'un peu, mais Joyeuse y est habituée et en bon cheval de guerre elle ne les craint pas. Pas besoin de coup d'étrier pour la faire sauter au-dessus des ruines de camions, des canons, des chevaux de frise à demi arrachés. D'elle-même, elle évite les trous, elle connaît les pièges qu'ils recèlent.

« Bouter les Boches, les bouter enfin, foutez le camp, allez, décampez, et plus vite que ça », chantonne le cavalier sur l'air de *Alsace et Lorraine.*[102]

Traversant allégrement ruisseaux et chemins défoncés, le lieutenant Amiet s'entend crier à tue-tête, au rythme du galop de sa jument, l'*allegro vivo* du premier quatuor pour piano et cordes de Gabriel Fauré : « Trotte mon cheval, trotte sans contrainte, cours, file et fais claquer tes sabots ! »[103]

Les Allemands vont déguerpir, c'est certain désormais, et Paul va bientôt retrouver sa Ninon. Ils le rejoueront ce quatuor, comme ils l'ont joué quelques jours après leurs fiançailles, il y a près de cinq ans. Mais va-t-il la reconnaître ? Va-t-elle le reconnaître ? Aura-t-elle encore envie de le revoir après tout ce temps ? La souffrance a transformé tant de sentiments qu'on croyait immortels.

---

102. Voir note 42, page 103.
103. En *ut* mineur pour cordes et piano, opus 15, par Gabriel Fauré.

Il traverse au galop des villages en ruine, en deuil, en lambeaux, mais partout on l'applaudit. Dans chaque ville ou village libéré, le colonel Astorg, affectionnant toujours le musicien, encourage ce dernier à s'exprimer sur les orgues ou harmoniums des églises encore debout. À Rethel, il joue une *Marseillaise* endiablée, à Origny-Sainte-Benoîte, c'est la *Marche héroïque* de Saint-Saëns qu'il entame sur un instrument de casserole rouillée ; et les hommes s'approchent, émus. L'organiste improvisé, encouragé, reprend la *Marseillaise*, immédiatement suivie du *God Save the King* et de la *Brabançonne*[104].

Le Haut-commandement allemand envisage un armistice, la fin de la guerre est proche. Mais on a eu peur. Après une offensive dévastatrice au printemps 1918, l'armée ennemie s'est engagée profondément en territoire français, jusqu'à s'approcher de Paris pour l'assiéger. Jamais elle n'a été aussi proche, jamais l'Arrière n'a senti ainsi le vent des boulets comme le sentaient ses soldats depuis quatre ans. Mais une trop grande confiance en soi est toujours néfaste et les armées allemandes n'ont pas protégé leurs flancs. D'assaillantes, elles sont devenues assaillies et ont dû refluer. Les alliés d'avant, les Ottomans, les Bulgares, et pour finir l'Autriche-Hongrie ont capitulé, laissant l'Allemagne seule.

L'empereur Guillaume II ne veut pas le reconnaître et s'obstine à poursuivre la guerre, mais les marins de Kiel se mutinent[105] quand l'état-major veut les envoyer à une mort certaine contre l'Angleterre ; eux ont compris que c'est un combat perdu d'avance. L'empereur se voit alors contraint de démissionner le 9 novembre, et l'armistice sera signé le 11 novembre à onze heures. Des millions d'hommes lui doivent la mort et des blessures inguérissables, à lui et à d'autres, Français, Autrichiens, Ottomans, et ce

---

104. Hymne national de la Belgique.
105. Dans la nuit du 29 au 30 octobre 1918.

n'est pas l'érection de magnifiques monuments aux morts qui les en dédouanera.

Le 11 novembre, c'est un cheval au sabot fendu par un énorme clou que le lieutenant Amiet ramène par la bride à Vieil-Saint-Rémy où son unité est arrivée la veille. Il n'a que le temps de soigner et panser sa Joyeuse, se laver et se changer en hâte, avant d'organiser un *Te Deum* d'anthologie pour le soir même dans l'église aux trois-quarts détruite. Mais elle a retrouvé ses cloches, déterrées dès que les Allemands ont été délogés, et elles sonnent ; personne ne s'en plaint, tous, soldats et habitants encore en vie tapent des mains au rythme de celui que leur imprime le bedeau de service. Astorg veut de la pompe, il va en avoir. En quelques heures, Paul réunit une centaine d'hommes enthousiastes mais pas forcément bons chanteurs. Qu'à cela ne tienne, l'important est de vouloir participer. C'est une infâme cacophonie qui en ressort mais braillée avec une telle fougue, un tel élan que chacun veut s'y mettre aussi lorsqu'il reconnaît des bribes des morceaux joués tour à tour, Charpentier, Berlioz, Purcell, Mozart… Ça crie, ça beugle, ça pleure, ça s'embrasse. Enfin, cette saloperie de guerre est terminée. Merci, mon Dieu.

Ardenne belge, avril 1918

Mais cela ne pouvait pas durer éternellement. Un jour, un camion militaire s'arrête dans la cour de la ferme, cinq soldats qu'on n'a jamais vus en descendent. Suzon est seule avec les petits, en train de coudre une culotte longue pour Joseph qui a beaucoup grandi en deux ans. Le vent de l'est souffle sans discontinuer depuis plusieurs jours, annonçant encore froidure et pluie. Fernand est dans le bois avec Angèle, alors qu'Ernest est en train de couper des arbres ; la provision de l'an dernier s'épuise et l'hiver ne semble pas vouloir céder la place au printemps. « *Herr Fernand nicht hier* »[106] parvient à dire Suzon dans un mauvais allemand, mais c'est comme si elle chantait. En hurlant, au risque de terroriser les quelques poules qui se sont évaporées et le malheureux Marcel, qui ne peut que se blottir dans un coin de sa bauge, les soldats s'emparent des deux vaches, du cochon et se ridiculisent en courant après les gallinacées. Deux leur ont échappé en s'envolant en haut de la grange. La huche a été ratissée et les provisions de charcuterie qui restaient aussi.

Adieu, veau, vache, cochon, couvée ! Ce n'est pas avec deux poules, même pas fécondées, qu'on va nourrir convenablement la maisonnée. À son retour, Fernand serre les poings de rage, tape dans un mur, flanque un coup de pied à Ernest, deux claques à Joseph et aurait fait de même à Lucille si Suzon ne l'avait pas attrapée à temps pour la cacher derrière elle. Inutile d'aller se plaindre au bourgmestre, ses relations avec l'occupant sont très mal considérées et personne ne compatira de le voir se retrouver dans la même situation que tous les villageois depuis bientôt quatre ans. Mais il a six bouches à nourrir !

---

106. « Monsieur Fernand pas là », en allemand.

« Laissez-nous partir, lui suggère Suzanne, cela vous fera deux estomacs de moins à remplir. »

« Tu es folle, la rembarre Angèle une fois pelotonnée contre elle sur leur couche glacée. Pars si tu veux, moi je reste.
– S'il veut bien te garder.
– J'en fais mon affaire. »

Fernand a mis deux jours à se décider. « Suzanne peut partir, mais Angèle restera. Les travaux d'extérieur sont au ralenti, elle s'occupera de la maison, des gosses et de lui », ajoute-t-il avec un sourire gourmand. Les enfants n'ont pas leur mot à dire, mais Lucille ne peut s'empêcher de gémir, leur seconde maman les abandonne à son tour. Il n'est cependant pas question pour la Lilloise de partir le jour même ni le lendemain, la neige a recommencé à tomber, le vent à redoubler. Fernand est peut-être un vendu, mais pas un salaud, et il autorise Suzon à rester le temps que le ciel s'éclaircisse et que le fond de l'air se réchauffe. Il va en profiter pour récupérer quelques provisions auprès de ses « amis ». Il en sera pour ses frais ; une saucisse, une seule, lui sera gracieusement concédée.

Vêtue d'une robe de la fermière remise à sa taille, d'un paletot de laine, chaussée d'une paire de gros souliers bourrés de paille pour lui tenir aux pieds, et munie d'un baluchon contenant quelques maigres affaires, dont une miche de pain cuite avec la farine sauvée du pillage et de quelques pommes, Suzanne embrasse les trois enfants marris, Angèle, et même Fernand, qui grimace pour ne pas montrer sa peine. Puis elle prend un air guilleret et se dépêche d'atteindre la route qui l'amène vers l'ouest. Son objectif ? Rejoindre Bruxelles, où elle a de la famille, et y demander de l'aide pour se rendre ensuite à Lille. Elle sait qu'elle doit éviter les villes, Philippeville, Florennes ou encore Namur… *surtout, tu ne vas pas à Namur*, et même les villages ; des troupes allemandes y sont cantonnées. Elle n'a pas peur de devoir marcher de longs jours, elle est forte maintenant, et résistante. Elle trouvera bien des paysans qui accepteront de lui fournir un morceau de pain et une meule de paille pour dormir. En échange, elle pourra rester un moment à les aider. La petite Suzon est devenue une femme, ce ne sont pas 150 kilomètres de marche qui vont lui faire peur.

Fernand n'a pas de carte, il ne peut montrer à Suzanne par où passer, mais il lui a bien décrit les chemins à emprunter, du moins les premiers jours. Il n'a pas voulu l'effrayer, mais il sait bien, lui, que le périple va être dangereux et éprouvant pour cette jeune fille qui n'a jamais quitté la ferme. Elle est si heureuse de se sentir enfin libre, d'imaginer la joie de ses parents en la voyant réapparaître, qu'elle ne pense pas au danger, omniprésent, de retomber entre les pattes des Boches.

Le premier jour, il fait beau, le chemin est en pente douce, elle sait la ferme à peu de distance, si besoin. Une cabane de pierre l'accueille pour la nuit, il y fait plus froid que dans sa grange, mais emmitouflée dans son paletot elle arrive à dormir quelques heures, épuisée par une marche dont elle n'a pas l'habitude. Réveillée tôt, elle en profite pour repartir à l'heure où l'on n'est pas sûr des ombres qui se faufilent, et ramasse deux pommes oubliées, talées, mais encore mangeables afin d'épargner sa provision.

Le second jour, un peu courbatue d'avoir tant marché la veille, elle avance plus lentement, évitant toujours de s'approcher des habitations pourtant éparses. Aucune bête dans les prairies, aucune volaille visible ; toutes ont été enlevées par l'occupant ou restent bien cachées pour éviter de l'être. En traversant un ruisseau, elle se met à l'observer attentivement, en quête d'une truite qu'elle pourrait attraper. Elle a vu Ernest en pêcher à main nue, que ne s'est-elle entraînée à l'imiter ! Elle commence à comprendre que sa miche et ses pommes ne vont pas la nourrir longtemps, mais elle a envie de chanter avec les oiseaux qui la survolent ; le printemps revient.

Le troisième jour, il pleut. Il pleut tellement que Suzanne s'arrête rapidement, les kilos de boue qu'elle soulève à chaque pas la freinent. Son moral en prend un coup, d'autant plus que le brouillard l'empêche de se repérer, *où est le soleil, où est l'ouest* ? De son baluchon, elle a retiré un morceau de toile enduite pour se protéger, mais l'eau qui coule des collines a transformé les chemins en bourbiers. Aucune grange, aucun abri autre que celui où elle a passé la nuit et vers lequel elle retourne donc. Aucune possibilité de faire du feu, et sans bouger, l'ennui et le froid commencent à s'emparer de la jeune fille qui n'a rien d'autre à faire qu'à penser. Penser à ce voyage dans lequel elle s'est engagée sans vraie préparation, penser à ses parents et sa sœur qu'elle n'a pas vus depuis près de deux ans. Penser aux enfants qu'elle vient de quitter, la petite Lucille en larmes qui s'accrochait à elle, perdant sa seconde maman ; à Joseph qui ne comprenait pas pourquoi elle partait toute seule, persuadé qu'elle allait revenir bientôt. À Ernest qui n'a rien dit, il ne dit jamais grand-chose, mais la regardait dans les yeux, accrochant son regard pour l'empêcher de s'en aller. Pendant un moment, elle a été tentée de rebrousser chemin, de revenir à la ferme où, à défaut de manger à sa faim, elle serait en sécurité et au chaud. Mais le visage angoissé de sa mère et les traits creusés de son père lui ont sauté aux yeux, elle n'en pouvait plus d'être séparée d'eux plus longtemps.

Un semblant d'accalmie la remet sur pieds et sur le chemin.

« Qu'est-ce tu fais là, la fille ? Si tu veux nous voler des œufs, tu en seras pour tes frais, ya longtemps qu'on n'a plus de poule.

Un vieil homme plié en deux, accroché à un bâton aussi tordu que lui, a surgi sans bruit derrière Suzanne qui tentait de regarder entre deux planches mal jointoyées d'un poulailler tristement vide.

– M'autoriseriez-vous tout de même à passer la nuit dedans ? Je partirai dès demain matin, je vous le promets. »

Moins on possède, plus on est prêt à partager, c'est bien connu et cela se vérifie. Le vieil homme a vite évalué à qui il avait affaire.

Il faut dire que la pauvre Suzon fait peine à voir, trempée, les cheveux dans les yeux, deux blocs de boue en guise de pieds ; elle ne semble pas dangereuse. D'un geste, il la fait entrer dans sa ferme, qui ressemble à celle de Fernand, mais en plus ramassée. Dans la pièce principale, qui semble être la seule, près de la cheminée, le lit avait été tiré et une petite tête grise et ridée dépasse d'un drap surmonté d'un édredon datant du mariage du couple.

« V'là d'la visite, Thérèse !

La petite tête grise semble s'agiter et quelques doigts agrippés à l'édredon s'élèvent de deux centimètres.

– Comment qu'tu t'appelles, la fille ?

– Suzanne.

– On t'appellera Suzette. Enlève tes godillots, tu salopes toute la maison. Y'a des patins sous le lit. Je mets de l'eau à cuire, on se f'ra un vin chaud. Y'a pas de vin ni de sucre mais on peut en rêver. Assieds-toi sur le banc.

Suzanne est interdite, elle ne s'attendait pas à un tel accueil. La petite tête grise couine quelque chose qu'elle ne comprend pas.

– T'as raison, elle doit être gelée. Enlève ton paletot trempé et tes chaussettes, Suzette. Ta robe aussi est devenue une *wassingue*[107], je vais t'en apporter une de Thérèse, elle est pas bien belle, mais elle est chaude. Mets donc toutes tes loques devant le feu, ça sèchera vite. »

Une heure plus tard, Suzanne est repue d'un grand bol de soupe trempée de pain gris et d'un fromage sec que les deux vieux suçotent pour éviter de se casser les rares dents qui leur restent.

« Tu peux crécher ici autant que tu veux, mais va falloir gagner ton pain.

– Je n'ai pas l'intention de rester, rassurez-vous, je voudrais rejoindre Bruxelles.

---

107. *Wassingue* : « serpillère », en patois du Nord de la France et en Belgique.

– Et qu'est-ce tu f'ras là-bas ? Ça grouille de Boches.
– J'irai chez un cousin, il m'aidera à rejoindre Lille et mes parents.
– Tu crois ça ? Ma pauvre petite, c'est beaucoup trop dangereux. T'es sûre qu'il est toujours vivant ton cousin, qu'il est toujours à Bruxelles ? Il en a été déporté des wagons en Allemagne.
– C'est vrai ?
– Qu'est-ce tu crois ? Que je raconte des boniments ? Je serais ton père, je te laisserais pas repartir toute seule. Et puis, t'es pas rendue, t'en as encore pour une tirée.
– Mais je veux retrouver mes parents, il y a près de deux ans que j'ai été enlevée par les Allemands.
– Tu fais comme tu veux, mais je t'aurais prévenue. De toutes façons, tu ne partiras que demain. Tu peux dormir là-haut, ya une chambre qui n'a accueilli personne depuis longtemps. »

Le lendemain, Suzanne ne repart pas. La petite tête grise ne va pas bien, le vieux veut aller chercher un docteur et lui demande de rester près d'elle le temps qu'il revienne. Si elle peut en profiter pour préparer une soupe…

Une fois de plus, Suzanne est victime de son bon cœur. Elle restera encore plusieurs semaines avec Thérèse et Pierre. Peut-être cela lui aura-t-il sauvé la vie, l'offensive de printemps lancée par les Allemands a jeté sur les routes des bataillons entiers qui ne l'auraient certainement pas laissée passer sans l'alpaguer. L'effondrement du front russe et la signature de la paix de Brest-Litovsk ont donné des ailes aux troupes allemandes regroupées sur un seul front, persuadées de pouvoir briser une fois pour toutes les forces alliées. L'arrivée des Américains et de leurs chars va contrecarrer les espoirs de Ludendorff, mais Paris aura eu chaud. En attendant, Suzon reste aider Pierre jusqu'à ce que Thérèse s'éteigne, dans la souffrance, car la morphine, réservée aux soldats blessés, manque cruellement aux civils.

Suzon s'est surprise à ressentir autant de chagrin à la mort de la vieille dame dont elle n'a jamais entendu le son de la voix, mais qui aurait pu être sa grand-mère. Sa vie s'en est allée un peu à chaque expiration. Les derniers jours, Pierre ne la quittait pas, laissant à la jeune fille le soin de préparer le bouillon, entretenir le feu, faire un peu de ménage et de lessive. Elle est si émue par l'amour que ces deux-là se portent sans bruit qu'elle en oublie d'avoir faim et sort le plus souvent possible pour les laisser seuls.

« Ça m'ennuie de vous abandonner, n'y a-t-il personne que je peux essayer de joindre pour vous ? Je peux encore rester quelques jours de plus, au point où j'en suis.

– Va-t-en maintenant, tu en as assez fait. Tes parents t'espèrent depuis trop longtemps. Je n'ai rien à te donner d'utile, mais prends ça, elle aurait voulu que tu l'aies.

Pierre met dans la main de Suzette un petit objet métallique, referme ses doigts dessus, et insiste :

– Va-t-en avant que je t'empêche de partir. »

Quand elle ouvre enfin sa main et qu'elle peut voir de ses yeux asséchés, elle découvre une broche. Un pauvre petit bijou en argent, sans grande valeur ; elle la gardera toute sa vie.

Lille, 15 novembre 1918

« Mais comment avez-vous pu la laisser partir ? Il n'y a rien de pire que des soldats en déroute.
– Je sais, je sais, je m'en veux tellement. Mais c'est elle qui insistait pour partir, pour aller vous rejoindre à Genève et se marier. »

Maxence est catastrophé, Paul est effondré, Eugénie n'a plus de larmes ; ses deux filles, désormais, ont disparu. Paul, qui s'est précipité chez ses futurs beaux-parents dès la paix proclamée, ne peut que constater la disparition de sa fiancée. Maxence, honteux, mais un peu tard, est obligé de reconnaître son inconséquence, pour ne pas dire sa bêtise.

Qu'est devenue Ninon ? Elle aussi a disparu. Est-elle elle aussi aux mains des Boches ?

Quelque part dans le sud de la Belgique occupée, 30 septembre 1918

Le train est arrêté depuis deux heures maintenant, après avoir roulé au ralenti une bonne partie de la matinée. Si la guerre a enseigné la patience, elle a aussi ancré l'inquiétude au ventre de chacun. Pourquoi est-on arrêté ? On ne nous dit rien. On entend juste les soldats aboyer. Dans le wagon d'Hélène, les passagers sont essentiellement des femmes, des enfants et des personnes âgées qui tentent de rejoindre de la famille en Belgique. Personne ne s'avise de bouger, encore moins de descendre sur la voie pour aller chercher de l'information ; le chef de train le leur a formellement interdit. Personne n'ose la formuler, mais la crainte d'un bombardement se lit sur tous les visages. Les chapelets sont de sortie, une religieuse entonne un *Ave Maria* chevrotant repris par de plus en plus de voyageurs ; c'est vrai que ça calme un peu les nerfs.

Soudain, un hurlement : « Sortez ! Sortez tous, vite ! » Ce qu'on craignait se confirme : un, deux, trois, toute une escouade d'avions s'approche. Amis ou ennemis ? Le train ne porte aucune indication de nationalité, mais en territoire occupé, il ne peut qu'être allemand et transporter des troupes. Les avions viennent de l'ouest. Si les femmes et les enfants qui lèvent leur visage vers le plafond du wagon s'y connaissaient, ils auraient reconnu des *Handley Page* dernier type et sauraient qu'ils peuvent transporter chacun plus de 800 kilogrammes de bombes. De nombreux soldats, habitués à toute sorte d'exercices et moins encombrés par leur pantalon que les femmes par leurs longues jupes, ont réussi à sauter par les fenêtres et les portes, et seuls quelques civils ont pu échapper au bombardement. Mais les mitrailleurs ont pris le relais et exterminent ceux qui s'enfuient en courant.

De là-haut, les Alliés ont mis du temps à comprendre qu'ils visaient aussi des femmes et des enfants, et à se décider à faire demi-tour ; ils ont des tonnes de bombes à décharger.

Les hurlements de peur et de douleur n'arrivent pas à couvrir le bruit des explosions ; plusieurs wagons sont en flammes, des torches vivantes tentent d'en sortir. Des corps en miettes gisent sur les flancs du train. Les survivants n'osent ouvrir les yeux, craignant ce qu'ils vont découvrir. C'est une hécatombe. La locomotive a été la première touchée, et les mécaniciens ne sont plus qu'une bouillie mêlée de charbon. Les officiers restés dignement dans le train sont tous tués, ainsi que bon nombre des passagers civils qui n'ont pu s'enfuir à temps.

Seuls les deux derniers wagons ont été épargnés. C'est d'un de ceux-là que sort le chef de train, indemne. À coups de sifflet, il s'attelle à regrouper les survivants, distribuant les tâches en attendant les secours qui ne devraient pas tarder à venir, la ville de Hal n'étant pas très loin. Ce n'est pas la première attaque qu'il subit et il a vite retrouvé son calme, ou du moins, il ne laisse paraître aucun signe de panique. Le plus urgent est d'éloigner femmes et enfants du carnage et d'une possible explosion d'autres voitures chargées de munitions. Puis de s'occuper des blessés.

Hélène était dans l'avant-dernier wagon. Elle en est sortie hagarde, ne croyant pas à sa chance quand elle se rend compte du désastre qui l'entoure. Avec ses compagnes de compartiment, également indemnes, elle se précipite vers les enfants éplorés, agenouillés près de leur mère, et des pauvres mamans gémissant en tenant le corps ensanglanté d'un enfant mourant. Il y a plus de deux ans qu'elle a eu à soigner un blessé grave, mais elle a gardé de cette expérience le sang-froid nécessaire pour ne pas s'effondrer devant le spectacle de tant d'horreurs. Pendant des heures, elle va d'un blessé à un autre pour le réconforter, l'assister, lui tenir la main… Elle ne peut pas faire grand-chose d'autre. Tous les jupons disponibles, dont sa robe de mariée, ont été transformés en charpie pour arrêter une hémorragie ou panser les blessures qui pouvaient l'être. Mais on n'a rien pour calmer les brûlures, atrocement douloureuses. Le seul médecin qui se trouvait dans le train a été tué, et l'infirmière qui allait retrouver ses parents à Bruxelles a eu une main arrachée.

Quand les secours sont enfin arrivés, Hélène a continué autant qu'elle le pouvait, ne pensant à rien d'autre qu'à aider, soigner, sauver peut-être. Et puis, d'un seul coup, elle s'est effondrée, épuisée, abattue par toute cette souffrance autour d'elle. Elle s'est à peine rendue compte qu'elle aussi est blessée au bras et perd du sang. Lorsqu'elle se réveille, le ciel est sombre, la nuit est remplie de gémissements, l'odeur de chair et de métal brûlés est atroce. Des hommes s'affairent à retirer des rails tout ce qui peut encore servir et ce qui sera définitivement détruit.

Son bras lui fait mal, mais il est bandé. Elle ressent surtout une terrible soif. Un visage est penché sur elle, un visage qui lui rappelle quelqu'un. Une main tout aussi connue la secoue doucement. Sur son bras, un brassard portant une croix rouge.

« Hélène, vous pouvez vous lever ? Ne restez pas ici.

Cette voix aussi lui est connue :

– Wiley, c'est vous ? Que faites-vous là ?

– J'allais vous poser la même question. »

Lille, 16 novembre 1918

« Tu es bien arrivée à Bruxelles, finalement ?
– Ouiche ! Et pas seule. Il en venait de partout, des files et des files, entassés sur des carrioles tirées à mains nues, la plupart à pied, pour certains pieds nus.
– Mais de quoi, de qui tu parles ?
– C'est là que j'ai pu mesurer la chance que j'ai eue d'avoir vécu près de deux ans dans la ferme de Fernand, puis chez Pierre et Thérèse. J'y ai été nourrie, abritée, traitée correctement, et même appréciée, aimée des enfants. Tandis que tous ces pauvres gens…
– Mais, enfin, vas-tu nous dire ?

Eugénie n'en finit pas de malaxer la main de Suzon, écartelant ses doigts d'impatience.
– Laisse-la, l'interrompt Maxence. Ce devait être des réfugiés expulsés par les Allemands des zones de combat. Il paraît qu'il y en a des dizaines de milliers[108].
– Vous auriez vu leurs pauvres visages ravagés par la faim, la peur, la maladie, et le froid qui commençait à sévir.

Suzanne n'entend pas ses parents la presser de continuer son récit, elle est retournée dans les faubourgs de Bruxelles atteints trois jours après avoir quitté Pierre. Au milieu des longues colonnes de pauvres humanités poussées par des soldats allemands rendus d'autant plus agressifs par la défaite qui se profile. Ils les ont arrachés de chez eux, à coups de crosse de fusil et de baïonnette pour les plus récalcitrants, sans même leur laisser le temps de récupérer quelques

---

108. 160 000 réfugiés selon Christian Vreugde, dans *La Révolution allemande à Bruxelles, 9 novembre - 18 novembre 1918,* in *Cahiers Bruxellois* 2018/1(L).

affaires. Ne parlons pas des bêtes, il y a longtemps qu'elles avaient été réquisitionnées ou dévorées.

– D'où venaient-ils ? Ça parlait flamand, français et même rouchi[109]. Je me suis mise à paniquer, ça voulait dire que tout le monde était amené comme du bétail à l'abattoir à Bruxelles. Je savais qu'y résidaient le gouvernement général et plusieurs administrations d'occupation allemande. Je ne voulais pas me retrouver dans un piège boche. Pierre avait capté ça et là quelques informations sur le recul des armées allemandes et je m'étais persuadée qu'ils embarquaient tous les civils pour en faire une sorte d'énorme bouclier humain.

– Quelle horreur ! Tu as de ces idées.

– Ils en sont bien capables. Et comme les avions alliés ne peuvent repérer de si haut si les hommes qu'ils bombardent sont amis ou ennemis, j'étais terrifiée à l'idée de me retrouver, encore une fois, sous les bombes. Vous vous souvenez de ces jours horribles au début de la guerre ? Ah non, pas question de revivre ça. Alors, j'ai voulu faire demi-tour, et retourner chez Pierre, il m'accueillerait sans problème.

– Mais pourquoi n'as-tu pas cherché à aller chez André et Simone ?

– Je ne sais même pas où ils habitent. On n'est allés chez eux qu'une fois ou deux, il y a longtemps. Je sais qu'ils sont près de la cathédrale Saints-Michel-et-Gudule, le nom nous faisait rire quand on était petites. Mais comment y aller, serrée de près par les soldats qui empêchaient toute possibilité de sortir de la file, j'étais emprisonnée dans la foule qui ne cessait de grossir.

– Où t'es-tu retrouvée alors ?

– Nous avons été pris en charge par les Bruxellois, qui voyaient arriver des malheureux depuis plusieurs jours. J'étais si abattue par ce que je voyais et pressentais que je devais marcher comme un fantôme, avec mon petit baluchon à la main. Sans qu'on ne me demande rien, on m'a orientée, avec d'autres femmes seules et des

109. Le rouchi est l'ancêtre du chtimi.

familles, vers un pensionnat tenu par des religieuses, des Trinitaires. On nous a installés dans des dortoirs glacés, ça m'a rappelé Notre-Dame-Auxiliatrice à Lille, j'ai failli repartir en courant, mais celles-ci étaient très gentilles et dévouées. On nous a obligés à nous laver, ce n'était pas du luxe après tous ces jours de marche, et on nous a servi une soupe revigorante. Il a été inutile de forcer qui que ce soit.

– Et tu gardes ton sens de l'humour avec tout ça, bravo ma Suzon.

– Laisse-la parler, Maxence. Et après, qu'est-ce qu'il s'est passé pour que tu aies mis si longtemps à nous revenir ?

– Sans doute parce que je semblais en meilleure forme que la plupart des autres réfugiés, une religieuse m'a demandé si je pouvais les aider à l'accueil des arrivants, il en venait des centaines chaque jour, je n'ai pas pu refuser, bien sûr.

– Décidément, tu n'avais pas tant envie de nous revoir que cela.

Eugénie ne peut réprimer un ton acide en lâchant les mains de sa fille.

– Bien sûr que si, Maman, mais si tu avais vu tous ces pauvres gens contraints de partir en laissant tout, malades, blessés pour beaucoup d'entre eux, alors que moi j'allais bien. Je pensais à vous tous les jours, me morfondant dans la séparation depuis tant de temps. Et j'espérais bien pouvoir repartir très vite, mais…

– Mais quoi ? Que t'est-il encore arrivé ? Tu as préféré t'occuper de tous ces gens, n'est-ce pas ?

– Non, oui, enfin, je ne sais pas ce que j'aurais fait si…

Suzon regarde sa mère, son père, sa sœur, revenue elle aussi, et ses yeux s'attardent sur elle.

– J'ai compris ce que tu as pu endurer quand tu as attrapé le typhus. C'est la grippe qui m'a attrapée, deux jours à peine après mon arrivée à Bruxelles. Impossible de me lever, de faire le moindre geste, j'avais l'impression que les bombardements avaient commencé et n'arrêtaient pas tant la fièvre me battait les tempes. J'avais affreusement mal à la gorge, aux poumons, mais j'ai eu de la chance, j'ai évité les complications, contrairement à plusieurs de mes compagnons de chambrée. J'en ai vu mourir une dizaine en quelques jours.

– Ma petite Suzon, toujours positive.

Maxence regarde sa cadette avec attendrissement.

– Les bonnes sœurs récitaient des litanies tout en courant d'un lit à l'autre, sans même prendre le temps de s'arrêter pour manger. Je suis restée quatre jours à délirer, à tousser à m'arracher la poitrine, et puis, un matin, c'était fini. J'étais encore trop faible pour me lever, mais je n'avais plus mal à la tête, quelle délivrance ! Merci, mon Dieu ! Il m'a fallu encore une semaine avant que je puisse à mon tour soigner les malades qui arrivaient toujours, et remplacer les religieuses qui tombaient, elles aussi. Les lits étaient à touche-touche jusque dans les couloirs ; pas le temps de s'ennuyer.

– Notre bébé est devenu une sainte, Maxence.

– Oh non, Maman !

Suzon se tait, baisse la tête, se remémore.

– Si tu savais ce que j'ai fait quand les Alliés sont entrés dans Bruxelles. Je voulais immédiatement partir, je n'avais plus rien à faire là, rentrer à la maison, enfin !

Suzon se tait, regarde ses mains, ses pieds, puis relève la tête et se tourne vers la fenêtre pour ne voir aucun des membres de sa famille rassemblés autour d'elle. On entend le souffle encore rauque de la jeune fille, le picotement de la pluie sur les carreaux, les coups de pied impatients de Maxence contre la petite table du salon sur laquelle a été servie l'infusion de chicorée qui a remplacé depuis longtemps le café, le thé, le chocolat.

– J'ai pris la place d'une vieille dame dans le train, elle n'avait pas la force de se battre. Mais si je n'attrapais pas ce train, je ne savais pas quand j'aurais pu en avoir un autre, ils ont pratiquement tous été détruits par les bombardements alliés.

– C'est vrai, murmure Ninon qui n'a encore rien dit.

– Maman, j'ai honte maintenant, mais sur le coup, je voulais tellement monter dans ce train que je lui ai donné des coups de poing à cette pauvre femme, des coups de pied. Je ne suis pas une sainte, loin de là.
– Ma petite fille, Dieu te l'a pardonné, tu as tellement souffert.
– Mais non, tu ne veux pas comprendre. Ce sont tous ces déportés qui ont souffert, dont les maisons ont été détruites, qui ont perdu un parent, un enfant, une famille entière, moi, je vous ai tous, bien vivants, la maison est toujours là.

Petite fille qui se défendait de l'être, Suzon se blottit dans les bras de sa mère pour y savourer sa honte, son soulagement d'avoir retrouvé les siens, et son immense fatigue.

Ninon, elle, ne dit toujours rien.
– Et toi, alors, pourquoi n'cs-tu rcvcnuc qu'hicr ?
– C'est un peu compliqué à expliquer.
– Plus compliqué que ma propre histoire ?
– Je me suis perdue dans les Flandres après le bombardement de mon train, c'est tout. Il n'y a pas de quoi être fière, je n'ai pas envie d'en parler.
– Tout de même, se perdre pendant plus d'un mois, tu n'étais pas dans le Sinaï.
– Je ne suis pas restée quarante ans, non plus. »

Hélène soupire, il est évident qu'elle n'a aucune envie d'apporter une explication à sa disparition d'un mois et demi. Ses parents, trop heureux d'avoir retrouvé leurs filles à quelques jours d'intervalle, ne veulent pas la forcer à raconter ce qui lui est arrivé. Le récit de Suzon a déjà été assez extraordinaire, celui de Ninon viendra quand elle en aura envie. Peut-être en donnera-t-elle la primeur à son fiancé.

Elle est revenue - stop. Elle est vivante - stop.
Elle vous attend - stop - M. B. - 16 novembre 1918

Paul tient d'une main tremblotante le papier bleu envoyé par Maxence. *Enfin !* Il court trouver son commandant, qui n'a apporté aucune objection pour le laisser partir en permission quelques jours. Sans vouloir le montrer, il est lui-même ému par ce jeune couple séparé depuis plus de quatre ans et qui allait enfin pouvoir convoler.

« Prenez le temps qu'il faut, mon ami, pour vous reconnaître l'un l'autre. Vous êtes passés par de terribles épreuves, ça vous change, forcément.

– Mon commandant, je peux vous avouer ma crainte de décevoir Hélène. Je ne suis en effet plus tout à fait l'homme qu'elle a connu.

– Et elle n'est plus tout à fait la jeune femme dont vous êtes tombé amoureux. Mais gageons que ces retrouvailles vous permettront d'aller plus loin dans la connaissance de chacun.

– Que voulez-vous dire, mon commandant ?

– Je suis persuadé qu'une fois que vous vous serez revus, vous n'aurez pas envie de vous contenter de bienséance et de conversations de salon.

– Cela n'a jamais été le cas entre nous.

– Vous aurez besoin d'aller à l'essentiel dans vos échanges. Comprendre en quoi vous êtes toujours faits l'un pour l'autre, si c'est le cas. Amiet, vous n'êtes plus un gamin, votre confrontation quotidienne avec la mort a fait de vous un homme plus exigeant et certainement plus impatient. Donnez le temps à votre fiancée de s'y habituer, vous ne savez pas ce qu'elle attend de vous.

– Hélène n'a jamais été futile. Elle n'est pas seulement une *pretty face*[110], comme disent nos amis britanniques.

– J'en suis certain. Mais vous ne savez pas ce qu'elle a vécu. Allez, lieutenant, je vous fais confiance. »

---

110. *Pretty face :* « joli visage », en anglais.

Astorg n'avait pas tout à fait tort, les retrouvailles ne sont pas aussi aisées que ce qu'espéraient les parents d'Hélène. Même les baisers semblent contraints, comme si les fiancés ne savaient plus comment s'y prendre, avaient perdu les gestes spontanés de leurs embrassades d'avant-guerre. Ninon est redevenue la jeune fille timide de son arrivée à Paris, alors que Paul craint de lui briser les os tant il aimerait la serrer dans ses bras sans l'oser. Il est inconcevable de les laisser seuls dans une chambre, mais Maxence entraîne Eugénie et Suzon hors du salon pour leur réserver tout de même un peu d'intimité. Le temps n'est pas propice aux longues promenades le long des quais de la Deûle et les cafés qui commencent à rouvrir sont loin de pouvoir offrir la chaleur et le confort qui leur permettraient d'échanger en toute confiance leurs doutes, leurs sentiments, leurs espoirs. Alors ils se taisent et se regardent.

Ninon commence à fredonner *Adieu vous dy la lerme à l'œil,* sans les paroles, trop cruelles, Paul enchaîne avec les premières mesures de la sonate de Franck qu'ils ont tant aimé jouer, il n'en faut pas plus pour faire apparaître un sourire sur les lèvres bleuies de froid de sa fiancée.

Lorsque Paul repart, il ne sait que penser. Il est certain de ses sentiments, ravivés à la vue de Ninon, plus jolie, plus charmante encore que dans ses souvenirs, mais elle, l'aime-t-elle toujours autant ? Elle est si secrète, si peu expansive. S'il n'avait pas perçu dans ses yeux cet éclat, si ses joues ne rosissaient pas à sa vue, il aurait pu croire à une réticence de sa part. Il n'a pas voulu la presser, pensant au conseil d'Astorg, le mariage ne se fera donc pas avant l'an prochain, une date a été avancée en février.

Mais dans le train l'amenant à Grandson, où il compte embrasser mère et sœurs, il se demande encore si elle est tout à fait consentante. C'est vrai que lui-même a changé, et pas seulement physiquement, ses cheveux ont blanchi, sa moustache a roussi, et au-delà de la perte de certains souvenirs, il se sent, comme l'a dit gentiment son commandant, plus exigeant.

C'est aussi parce qu'il a désormais trente-cinq ans, qu'il est toujours célibataire et qu'il tient plus que jamais à fonder une famille, à avoir de nombreux enfants sur qui transférer son trop-plein d'affection qu'il n'a pu exprimer durant ces dernières années et comme si, à lui seul, il pourrait redonner vie aux millions de tués. Il est nerveux, fébrile durant le long trajet qui l'amène à Genève ; il en perdrait sa confiance à ressasser chaque mot, chaque regard d'Hélène pour tenter d'y trouver un sens qui lui serait inconditionnellement favorable, ou au contraire qui serait le signe d'un détachement indicible. Et ce ne sont pas ses conversations avec Alice qui vont l'aider à y voir plus clair. La mort d'Henri Schlummel l'a rendue encore plus enragée à l'encontre de ceux qui n'appartiennent pas à son cercle le plus proche. Pierre de Lamarck, comme Hélène Bonnet, n'ont pas l'heur de lui plaire : tous deux viennent lui arracher deux de ses êtres les plus chers ; elle ne fera preuve d'aucune indulgence envers eux. Heureusement pour Jeanne, elle était une amie d'Alice avant de devenir la femme d'Édouard.

« Mais c'est évident qu'il y a un autre homme, mon pauvre Paul. Comment veux-tu en quatre ans qu'elle n'ait pas été tentée ?
– Je ne l'ai pas été, moi.
– Toi, tu es un homme accompli qui sait ce qu'il veut, tandis qu'elle, c'est encore une gamine qui a crevé de faim et qui a pu accepter n'importe quoi de n'importe qui.
– Décidément, Alice, tu deviens de plus en plus aigrie et ce n'est pas la générosité qui t'étouffe.
– Je suis objective, c'est tout.
– Je te rappelle qu'Hélène a vingt-deux ans et que grâce à son seul travail de violoniste elle a permis à toute sa famille et quelques voisins de ne pas mourir de faim.
– Justement, tu ne me feras pas croire qu'elle y est parvenue avec ses seuls coups d'archet.

– Tes insinuations sont ignobles et tu ferais mieux de la fermer si tu ne veux pas que je devienne plus grossier. Tu veux que je te dise ? Plus tu cracheras sur Hélène, plus je lui ferai confiance.
– Eh bien, tu es un imbécile. Elle a fini par te dire ce qu'elle a fichu durant toutes ces semaines, perdue dans les Flandres ? »

Au regard de son frère, Alice comprend qu'elle a dépassé les bornes et s'enfuit du salon.

Le craquement qui sort Paul de sa colère blanche est celui du crayon qu'il tenait et qu'il a écrasé d'un coup en refermant sa main. Il lui faudra plusieurs minutes pour se calmer, se raisonner ; sa sœur est malheureuse, le bonheur des autres la rend odieuse, mais ce n'est pas une raison, ce n'est surtout pas une excuse pour se montrer aussi agressive, injuste, insultante envers Hélène qu'elle connaît à peine. Tant pis pour elle, ce n'est pas avec sa sœur qu'il veut partager sa vie mais bien avec Ninon, il le sait et rien ne le fera changer d'avis.

Il n'empêche, une trille, *sol-la-sol*, comme une sirène d'alarme, lui laboure l'oreille. Il tente de la chasser comme une mouche d'un geste inutile et rageur. Mais plus on essaie de s'en débarrasser, et plus ça s'accroche ces petites bêtes ; la trille s'insinue et se cramponne. *Qu'est-ce qu'elle a bien pu fabriquer pendant cinq semaines dans les Flandres ? Pourquoi n'en a-t-elle rien dit à personne ?* Il a déjà songé à plusieurs reprises que durant quatre longues années sans se voir, elle aurait pu être tentée par quelqu'un d'autre de plus présent. Chaque fois, il éloignait, enfouissait cette sale pensée, mais elle revenait en force avec les insinuations d'Alice, aussi infâmes soient-elles.

Si son amour fraternel et sa bonne éducation ne l'avaient pas retenu, il sait qu'il aurait flanqué une gifle à sa sœur, même deux, et avec plaisir. Ce qu'il perçoit de lui lui déplaît. Ce n'est pas la première fois qu'il se retient au bord d'une explosion de rage. À plusieurs reprises, elle a d'ailleurs explosé. C'est avec rage qu'il a déchiqueté des pages et des pages de son carnet de musique dont il n'était pas satisfait. C'est avec rage qu'un soir il a étrillé sa jument Joyeuse qui avait juste le tort de porter un nom en désaccord avec son humeur. Elle lui a d'ailleurs bien fait comprendre qu'il n'avait pas intérêt à recommencer. Et sans autre raison que celle d'être un peu lent, il s'est emporté contre un pauvre troufion qui ne s'en est pas encore remis. Le gentil Paul a changé, il s'énerve facilement, s'irrite pour pas grand-chose. Est-ce la guerre ou sa blessure ? L'armistice, la fin de cette sale guerre, la réintégration de sa chère Alsace à la France qui ne devrait plus tarder[111], son mariage enfin, tout cela devrait le rendre heureux.

Son mariage ! Il se précipite au salon, éjecte Marianne du tabouret de piano pour y prendre sa place, lui intime d'aller chercher du papier à musique dans sa chambre et durant deux heures écrit, pianote, rature, recommence et finit, épuisé, par garder deux pages de variations pour orgue. Elles seront jouées à son mariage. S'il se marie.

« *Paulele*, je crains d'avoir à discuter avec toi d'un sujet fort peu réjouissant ; tes sœurs sont déjà au courant.

– Je vous écoute, Mamely, mais le seul sujet qui peut m'affecter aujourd'hui ne viendrait pas de vous.

– S'il est vrai que plaie d'argent n'est pas mortelle, elle peut cependant modifier profondément tes plans.

– Je pense comprendre ce dont il s'agit, je m'en doutais un peu, vous savez.

– Notre belle fortune a fondu, hélas. Nos actions ne valent plus grand-chose et ça ne va pas aller en s'arrangeant avec les Bolchéviques au pouvoir en Russie. J'ai eu le tort d'écouter mon homme d'affaires en souscrivant aux emprunts franco-russes et en vous poussant tous à faire de même.

---

111. La réintégration de l'Alsace et la Moselle se fera officiellement aux termes du traité de Versailles, le 28 juin 1919.

– Comme tout le monde, Mamely, comme tout le monde. Mais, rassurez-moi, vous n'avez pas mis tous vos œufs dans le même panier ?
– Non, mais tu imagines bien que les actions de la cristallerie n'ont pas augmenté. Qui aurait eu envie de s'acheter des verres de fête durant cette guerre ?
– Ça va revenir.
– Tu n'y crois pas plus que moi ! La France est affreusement endettée et c'est heureux que nous ne le soyons pas nous-mêmes, n'est-ce pas, mon chéri ?
– Certainement, Mamely, en ce qui me concerne, je n'ai pas vraiment eu l'occasion de faire de folles dépenses ces derniers temps.
– Mais tu ne pourras plus te consacrer à la composition comme tu le souhaitais tant.

Mme Amiet a pris une toute petite voix en pressant sa main sur celle de son fils. Elle a toujours su que c'était son vœu le plus cher. Avec celui d'épouser Hélène.
– Ne vous inquiétez pas pour moi, si j'ai fait Centrale, c'était tout de même avec l'idée de m'en servir un jour pour gagner ma vie et entretenir une famille. La composition nourrit rarement son homme.
– Je suis soulagée que tu le prennes aussi bien, je suis certaine que c'est une grande déception pour toi. Mais avec Hélène comme compagne, tu pourras toujours t'adonner à la musique. N'est-elle pas elle-même désireuse de continuer à exercer son art ? Et puis, elle est un peu ta muse si je ne m'abuse. Vous vous êtes connus par la musique, vous vous êtes rapprochés grâce à la musique, je suis persuadée que votre vie sera consacrée à la musique. Je prie notre Seigneur pour cela.
– Vous me faites du bien, Mamely, en me parlant comme cela. Je peux vous le dire à vous, je suis rongé par le doute alors que je devrais respirer le bonheur.
– N'écoute pas Alice, mon chéri. Elle se reproche continuellement les méchancetés qu'elle assène à chacun. Il ne se passe pas un jour sans que la pauvre Marianne ne se réfugie en pleurant dans sa chambre à

cause d'elle. Mais je suis sûre qu'elle ne pense pas la moitié du quart de ce qu'elle dit. Tu sais que derrière ses façons abruptes, elle possède un cœur d'or mais terriblement blessé. Pauvre, pauvre Alice.
– Je le sais bien, mais elle n'est pas la seule à être blessée, elle devrait en prendre conscience. »

Lorsqu'il repart rejoindre son régiment pas encore démobilisé, Paul se pose toujours autant de questions quant à la froideur d'Hélène, mais reste persuadé qu'elle est la femme de sa vie.

« Alphonse, Alphonse de Rueil, c'est bien toi ? »

La dernière fois qu'ils s'étaient vus, Paul ne savait plus qui était ce blondinet aux moustaches avantageuses, aussi Rueil hésite-t-il un instant à répondre, mais devant les bras ouverts et le sourire avenant de son ami, il se précipite pour l'enlacer, manquant de renverser un professeur qui a le mauvais goût de descendre l'escalier en même temps que lui. Les deux hommes, qui ne s'étaient rencontrés qu'une seule fois en quatre ans, se retrouvent par un hasard étonnant dans le grand escalier de la *Schola Cantorum* après avoir profité d'un battement entre deux trains pour venir saluer leurs professeurs. Vincent d'Indy n'a jamais arrêté de prendre des nouvelles des uns et des autres afin de soutenir de son mieux ceux qui ne pouvaient plus se rendre à l'école, et Paul est certainement un de ceux pour lesquels il s'était fait le plus de soucis. Il correspondait d'ailleurs régulièrement avec Mme Amiet, ayant compris que cette affection marquée pour son fils l'aidait à surmonter ses moments de désespoir quand elle voyait son *Paulele* si abattu.

« Tu as un moment pour un chocolat aux *Feuillantines* ?
– Allez, de toute façon, les trains sont toujours en retard. »

Tenant sa tasse à deux mains pour les réchauffer, Alphonse dévisage ouvertement Paul, comme pour se rassurer. Oui, c'est bien lui, son vieil ami qui, deux ans plus tôt, ne le reconnaissait pas. Oui, c'est bien lui, plus mince, plus sérieux malgré le plaisir évident qu'il éprouve à ses retrouvailles, avec le même regard bleu, franc, cette même raideur dans le maintien qui lui a souvent valu les moqueries de ses camarades. Cependant, ce n'est plus tout à fait le même homme que celui avec qui il avait fait ses périodes militaires, avec qui il a failli se battre pour la même femme.

Paul Amiet est-il toujours aussi épris d'Hélène ? Alphonse hésite à lui révéler d'où il vient, qui il a rencontré ; il y a si longtemps qu'ils ne se sont pas vraiment parlé tous les deux. Alors, il parle d'autre chose, il parle sans laisser à Paul le temps de l'interroger. Il parle de leurs maîtres, de leurs camarades tombés, blessés ou disparus, et de ceux qui ont eu la chance d'échapper à l'enfer. Mais Paul n'est pas dupe :

« D'où viens-tu, Alphonse, que tu ne veuilles pas me le dire ?

– Tu es impayable ! Pourquoi ne voudrais-je pas te parler de quelque chose ? Tu n'imagines pas comme je suis heureux de te voir en aussi bonne forme ; tu étais si diminué, si hors de toi la dernière fois.

– Je te connais, Alphonse, tu me caches quelque chose et je crois deviner ce dont il s'agit. Tu as vu Hélène, c'est cela ?

Paul bondit de sa chaise et se penche pour appuyer ses deux poings sur la table.

– C'est vrai, tu as raison, je reviens de Lille. Mais ce n'était pas du tout prémédité, ça s'est fait comme ça, le hasard des déplacements de mon unité.

– Pourquoi t'en défends-tu ? Tu as parfaitement le droit de la voir.

La voix de Paul est froide, plate, ne voulant rien exprimer, mais une immense inquiétude s'est emparée de lui ; c'est donc Alphonse qui l'a retenue dans les Flandres ou ailleurs, il n'a jamais cessé de la convoiter.

– C'était bien les Flandres, c'était beau ?

– Que veux-tu dire ? Les Flandres sont totalement ravagées et en cette saison, ce n'est qu'une étendue de boue et de désolation sans fin.

– Ce n'est pas de cela que je parle, tu le sais très bien.

– Non, je ne le sais pas et je ne comprends pas ce que tu insinues. Explique-toi.

Paul se rassied, confondu, se sentant minable d'avoir accusé son ami qui ne lui a jamais menti.

– Excuse-moi, je me fais tellement de souci à propos d'Hélène. Comment va-t-elle ? Comment l'as-tu trouvée ?

– Mais Paul, elle m'a dit que tu es venu la voir il y a à peine quelques jours.

– Ah, elle te l'a dit ?

– Bien sûr, elle ne parle que de toi.

– En quels termes ?

– En quels termes veux-tu qu'elle parle de toi, elle ne pense qu'à toi !

Alphonse ne peut cacher un soupçon d'amertume, il avait gardé un peu d'espoir en revoyant la jeune fille, encore plus charmante que dans son souvenir.

– Elle t'a dit ce qu'elle avait fait, seule, perdue dans les Flandres pendant plusieurs semaines ?

– J'ai vaguement compris qu'elle avait rejoint la Croix-Rouge avec un ami.

– Un ami !

– Tu ne vas pas faire une crise de jalousie, tout de même, je te dis qu'elle ne pense qu'à toi. Fais-lui un peu confiance, même s'il m'en coûte de te le demander.

– Je ne sais plus que penser, Alphonse, la semaine dernière, elle était si distante avec moi.

– On dirait deux adolescents qui sont encore en train de se tourner autour sans oser s'avouer qu'ils s'aiment.

– Elle n'avait jamais été comme cela auparavant.

– Et toi, tu crois que tu n'as pas changé ? Tu peux être intimidant, tu sais.

– Non, plus pour elle. Il y a autre chose.

– Peut-être que…

– Que quoi ?
– Je l'ai entendue une fois dire tout bas : *je ne le mérite pas.* Elle parlait de toi, bien sûr. Et son père m'a raconté que la famille avait caché et soigné un espion écossais blessé pendant quelques semaines. Il aurait fait la cour à Hélène, qui n'a pas voulu prendre cela au sérieux. Elle ne pense qu'à toi, comment faut-il te le dire ? »

Et Hélène, que pense-t-elle ? Pourquoi ce silence sur son étape flamande ? Pourquoi cette retenue avec Paul dont elle a tant souhaité le retour ? On ne saura pas ce qu'il s'est vraiment passé avec Wiley après le bombardement du train, certainement rien d'irréparable, mais Ninon traîne, depuis le séjour de l'Écossais rue Patou, un sentiment de culpabilité trouble, encore renforcé par la cour du commandant von Truppen. Secrète et réservée de nature, elle est incapable de s'épancher dans les bras de sa mère et encore moins dans ceux de sa sœur, si prompte, elle, à partager ses afflictions avec son entourage.

Le cœur humain est assez large pour accueillir plusieurs affections en même temps, mais cela n'est pas accepté par la société dans laquelle vit Ninon, une famille profondément religieuse, et la jeune femme ne peut qu'être tourmentée par ses propres sentiments. Elle a bien cherché auprès du curé de sa paroisse un châtiment qui l'aurait absoute de ses penchants interdits, mais elle est sortie si bouleversée du confessionnal qu'elle était à deux doigts d'entrer au couvent afin de tenter d'échapper aux tourments éternels de l'Enfer.

Elle était si mal avec elle-même qu'elle n'a osé ressentir du réconfort avec Paul qu'au moment où tous les deux ont chanté, juste avant leur séparation, et il est parti sans qu'elle ait pu lui exprimer ce qu'elle ressentait vraiment pour lui. Il n'a pas su le comprendre et s'en est allé aussi tourmenté qu'elle.

En quittant Alphonse, Paul a la vision de ce qu'il doit faire désormais. Dans la gare du Nord, en attendant son train qui a bien sûr plusieurs heures de retard, dans le brouhaha qui n'a rien à envier au boucan des tranchées, il lui vient le motif du dernier mouvement de sa petite sonate pour violon et alto. Grâce au bercement du train qui s'arrête suffisamment souvent pour lui donner le temps de la peaufiner, il l'achève en arrivant à destination.

C'est une partition à l'écriture un peu tremblotante que Ninon va recevoir, et à la première lecture elle comprend qu'elle tient entre ses mains le plus beau message d'amour qu'elle ne recevra jamais.

Saint-Cloud, 1977

« Et si je travaillais le numéro 5 de Mozart ? Il n'est pas si difficile.

– Oh, avec Mozart, tout a l'air simple, mais on a de sacrées surprises.

– Tu l'as déjà joué ?

– Bien sûr, à Strasbourg.

– Avec quel chef ?

– C'était chez des amis, il n'y avait pas d'orchestre, juste un piano et un violoncelle, c'est mon mari qui en avait fait la réduction ; c'était formidable et on y a pris beaucoup de plaisir.

– Il était doué le grand-père pour faire ça !

– C'était un excellent musicien, il composait beaucoup. Dès qu'il rentrait du travail, il se changeait, allait dans le jardin pour s'aérer un peu et s'occuper des fleurs, puis il se mettait au piano. Il composait dès que l'inspiration le prenait…

– Et où sont toutes ses partitions ?

– Beaucoup ont disparu, elles étaient restées à la villa à Strasbourg. Mais j'ai pu en sauver quelques-unes avant que les Allemands n'arrivent ; je vais les remettre à ton oncle Bernard pour qu'il les dépose à la Bibliothèque nationale.

Maminette se tait un moment, je sais qu'elle pense à son Paul, son mari que je n'ai pas connu. Lui, si bon musicien, il n'aurait pas été fier de moi qui suis bien médiocre. Mais les moments passés chaque semaine avec ma grand-mère me sont chers, c'est souvent l'occasion pour elle de se remémorer son grand roman d'amour.

– Ton mari avait-il un accent allemand ?

– Mais certainement pas ! Il était français.

– Oui, mais il est né allemand, il était bien obligé de parler allemand à l'école, dans la rue, les magasins, partout, jusqu'à la fin de la guerre.
– Peut-être, mais il n'avait pas d'accent pour autant.
– Maman m'a dit qu'il comptait en allemand, or c'est toujours dans sa langue maternelle que l'on compte.
– Tu l'as dit toi-même, l'allemand était la langue obligatoire, il a appris à compter à l'école, ça lui est resté ; mais chez lui il ne parlait que français, et alsacien avec les bonnes et avec Pétrie, le garde de Lanzy qui ne prononçait pas un mot de français.
– Tu as dû te mettre à l'alsacien alors, quand tu allais à Lanzy ?
– J'avoue que je n'étais pas très motivée et c'est Mamely qui dirigeait sa maison, je parlais très peu à Pétrie. Bon, on s'y remet sinon on ne sera jamais prêtes pour notre petit concert de Noël. »

Mais quelques fausses notes plus tard, la conversation reprenait :
« Maminette, quel morceau préférais-tu jouer ?
– La sonate de Franck[112].
La réponse a fusé immédiatement.
– Qui t'accompagnait ?
– Mon mari, bien sûr.
– Et pourquoi l'aimes-tu autant, cette sonate ?
– Nous l'avons tellement jouée ensemble ! Nous nous retrouvions en communion en la jouant, aucun des deux instruments ne dominait l'autre. Cette sonate est d'une richesse incroyable, nous n'avions jamais fini de discuter sur les interprétations possibles de telle ou telle mesure, on adorait ça et on finissait toujours par tomber d'accord.

En en parlant, Maminette s'enthousiasme : elle rosit comme une jeune fille amoureuse.

---

112. Sonate pour violon et piano en *la* majeur.

– Mais je crois que nous aimions au moins tout autant le quintette de Schubert[113], sinon plus. Mon cœur et mon âme en étaient exaltés, cette partition faisait écho à nos sentiments d'alors.

Et elle se souvient :

– Lors d'une soirée-concert chez les Montet, Pierre[114] nous avait proposé d'en jouer l'*adagio* pour terminer. *Mais je n'ai pas la partition de violon*, a-t-il poursuivi. *Je n'en ai pas besoin*, ai-je répondu, *je la lirai dans les yeux de Paul.* »

113. Quintette à cordes avec deux violoncelles en *ut* majeur, D 956.

114. Pierre Montet, le célèbre égyptologue. Ami du couple Amiet, il jouait du violoncelle et faisait partie du quatuor *Pro Domus* qu'ils avaient créé.

FINAL

Le mariage va être célébré à Lille. Le temps pour le lieutenant d'être démobilisé, pour la fiancée de se faire confectionner une nouvelle robe de mariée, et pour la famille Bonnet de réunir de quoi sustenter la noce dans une ville dont la population a été réduite de moitié et qui n'est pas encore remise de ses quatre ans de privations. Et pourtant, le menu a de quoi rassurer Mamely qui s'interrogeait sur les capacités d'Hélène à bien nourrir son mari et ses futurs enfants. En ce 27 février 1919, la guerre est encore au centre de toutes les pensées et cela se ressent jusque dans la liste des réjouissances gastronomiques enjolivée à l'encre noire et rouge par Alice qui, une fois encore, s'est fait plaisir à multiplier les entrelacs sur les menus :

Consommé des Flandres
Saumon de l'Espérance
Bouchées à la reine
Filet de Tigre à la française
Haricots panachés
Coq gaulois à la gelée
Croquante de l'hyménée
Fruits-Desserts

Le soir même, Paul dépose sur le lit nuptial un paquet enveloppé de papier de soie vert jade de soixante centimètres de long sur vingt de large en faisant signe à sa jeune épousée de l'ouvrir. Avec quelques mines pour faire durer le plaisir, Hélène retire délicatement le papier, découvre une boîte dont la forme la réjouit d'avance. Dans un cri, elle l'ouvre et s'extasie sur le Pressenda.

Neuf mois plus tard, jour pour jour, vient au monde une petite fille qui, en bonne Alsacienne, reçoit au baptême le nom de Marie-Odile. Elle deviendra ma mère.

ŒUVRES MUSICALES DE PAUL AMIET

1	**1913**	*Le Temps a laissé* Chant avec accompagnement de piano, sur un rondel de Charles d'Orléans avec dédicace : « *À ma mère* » Éditions Maurice Senart Dépôt à la Bibliothèque nationale Vm^7 11098
2	**1913**	*La Cigale* Chant avec accompagnement de piano, sur une poésie de Leconte de Lisle avec dédicace : « *À ma chère belle-sœur Jeanne Amiet* » Manuscrit en deux exemplaires (le premier daté de 1913 ; le second, copie datée de 1922)
3	**1914**	*Adieu vous dy…* Chant avec accompagnement de piano, sur un rondel de François Villon Éditions Maurice Senart Dépôt à la Bibliothèque nationale Fol Vm^7 11829
4	**1914**	*Sonate en ut mineur pour piano et violon* Manuscrit 1re et 2e partie 1914 (la première partie est annotée par Vincent d'Indy, ce qui conduit à une rectification et un complément) 3e partie : « […] *commencée au Pont de Mineaucourt, août 1916, continuée au printemps 1917 à Pierrefitte (première partie lente), l'été 1917 à Chalon (deuxième partie lente), puis à Livry-sur-Vesle. Partie de violon terminée en été 1918 à Livry ; partie de piano faite à Mézières, janvier 1919.* »
5	**1917**	*Variations pour orgue* Manuscrit : « […] *commencé à Évian 1917, continué à Mézières fin 1918, terminé à Strasbourg juin 1921.* »
6	**1920**	*Sonate en mi pour violon et alto* Manuscrit 1920-1921 « *Joué lui et moi pour la dernière fois en décembre 1941 au Chalet Bleu à Creysse en Dordogne. N.A.* » (Nelly Amiet)
7	**1921**	*Hodie Christus Natus est* Motet de Noël pour 4 voix avec accompagnement d'orgue Manuscrit : « *Remanié et terminé en novembre 1921.* »
8	**1922**	*Noël* Chant et piano Manuscrit de janvier 1922 avec dédicace : « *À Simone de Dramard, bien affectueux souvenir P.A. 19 décembre 1923.* »

9	**1922**	***Chansons du XVe siècle*** Chant et piano - Manuscrit *J'ay veu la beauté* 1. *Ma femme m'ayme* (manuscrit de Bayeux, Gérold) 2. *Je le les ray* (manuscrit de Bayeux, Gérold) 3. *En desprit les faux medisans* 4. *Ils sont bien pelez* - Petrucci Cantic M. Gérold : *Chansons populaires françaises des* XVe *et* XVIe *siècles,* collection Bibliothéca Romanica, J.H. Ed. Heitz, Strasbourg 5. *Mon père et ma mère* (Teissier : *Airs et vilanelles 1597 - Gérold, chansons populaires)* 6. *Dieu gard celle* 7. *Mon père my de ffeus* 8. *Je trouvay la fillette* 9. *Hellas, il est joie de ma vie* 10. *Je n'ay point à nom Johanne* 11. *Je fouisse voluntiers*
10	**1922**	*Rondel des petits lapins* Chant et piano - Texte de Jules Laloue Manuscrit avec dédicace : « *À Colline* »
11	**1923**	*Lied* Violoncelle et piano Manuscrit avec dédicace « *À Suzon* » sur la couverture La partition de violoncelle porte la dédicace suivante : « *À ma chère belle-sœur Suzon en souvenir des bonnes séances faites au Quai Zorn P. Amiet, avril 1923.* »
12	**1924**	*Vieilles chansons de France* Harmonisées et illustrées par Paul et Louise Amiet à 3, 4 ou 6 voix Imprimées en 550 exemplaires en noir sur portées rouges : - *À l'ombre d'un buissonnet tout le long d'une rivière* - *Baisés-moy, baisés-moy* - *Trop penser me font amours* - *Nonne-Nonnette* - *Bergerette, o-yé-o-yé* - *Allez-y donc. Chanson de mai* - *As-tu point mis ton haut bonnet* - *Les Trois princesses au pommier doux* - *Voulez-vous que je vous dise* - *Rossignolet du bois qui chante au verd bocage* - *Fari-lari-don* - *Fileuse* - *Le Roy Renaud* Dépôt à la Bibliothèque nationale S.I., 19244 Vm^7 a 1061

13	**1924 ?**	*Chansons populaires harmonisées (XVe et XVIe siècles)* Manuscrit portant le repère III – 3 à 6 voix 1. *Vecy le may (1530)* 2. *En ce premier jour de mai* 3. *Quand le gri chante (1575)* 4. *L'autrier quand je chevauchoys* 5. *Si vous estes ma mie* 6. *Quand m'en venoye du bois* 7. *Las, je n'iray plus* 8. *En douleur et tristesse* 9. *Mon père et ma mère (1597)* 10. *L'amour de moi (XIe siècle)* 11. *Voulez-vous que je vous dise*
14	**1925**	*Cinq Noëls anciens pour chant et piano* Harmonisés par P. Amiet Un exemplaire dédicacé : « *À mon cher Papa, heureux souvenir de Noël 1925.* » Un exemplaire dédicacé : « *À ma chère belle-sœur Jeanne en toute affection, Noël 1925.* » 1. *Noël nouveau est venu* 2. *Sus, sus, sus, debout* 3. *Chantons Noël joyeusement* 4. *Qui chantera Noël plus beau* 5. *Nouvelles, nouvelles* Éditions Maurice Senart Déposé à la Bibliothèque nationale in Fol E.M. S 6904 Fol Vm7 19561
15	**1926**	*Quatre mélodies pour chant et piano* I - *Never more* (poésie de Paul Verlaine) « *à ma femme* » II - *Les petits lapins* (poésie de Jules Laloue) « *à Madame Pierre Boudet de Dramard* » III - *Noël* (poésie de Théophile Gautier) « *à ma femme* » IV - *Berceuse* (poésie de Jean Richepin) « *à Madame Jules Amiet* » Éditions Maurice Senart Déposé à la Bibliothèque nationale Vm7 19766
16	**1926**	*Alsacienne* Pour violon et piano Manuscrit de juillet 1926 au 7 août 1926 à Lanzy
17	**1926**	*Danse alsacienne pour violon et piano* Dédicacé : « *À ma femme* » Éditions Maurice Senart Déposé à la Bibliothèque nationale Vm7 2443
18	**1927**	*Les Roses de Saadi* Chant et piano - Poésie de Marceline Desbordes Valmore Dédicacé : « *à Madame Max Forest* » Éditions Maurice Senart Déposé à la Bibliothèque nationale 2459 Fol Vm7 21036

19	1927	*Fantaisie alsacienne* Pour piano Manuscrit de mars 1927 en deux exemplaires dont l'un comporte un « argument » en alsacien en quatre parties et une dédicace : « *à ma chère petite sœur Claudine.* »
20	1927 et 1928	*L'annonce faite à Marie* Musique de scène, pour flûte, hautbois, clarinette, basse, 1er violon, 2e violon, alto, cello, trompette et piano Manuscrit des partitions : - Ouverture : « Durée environ 7 minutes », composé à Lanzy, août 1927, terminé à Strasbourg, 31 août 1927, mis au propre au camp de Coëtquidan en septembre - Acte I : Perdu - Acte II : Lever de rideau (du 20 avril au 22 mai 1927) - Acte III : • N° 1 : 15 juin 1927 • N° 2 : 24 juin 1927 • N° 3 : 27 juin 1927 • N° 4 : 24 juillet 1927 - Acte IV : • N° 1 : Scène V : avril 1928 • N° 2 : Finale : 28 août 1928
21	1929	*Les Paraboles* Chant et piano Manuscrit du 20 février 1929 1. *Introduction* 2. *Le semeur* 3. *Le grain de sénevé* 4. *Le levain* 5. *Le trésor caché* 6. *La perle fine* 7. *Le filet* 8. *La drachme perdue*
22	1929	*Fantaisie limousine* Pour violoncelle et piano Manuscrit du 4 août 1929 à Lanzy Deux exemplaires dont l'un dédicacé : « *À mes chers neveux Robert et Edouard, en toute affection. P.A.* »
23	1929	*Extase* Chant et piano sur une poésie de Victor Hugo Dédié à Marthe Gavarret (professeur de chant de Nelly à Strasbourg)

24	**1932**	*Quatre Tableaux* Pour piano Manuscrit de février 1932, avec quatre petites illustrations à la plume représentant Lanzy
25	**1932 ?**	*Quatuor à cordes en sol* Partition manuscrite globale avec un « argument », partitions individuelles manuscrites perdues (achevées en 1938), quatuor à cordes (manuscrit perdu)
26	**1933**	*Vous me plairez* Mélodie pour chant et piano sur une poésie de Paul Ristelhueber Manuscrit en deux exemplaires (un exemplaire en *mi* majeur, un exemplaire en *sol* majeur)
27	**1934**	*Trois mélodies* Pour chant et piano, sur des poésies de la comtesse de Noailles : 1. *Le jardin et la maison* (Lanzy, 14 septembre 1934) 2. *L'automne* (Strasbourg, 3 novembre 1934) 3. *L'hiver* (Strasbourg, 24 mars 1935)
28	**1936 ?**	*Trio à cordes* Manuscrit perdu
29	**1942**	*Cadence en* mi *bémol majeur* Pour le 3e mouvement du *Concerto pour violon n*° 6 de Mozart Manuscrit de janvier 1942

LES INÉDITS DE LA MUSIQUE FRANÇAISE
DU VINGTIÈME SIÈCLE

Œuvres de

Paul Amiet

1883 ~ 1942

Dimanche 23 mars 2003
à 18h

École Nationale de Musique
de Villeurbanne
« le Grenier à Musique »
47 cours de la République, Villeurbanne
Métro République

Concert par souscription

Le concert sera suivi d'un « verre de l'amitié » autour des interprètes, leurs élèves et la famille du compositeur

Biographie de
Paul Amiet

Né en 1883 à Molsheim en Alsace, Paul Amiet illustre à merveille la tradition d'une certaine « bourgeoisie éclairée » : la pratique artistique à haut niveau était considérée comme faisant partie des composantes élémentaires de l›éducation et du style de vie, élevées au rang de valeur familiale et transmissibles entre générations.

Ingénieur de l'École Centrale, il couronna ses études musicales à la Schola Cantorum de Vincent d'Indy, pour le violon, la composition et la direction d'orchestre.

Entre 1913 et 1942, année de sa mort, il a composé une trentaine d'œuvres dont sept déposées à la Bibliothèque nationale.

Ingénieur principal à la ville de Strasbourg entre les deux guerres, il a consacré beaucoup de temps à la musique avec son épouse violoniste rencontrée à la Schola Cantorum. Il a ainsi fondé le quatuor « Ars Domi » qui se réunissait presque toutes les semaines en privé et qui s'est produit régulièrement en public.

Français de cœur, foncièrement patriote, et Alsacien engagé volontaire dans l'armée française en 1914, après avoir déserté l'armée allemande où il était officier, il a continué à composer pendant la guerre : la 3e partie de la sonate pour piano et violon, et des Variations pour orgue.

Programme

Quatre tableaux pour piano (1932)

Sonate pour violon et alto (1920)

Quatuor à corde en sol (1932)

Mélodies françaises pour chant et piano

Les interprètes

Georges Alagjem, violon

Virginia Manin, violon

Martha Benson, alto

Rubin Rivera, violoncelle

Maya Kusano, piano

André Buëy, baryton

REMERCIEMENTS

Ce livre, basé en grande partie sur des faits réels, n'aurait pas pu voir le jour sans le travail immense accompli par mon oncle Bernard Amiet et son frère Pierre avant lui, tant sur la généalogie des familles Hoffmann et Amiet que sur la vie de leurs parents et grands-parents.

Merci à tous ceux qui m'ont encouragée et assurée de leur soutien, notamment Gilles Amiet qui a pu m'envoyer partitions et programmes de notre grand-père commun.

Merci à tous qui se sont pris au jeu et ont accompagné l'avancée de ce projet émouvant et exaltant, notamment Emma Gibaux, mon éditrice.

BIBLIOGRAPHIE

– Bernard AMIET : *Thème et Variations* par Bernard Amiet et quelques autres (document familial)
– Annette BECKER : *Les Cicatrices rouges 14-18*, France et Belgique, Fayard Éditions, 2010
– Marie-Laure de CAZETTE : *À l'ombre des vainqueurs*, Éditions Albin Michel, 2014
– Jean François CONDETTE : *Résister au travail forcé dans le Nord occupé (1914-1918)*, IRHIS Open Edition Books
– Emmanuel DEBRYNE : *Combattre l'occupant en Belgique et dans les départements français occupés en 1914-1918, Une « résistance avant la lettre » ?*, dans *Vingtième Siècle*, revue d'histoire 2012/3 (N° 115), pages 15 à 30
– Collectif, *La Dernière lettre 1914-1918*, Éditions Michel de Maule, 2014
– François HALARD et Sébastien LAPAQUE : *Saint-Louis*, Éditions Actes Sud, 2015
– Olivier MOREL : *Visages de la Grande Guerre*, Éditions Calmann-Levy, 1998
– *Résister à l'occupant : les civils belges au cœur de la Première Guerre mondiale*, dans *La Revue d'histoire militaire*
– Romain ROLLAND : *Musiciens d'aujourd'hui*, Librairie Hachette, 1908
– Robert VANDENBUSSCHE : *La Résistance en France et en Belgique occupée 1914-1918*, IRHIS Open Edition Books
– Christian VREUGDE : *La Révolution allemande à Bruxelles, 9 novembre - 18 novembre 1918*, dans *Cahiers Bruxellois*, 2018/1 (L), pages 201 à 273

TABLE DES MATIÈRES

Dans la même collection *Destins de femmes*

J'ai choisi la tempête, récit de Marie Chamming's, 2025
(première édition en 1965)

Dans la collection *Romans historiques*

Marie de Beaujeu, roman d'Élisabeth Bourgois, 2025 (première édition en 2004)

Découvrez également aux Éditions du Triomphe :

La collection *L'Aréthuse*, d'Arnaud Brochard

Numéro d'édition : 25L0463
Achevé d'imprimer en Italie par ROTOLITO SPA en mars 2025
pour le compte des Éditions du Triomphe

Dépôt légal : avril 2025

Certifié PEFC
Ce produit est issu de forêts gérées durablement et de sources contrôlées
PEFC/18-32-94
www.pefc-france.org

Ce livre est composé de matériaux issus de forêts bien gérées, certifiées PEFC et d'autres sources contrôlées.